ullstein

Das Buch

An einem nebligen Septembermorgen findet ein Spaziergänger in einem Waldstück bei Århus die nackte Leiche einer jungen Frau. Ihre Kehle ist durchgeschnitten, auf ihrem Körper liegen getrocknete Schierlingsblüten. Die grausige Tat eines Sexualverbrechers?

Der wortkarge Kommissar Daniel Trokic und seine neue Kollegin, die quirlige Computerexpertin Lisa Kornelius, können die Tote schnell identifizieren: Es handelt sich um Anna Kiehl, Studentin und Mutter eines dreijährigen Jungen. Sie war mit einem Chemiker liiert, von dem sie auch ein Kind erwartete. Der Forscher stand offenbar kurz vor einer bahnbrechenden Entdeckung, wird aber seit mehreren Wochen vermisst. Als auch seine Leiche gefunden wird, beginnt für den eigenwilligen Trokic und sein Team die Jagd nach einem skrupellosen Mörder, der immer mehr Spuren auslegt und mit den Ermittlern ein raffiniertes Spiel spielt. Und bald wird klar, dass er jederzeit bereit ist, wieder zu töten.

Die Autorin

Inger Wolf wurde 1971 geboren und arbeitet als Übersetzerin und Autorin. Sie lebt mit ihrer Familie in Århus, Dänemark. 2000 veröffentlichte sie den von der dänischen Kritik gefeierten Roman *Sidespring* (Seitensprung). *Spätsommermord* ist der Beginn einer Krimiserie mit dem Ermittlerteam Daniel Trokic und Lisa Kornelius und wurde mit dem »Preis für das beste dänische Krimidebüt« ausgezeichnet.

Inger Wolf

Spätsommermord

Kriminalroman

Aus dem Dänischen
von Catrin Frischer

Ullstein

Besuchen Sie uns im Internet:
www.ullstein-taschenbuch.de

Umwelthinweis:
Dieses Buch wurde auf chlor- und säurefreiem Papier gedruckt.

Deutsche Erstausgabe im Ullstein Taschenbuch
1. Auflage Mai 2008

Titel der dänischen Originalausgabe: *Sort sensommer* (Modtryk, Århus)
Umschlaggestaltung: HildenDesign, München
Titelabbildung: HildenDesign
unter Verwendung eines Motivs von © Sabine Schönberger
Satz: Pinkuin Satz und Datentechnik, Berlin
Gesetzt aus der Goudy Old Style
Druck und Bindearbeiten: CPI – Ebner & Spiegel, Ulm
Printed in Germany
ISBN 978-3-548-26858-3

1

Die weiße, giftige Pflanze hatte sich wie ein Fächer über die nackte Brust der Frau gebreitet. Im ersten Morgenlicht schimmerte der Tau noch auf den schlanken, rotgefleckten Stängeln, die sich sacht in der leichten Brise bewegten. Nicht weit davon entfernt hob ein Setter schnuppernd seinen braunen Kopf vom vertrockneten Laub und versuchte die verschiedenen Gerüche auseinanderzuhalten. Einer passte nicht in das ihm vertraute Duftbild. Zögernd bewegte er sich darauf zu. Die Frau lag nackt auf der Lichtung, die eine natürliche Grenze zwischen den hohen Buchen und der kleinen, dichten Tannenschonung bildete. Mit gespreizten Armen und Beinen ruhte sie auf einem Lager aus herabgefallenen Blättern, Farnen, Röhrlingen und verblühten Balsaminen. Der zum Himmel gewandte Blick sah fast so aus, als würde sie einfach nur in den Tag hineinträumen. Forschend ließ der Setter seine hellbraune Schnauze über den Bauch der Frau wandern. Plötzlich hielt er inne. Aus einiger Entfernung hatte seine Besitzerin gerufen. Zunächst fragend, dann immer eindringlicher. Unentschlossen schaute der Hund zum Pfad hinüber, dann wieder zurück zu der toten Frau. Schließlich begann er zu bellen.

Auf der Lichtung vor Kommissar Daniel Trokic war die Luft mit eiskalter Feuchtigkeit gesättigt. Es war einer der ersten Morgen, an denen der Atem dünne Nebelschwaden in der Luft bildete. Trokic war mit seinem Peugeot an dem roten Schlagbaum vorbeigefahren, der dieses Gebiet normalerweise von Motorenlärm und Zivilisation abschirmte, und hatte ihn direkt am abgesperrten Bereich abgestellt. Durch das geöffnete Autofenster tönten Rammsteins gedämpfte metallische Rhythmen in den Dunst hinaus. Niemand warf ihm wegen seiner Musik einen missbilligenden Blick zu, als er das abgesperrte Gelände überquerte, sich zu den Leuten stellte und grüßte. Vielleicht hatten sie nichts gehört, vielleicht passte die Musik auch zu gut zu den Umständen. Bis jetzt hatte der Ort in sich selbst geruht, das spürte Trokic. Wie in einer seltsamen Vorahnung hatte er von einem Wald geträumt und von einem Teppich aus aschgrauen Kaninchen. Ein unangenehmer, wiederkehrender Traum, der erst unterbrochen wurde, als der Wachhabende ihn mit seinem Anruf weckte. Der Rechtsmediziner Torben Bach trug Latexhandschuhe und Plastiküberzieher über den Schuhen, wie die beiden Kollegen von der Spurensicherung, die den Ort fotografiert und vermessen hatten.

»Wer ist sie?«, fragte Trokic.

»Wissen wir nicht«, sagte der eine Kriminaltechniker. »Wir haben keinen Ausweis gefunden.«

Vor Trokic lag eine junge Frau auf dem Rücken. Das blonde Haar umrahmte das Gesicht, und ihre Augen, das eine blau, das andere braun, fixierten, matt und blutleer wie unter einer zarten, milchigen Haut, einen Punkt in der Stille des Waldes. Der Mund war im letzten Atemzug erstarrt. Trokic verspürte den Drang, eine Decke über sie zu breiten.

Das Auffälligste an der Frau war indessen eine Handvoll weißlicher Blumen, die ihr jemand auf die Brust gelegt hatte. Ein ebenso malerisches wie groteskes Arrangement, fand er. Eine Braut? Sollte sie vielleicht eine Braut darstellen?

Der Rechtsmediziner Torben Bach nickte ihm zu, nahm vorsichtig eine Haarsträhne vom Hals der Frau und schnipste einen verirrten Frosch weg, um Trokic die tödliche Wunde zu zeigen. Ein tiefer, glatter Schnitt, der am linken Ohr begann und sich in Richtung Brustbein fortsetzte, wo er die Muskeln und Knochen unter der zarten Haut freilegte. In ihrem Haar hatte sie schwarzrote Blutkrusten und auf der Haut Blutflecken. Außerdem war ein Stück vom Oberarm zerfetzt, und auf der linken Brust und unter dem Rippenbogen sah man mehrere klaffende Bisswunden. Trokic tippte darauf, dass sie ihr von einem kleinen Tier beigebracht worden waren. Es war der Witterung des Blutes gefolgt, bei seiner Mahlzeit jedoch gestört worden.

»Wer hat sie gefunden?«, fragte Trokic.

Der Ausdruck in Bachs grauen Augen zeigte deutlich, dass ihn die Situation berührte.

»Leif Korning. Einer der hiesigen Gassigänger. Sie haben ihn schon mit auf die Wache genommen.«

Trokic schaute sich um. Sie befanden sich im dichter bewachsenen Teil des Waldes, an einem Weg, der auf der Karte als Løkpåts Vej verzeichnet war. Hier war man sechs Kilometer von der Stadtmitte entfernt, in einer nahezu jungfräulichen Landschaft mit alten, wildwachsenden Bäumen. Nachts war es hier so richtig dunkel, und bis zum nächsten Haus, einer alten Försterei, war es etwa eine Viertelstunde zu Fuß in nordwestlicher Richtung. Rechts standen Fichten und ein von Spinnweben durchzogenes

Brombeergestrüpp. Dahinter kam der breite Waldweg und der Buchenwald, und ein Stück weiter lag ein kleiner herzförmiger grüner See, umgeben von einer Wiese.

Trokic spürte einen unangenehmen Druck an den Schläfen. Er war lange aufgeblieben und hatte sich mit einer Flasche Rotwein einen Zrinko-Ogresta-Film angesehen. Jetzt war es gerade mal halb neun, und die Nacht saß ihm immer noch in den Gliedern.

Der jüngste der Kriminaltechniker, ein Typ mit großen Stiefeln, das halblange Haar unter der Mütze versteckt, stellte sich neben ihn, als der Rechtsmediziner die Temperatur des Opfers im Ohr maß.

»Da drüben im Gestrüpp wäre sie besser versteckt gewesen«, sagte er.

»Oder im See«, sagte Trokic. »Verdammt noch mal, das muss ja ein total kranker Typ gewesen sein«, murmelte er.

Er war dankbar für seine warme blaue Thermojacke. Sie war alt und alles andere als trendy, aber zumindest fror er nicht.

»Wissen wir, was das für eine Pflanze ist, die da auf ihrer Brust liegt?«

»Sieht aus wie Gierschblüten oder so was«, meinte der Kriminaltechniker.

»Mein Garten ist voll davon. Unmöglich, das Dreckszeug in den Griff zu kriegen, es sei denn, man entscheidet sich für chemische Kriegsführung.«

Der Rechtsmediziner schüttelte den Kopf und wischte sich die Nase ab.

»Giersch blüht nicht mehr. Im Augenblick blüht eigentlich gar nichts mehr.«

»Wie lange ist sie schon tot?«, fragte Trokic.

»Ich würde sagen, es ist gestern am frühen Abend passiert«, meinte Bach.

»Klingt wahrscheinlich. Tagsüber sind hier sicher jede Menge Jogger und Mountainbiker, die hätten sie sehen müssen, wenn es früher passiert wäre. Sobald es erst mal dunkel ist, kommen bestimmt nicht mehr viele von denen hier entlang«, sagte Trokic.

»Und selbst wenn – sie liegt immer noch zu weit ab vom Weg, als dass man sie im Dunkeln hätte bemerken können«, warf der Kriminaltechniker ein.

»Dazu kommt noch, dass es hier im Wald früher dunkel wird. Die Schatten der Bäume fließen ineinander und machen einem die Orientierung schon früh am Abend schwer.«

»Wir haben hier übrigens Spuren gefunden, könnte Sperma sein«, sagte Bach und zeigte auf den Bauch der Leiche. Die Rückstände waren nicht leicht zu erkennen.

Trokic und der Rechtsmediziner sahen sich an.

»Vielleicht hat der Vergewaltiger aus dem Botanischen Garten die Jagdgründe gewechselt?«, sagte Bach.

Trokic runzelte die Stirn.

»Schon möglich.«

»Aber auch ein bisschen anstrengend, hier auf der Lauer zu liegen«, fuhr Bach fort.

»Es gibt Leute, die bekloppt genug wären, so was trotzdem zu tun«, murmelte Trokic. »Gibt es andere Anzeichen für ein Sexualverbrechen? Außer dem Sperma und der Tatsache, dass sie nackt ist?«

»Nein. Abgesehen von den Bissspuren sieht es nicht so aus, als ob sie angerührt worden wäre. Aber das können wir erst feststellen, wenn wir sie auf den Tisch kriegen.«

Trokic betrachtete die Frau noch einmal. Sie trug weder

Make-up noch Schmuck – nur die Zehennägel waren rosa lackiert, wenn auch nicht besonders sorgfältig. Sie war schön gewesen.

Der Sand auf dem Weg knirschte, und ein etwas kurzatmiger Mann erschien. Offensichtlich war er eilig aufgebrochen, denn unter seinem blauen Pullover lugte noch ein Stück von einem gestreiften Pyjama hervor.

»Verdammt noch mal«, sagte er. »Wie habt ihr denn die Autos mit hier reinbekommen? Ich konnte den Rastplatz nicht finden, von dem ihr geredet habt. Ich irre schon seit mindestens einer Viertelstunde hier herum.«

Wütend wischte er sich mit einem Taschentuch über die hohe Stirn, und Trokic ging an der gestreiften Absperrbanderole entlang seinem Chef entgegen.

»Habt ihr sie schon identifiziert?«, fragte Kriminalkommissar Agersund und deutete mit einem Nicken auf die Frau.

Trokic schüttelte den Kopf.

»Hast du Kaffee mitgebracht?«

»Ich komme direkt aus dem Bett«, rechtfertigte sich Agersund.

Ein enttäuschtes »Och!« kam von einem der Männer hinter ihnen.

»Ist in den letzten Tagen jemand vermisst gemeldet worden?«, fragte er.

»Laut Wachhabendem nur eine Frau aus dem Norden der Stadt. Die ist jedoch heute Morgen wieder nach Hause gekommen. Sonst niemand, auf den die Beschreibung zutreffen würde.«

»Sie sieht aber nicht gut aus. Was sind denn das für Blumen?« Agersund kniff die Augen zusammen und betrachtete die Tote einen Augenblick. »Kann man schlecht erkennen von hier aus, könnte Kerbel sein oder Hundspetersilie.«

»Die Kriminaltechniker haben bestimmt jede Menge Fotos gemacht«, sagte Trokic.

»Was ist mit der Waffe?«

»Die haben wir noch nicht gefunden.«

Trokic hatte zwei Polizeihunde angefordert. Eine oder mehrere feine Nasen waren unentbehrlich in dem hügeligen Waldgelände. Sie waren auf der Suche nach einer Art schmalem Messer und blutbefleckten Kleidungsstücken. Agersund wandte sich an den Rechtsmediziner.

»Was hast du sonst noch?«

Bach wiederholte, was Trokic ihn kurz zuvor in sein Diktiergerät hatte sprechen hören. Die Frau war ungefähr Mitte zwanzig. Todesursache wahrscheinlich die Schnittwunde am Hals. Sie schien körperlich in guter Verfassung gewesen zu sein, die Beinmuskulatur zeichnete sich deutlich unter der hellen Haut ab, ein feines Netz silbriger Streifen am Bauch konnte auf eine frühere Schwangerschaft hindeuten.

»Ist sie hier getötet worden?«

Bach nickte.

»Höchstwahrscheinlich hat man sie nur ein paar Meter bewegt. Auf der unteren Seite sind Leichenflecken, und wir haben eine zum Teil sichtbare Blutspur, die sich durch den Bodenbewuchs zieht.«

Ein Kriminaltechniker gesellte sich zu ihnen.

»Seht ihr das da drüben?« Er zeigte auf eine ältere Buche dicht am Weg. »Ich glaube, genau da ist es passiert. An der Stelle findet sich das meiste Blut, und die Blätter sind ziemlich durcheinandergewirbelt. Ein paar Pilze sind auch zertreten. Sie ist an den Haaren oder den Armen hier rübergezogen worden. Da drüben könnt ihr eine schwache Schleifspur erkennen. Ich glaube, man hat ihr nachträglich die Kleider ausgezogen, sonst wäre mehr Blut am Körper.«

»Dann ist der sexuelle Teil also erst geschehen, nachdem sie tot war?«, fragte Agersund.

»Das ist nur meine Meinung.«

Agersund runzelte die Stirn. »So, wie die aussieht, würde ich sonst was glauben«, sagte er. Dann drehte er sich zu Trokic um. »Wo ist die Presse? Stehen die heute ein bisschen auf der Leitung?«

»Die finden sicher auch den Weg nicht«, meinte Trokic.

Agersund schüttelte den Kopf.

»Jetzt läuft also die alte Show wieder an. Wir sind zu wenige. Als wenn es nicht schon schlimm genug wäre, dass die da oben ein Viertel der Belegschaft für ihr Gipfeltreffen einkassieren. Mal sehen, wie wir das machen. Versuch dir schon mal einen Überblick zu verschaffen. Ich möchte, dass du diese Untersuchung leitest und Lisa und Jasper dir assistieren.«

Trokic starrte seinen Chef an.

»Lisa Kornelius?«

»Ja, wieso? Was ist mit ihr?« Sein Chef starrte zurück.

»Assistieren?«, murmelte Trokic, fuhr dann aber fort: »Sie ist dieses Wochenende in Kopenhagen, hab ich gehört.«

»Na und?« Agersund betrachtete die arbeitenden Leute mit gerunzelter Stirn und pulte sich etwas zwischen den Schneidezähnen heraus.

»Dann ruf sie an und gib ihr ein Briefing. Wann seid ihr hier fertig?«, fragte er die Leute von der Spurensicherung.

Die beiden schüttelten nur die Köpfe. Sie hatten noch viele Stunden Arbeit vor sich.

Trokic betrachtete die feinen Züge der Toten. Welche Gedanken hatten sich wohl hinter dieser blassen Stirn verborgen?

2

Trokic folgte einem der Wege, die hier zusammentrafen. Wie schon so oft, zog ihn das Rätselhafte des Tatortes an. So ein Ort war wie aufgeladen von der Intensität der Tat, und in vielen Fällen hatte der Mörder ihn nicht zufällig gewählt. Dieser Sommer war nahezu südländisch gewesen, mit seiner Kraft, mit seinen Düften, mit den stillen Abenden, an denen er auf der Terrasse seines kleinen Reihenhauses die quakenden Frösche und die blökenden Lämmer hatte hören können. Aber jetzt kündigte sich langsam der Herbst an: Rechts von ihm hatte eine Eiche eine beachtliche Menge Eicheln abgeworfen, das Gras am Wegesrand war braun und duftete schwer und süßlich. Doch da war noch etwas anderes. Sogar bei Tageslicht kam ihm der Wald dunkler vor, als man hätte erwarten können. Mit sicheren Schritten ging Trokic den Weg entlang, dabei schaute er sich die ganze Zeit nach allen Seiten um. Ein entspanntes Paar tauchte vor ihm auf dem Weg auf. Er wechselte ein paar Worte mit den beiden und ließ sie weitergehen. Touristen aus einem Hotel in der Nähe.

Als der Weg eine Biegung machte, kam ihm eine jüngere Frau entgegen. Ein heller Golden Retriever umkreiste sie verspielt.

»Europa!«, rief sie streng, als der Hund auf ihn zu galoppieren wollte, und nahm das Tier an die Leine.

»Sie ist noch jung, sie muss das erst noch lernen.« Sie richtete sich rasch wieder auf.

»Sie sind von der Polizei?«

»Ja.«

Trokic litt immer noch unter der Vorstellung, auszusehen wie der durchschnittliche Achtunddreißigjährige, den man für einen Steuerberater, Spediteur oder sonst was halten konnte. Es verblüffte ihn jedes Mal wieder, dass er trotz seiner zivilen Kleidung als Polizist erkannt wurde. Vielleicht hing das damit zusammen, dass er sich nicht besonders gut mit dem übrigen Korps identifizieren konnte. Jetzt wurde er sich plötzlich seiner warmen, aber unansehnlichen Thermojacke bewusst. Er reichte ihr seine Dienstmarke.

»Trokik?«, fragte sie zögernd.

»Trokitsch«, berichtigte er.

»Ich bin bei meiner Runde an eurer Absperrung vorbeigekommen«, erklärte sie. »Ist was Schlimmes passiert?«

Ihr blondes Haar war zu einem dünnen Pferdeschwanz hochgebunden. Obwohl ihr Gesicht keine Spur von Make-up trug, war es schwer, sich den dunkelblauen Augen zu entziehen.

»Ja.«

Wie viele Frauen, überlegte er, würden wohl noch in den Wald gehen, wenn erst bekannt wurde, dass dort ein Sexualverbrechen begangen worden war? Dass eine Frau ermordet worden war. Auf dem Hals der Hundebesitzerin, deren Gesicht von der Kälte ein wenig gerötet war, waren hellere Flecken zu sehen.

»Gehen Sie hier oft mit Ihrem Hund spazieren?«

»Einmal am Tag, wenn ich Zeit habe.«

»Und gestern?«

»Da war ich morgens hier.«

»Okay. Kennen Sie zufällig noch andere, die regelmäßig hier rauskommen, die sich in der Gegend auskennen und vielleicht etwas gesehen haben könnten?«

Sie zögerte einen Moment.

»Ich kenne einige. Ziemlich viele kommen ja zum Laufen her. Ich war übrigens auch mal in einer Laufgruppe der Universität. Wir sind jeden Donnerstagabend hier rausgefahren, aber die Gruppe hat sich mittlerweile aufgelöst. Die meisten Teilnehmer sind allerdings ziemlich begeisterte Läufer und kommen immer noch her, nur zu unterschiedlichen Zeiten.«

»Können Sie mir die Namen von allen Leuten geben, von denen Sie wissen, dass sie den Wald nutzen?«, fragte er. »Wir müssen mit möglichst vielen reden.«

»Zu Hause habe ich bestimmt irgendwo die Teilnehmerliste von der Laufgruppe, die kann ich raussuchen.«

Mit schräggelegtem Kopf schaute sie zu ihm auf. Trokic tätschelte den Hund, der ihm immerzu die nasse Schnauze gegen das Bein drückte. Sein Schwanz, die Hinterbeine und die Brust waren mit langem, welligem, sorgfältig gebürstetem Fell bedeckt.

»Würden Sie sie mir zuschicken? Oder mich anrufen?«

»In einer Stunde bin ich zu Hause, dann suche ich sie heraus«, versprach die Frau nach kurzem Nachdenken.

Eine seltsame Zeit war das. In der Presse sprach man vom blutigsten Sommer seit Menschengedenken. Ein neuer Rekord bei den Verkehrstoten, und die Anzahl der Gewalttaten war auch außergewöhnlich hoch gewesen. Und jetzt das. Als ob alles in Auflösung begriffen wäre, der ganze Hass drang in großen, schwarzen, widerwärtigen Rülpsern an die Oberfläche. Die Polizei hatte viel zu tun gehabt, und die Verbrechen waren immer brutaler ausgefallen.

»Seien Sie vorsichtig. Verlassen Sie die Wege nicht und behalten Sie den Hund in der Nähe. Es gibt guten Grund, vorsichtig zu sein.«

»Selbstverständlich.«

Er bedankte sich für die Informationen, reichte ihr eine Visitenkarte und bekam im Gegenzug Namen, Adresse und Telefonnummer von ihr. Dann ging er zurück zur Absperrung und dem kleinen See.

Nachdem er sich in das Logbuch der Spurensicherung eingetragen hatte, durfte er das Minenfeld wieder betreten. Wenn man das große Mosaik, das einen Fall ausmachte, zusammensetzen musste, waren die physischen Spuren, die Spurensicherung, Rechtsmediziner und er selbst fanden, meistens die verlässlichsten. Diese fassbaren Spuren nannten sie die »stummen Zeugen«. Im Gegensatz dazu waren Menschen variable Größen, die logen und einen in die Irre führten.

Der See war braungrün von Entengrütze und den vielen herabgefallenen Blättern. Trokic trat vorsichtig auf, weil er wusste, dass der Boden am Ufer morastig sein konnte. Trotzdem waren seine gelben Turnschuhe schnell durchweicht, und das kalte Wasser zog langsam an den Beinen seiner Jeans hoch. Er fluchte lautstark. Eine Ente flog aus dem Schilf auf, als er sich näherte. Ein natürliches Wasserloch mit einem Durchmesser von etwa vierzig Metern.

Wenn die Tatwaffe und die Kleidung des Opfers nicht in der Nähe gefunden wurden, müssten sie einen Taucher von Falck anfordern, um das dunkle, trübe Wasser absuchen zu lassen, eine zeitaufwendige Aufgabe.

Er suchte den Boden nach Fußabdrücken ab, obwohl er wusste, dass sich einer der Kriminaltechniker diesen Ort bereits vorgenommen hatte. Da fiel sein Blick auf eine kleine Gruppe verwelkter Pflanzen, die denen ähnelten, die sie bei der Leiche gefunden hatten. Er ging hin, um sie sich näher anzusehen. Intuitiv wusste er, dass es sich um dieselbe Pflanze handelte. Obwohl sie anstelle der Blüten kleine kümmelartige Samen trug. Die Pflanzen mit den dunkelrot gesprenkelten Stängeln waren verblüht, aber nicht vertrocknet. Trokic verspürte ein kleines Triumphgefühl. Doch warum hatte der Mörder wohl genau diese Blumen ausgesucht? Hatten sie eine rituelle Bedeutung? Er pflückte ein paar ab, legte sie in eine Tüte und wusch sich im Wasser den Pflanzensaft von den Fingern.

Dann blieb er in der Stille stehen und betrachtete das seichte Wasser und das Muster, das die Entengrütze bildete. Er ließ den Blick über die Spinnweben gleiten. Plötzlich sah er etwas im Gras blinken. Automatisch hob er es vom Boden auf und hielt es ins Licht. Eine silberne Halskette. Ein paar blonde Haare waren zwischen den Gliedern hängengeblieben. Hier war jemand gewesen. Er holte ein DNA-Kit aus der Tasche und steckte die Kette in die kleine Papiertüte.

Trokics Handy klingelte. Er entfernte sich ein Stück von der Absperrung, setzte sich ins Auto und zündete sich die Zigarette an, die er am Tatort nicht rauchen durfte. Der

Anruf kam vom Revier. Aufmerksam hörte er zu, während er seine Kollegen durch das Seitenfenster betrachtete. Zwei Minuten später war er wieder bei ihnen.

»Möglicherweise wissen wir, wer sie ist«, sagte er zu Agersund. »Der Nachbar einer alleinerziehenden Mutter aus einer Siedlung hier in der Nähe hat sich bei uns gemeldet. Da schreit schon seit Stunden ein Kind in der Wohnung, und niemand hat die Tür aufgemacht, als er geklingelt hat. Er sagt, er habe auch in alle Fenster geguckt und niemand gesehen. Da er sich Sorgen um den Jungen macht, hat er angerufen. Mit dem Auto sind es nur fünf Minuten von hier. Jasper ist schon unterwegs, ich treffe mich dort mit ihm.«

Vielleicht würde er bald schon wissen, wer sie war.

3

Selbst im leichten Morgennebel wirkte die Wohnanlage sauber, die sandfarbenen Mauern bildeten einen architektonisch ansprechenden Vordergrund zum Wald. Das Heulen war schon zu hören, als Trokic und Kriminalassistent Jasper Taurup das Treppenhaus betraten. Ein leises Wimmern, das sich in Abständen zu einem lauten Schluchzen steigerte. Sie klingelten an einer Tür im Erdgeschoss. »Anna Kiehl« stand auf dem Namensschild. Ein weißhaariger Mann steckte seinen Kopf zur Nachbartür heraus.

»Polizei«, sagte Trokic. »Haben Sie uns angerufen?«

»Ja. Der Kleine schreit schon seit Stunden.«

Trokic drückte den Finger wieder auf die Klingel.

»Wie alt ist der Junge?«, fragte er.

»Drei, glaube ich. Er heißt Peter.«

»Und Sie haben keinen Ersatzschlüssel und wissen auch nicht, wer einen hat?«

»Nein, sonst wäre ich selbst reingegangen.«

Ein Dreijähriger kann diese Art Tür wohl kaum selbst öffnen, dachte Trokic. Er ließ es noch zweimal lange klingeln. Dann schickte Jasper sich an, die Tür einzutreten.

»Hol lieber Werkzeug«, sagte Trokic. »Solche Türen lassen sich nicht eintreten, und auf den Schlüsseldienst können wir nicht warten.«

»Sie wollen das Kind ja wohl auch nicht zu Tode erschrecken«, sagte der Nachbar, der sich nicht vom Fleck gerührt hatte.

»Verdammt noch mal!«, sagte Jasper, dem der Gedanke an das zurückgelassene Kind offensichtlich naheging. Er verschwand nach draußen zum Auto und kam mit Werkzeug zurück. Eine halbe Minute später war die Wohnungstür offen.

Das Geschrei verstummte, als Trokic in den kurzen Flur trat. Sein Partner biss sich auf die Lippe und rieb sich die Arme, als würde er frieren.

»Peter«, sagte Trokic vorsichtig. Das Kind musste völlig verängstigt sein, wenn es so lange allein gewesen war. Keine Antwort. Er ging in die Küche und schaute sich um. Ein schwacher Geruch nach Putzmittel hing in der Luft. Salmiak und Blütenduft. Alles wirkte ordentlich und aufgeräumt. Er ging weiter in ein hellgrünes Wohnzimmer, in dem Reproduktionen von Asger Jorn und Kurt Trampedach an der Wand hingen. Auf dem Wohnzimmertisch lagen eine Anthologie des Modernismus, zwei dicke Werke über die Künstler der Renaissance und ein Kinderbuch mit einem Drachen auf dem Titelbild. In der einen Sofaecke lag eine langhaarige graue Katze, die ihn leicht indigniert mit ihren Schlitzaugen musterte.

Trokic rief noch einmal nach dem Kind, diesmal etwas lauter, während er der Reihe nach die wenigen Räume abging. Sie waren gähnend leer und still. Im Schlafzimmer blinkte der Digitalwecker ihn mit vier Nullen an, als ob die Zeit aufgehört hätte zu existieren. Nichts deutete darauf hin, dass jemand in dem Bett geschlafen hatte, und die Rollos waren hochgezogen, so dass die Sonne hereinscheinen konnte. Nicht ein Staubkörnchen tanzte in ihren Strahlen. Schließlich kam er ins Kinderzimmer und schaute sich um. Das Kind war nirgends zu sehen. Er kniete sich hin, guckte unters Bett und hob eine Decke mit roten und grünen Tierfiguren an. Nichts. Rechts vom Fenster stand ein Schrank, dessen Tür nur angelehnt war. Vorsichtig machte Trokic sie auf und schaute hinein.

Ein kleiner Junge mit blondem Strubbelhaar starrte auf einen Punkt an der Wand hinter ihm. Er hatte grüne Augen und trug einen lila Harry-Potter-Schlafanzug. Er hatte sich in eine Ecke gedrückt und die Arme um die Knie geschlungen. Trokic atmete erleichtert auf.

»Hallo, Peter.«

Der Junge reagierte nicht. Trokic, der kein großes Vertrauen in seine pädagogischen Fähigkeiten hatte, zögerte, denn er war sich nicht sicher, was er jetzt am besten sagen sollte. Wenn der Junge nun völlig durchdrehte? Er ging zurück ins Wohnzimmer.

»Der Hauptgewinn sitzt im Schrank, kommt aber nicht raus.«

»Ich kümmere mich um ihn. Aber sieh dir das mal an«, sagte Jasper und zeigte zum Fernsehapparat, auf dem ein gerahmtes Foto stand. »Ist sie das?«

Er ging weiter ins Kinderzimmer. Trokic streifte Handschuhe über und nahm den Rahmen am Ständer hoch, um nicht zu viele unnötige Fingerabdrücke zu hinterlassen. Das Haar war kürzer, sie war gebräunt und hatte türkisen Lidschatten aufgelegt, doch er war sich sicher: Das war die Frau aus dem Wald. Mit einem blauen und einem braunen Auge. Es war Anna Kiehl. Er ließ den Blick über die feinen Gesichtszüge gleiten. Ein kleiner Mund, um den ein verhaltenes Lächeln spielte, als wundere sie sich über eine Bemerkung des Fotografen. Ihr Blick war direkt auf den Betrachter gerichtet. Lebendig, ein wenig fragend, die Augen umrahmt von dunklen Augenbrauen und Wimpern.

»Ja, das ist sie«, murmelte er.

Schließlich wendete Trokic den Blick von der jungen Frau ab und schaute sich im Wohnzimmer um.

Er hörte Jasper im Kinderzimmer leise auf das Kind einreden. Sein Partner verfügte zwar nicht über besondere Qualifikationen für diese Art Krisensituation, aber er konnte solche Dinge einfach besser. Und wenn sich so etwas einmal herausgestellt hatte, dann bestimmte das die Rollenverteilung. Es war niemals angenehm, die Nachricht von einem Todesfall zu überbringen, aber in diesem Fall würde ein Angehöriger dem Kind sagen müssen, was geschehen war. Doch bis zum Eintreffen des Vaters oder der Großeltern war es vor allem wichtig, dass sich jemand um den Jungen kümmerte, und zwar mit angemessenem Respekt für ein Kind, dessen Zuhause auf einmal von der Polizei besetzt worden war.

»Was machen Sie hier? Ist was passiert?«

Er zuckte zusammen. Die Stimme war belegt, wie bei einem Menschen, der gerade erst aus einem langen Schlaf erwacht ist.

4.

Die Kriminalassistentin Lisa Kornelius hatte die schmutzigen Klamotten aus ihrem Reisekoffer auf einen großen Haufen geworfen. Sie lief nackt durch die Wohnung und suchte ihre Zigaretten, wobei sie die Mailbox ihres Handys abhörte. Trokic erklärte detailliert die Umstände eines Falls, für den Agersund sie eingeteilt hatte. Also war sie ihm nun direkt unterstellt.

Lisa hatte selbst um die Versetzung zur Mordkommission gebeten, besser gesagt, sie hatte selbst dafür gesorgt, um der vielen Computerarbeit zu entgehen, die auch Fälle von Pädophilie und Kinderpornographie im Internet einschloss. Ein Gebiet, auf dem sie viel Erfahrung hatte. Aber wenn sie Trokic unterstellt war, würde es bestimmt auch nicht allzu gemütlich werden, dachte sie. Bei Ermittlungsarbeiten hatten sich ihre Wege bereits ein paarmal gekreuzt, und das reichte eigentlich schon, um ihre Begeisterung zu dämpfen. Irgendwie hatte er es bei diesen Gelegenheiten geschafft, ihr trotz all seiner freundlichen Bemühungen das Gefühl zu vermitteln, sie wäre eine zufällig hereingeschneite Praktikantin. Sie fand nicht, dass die fünf Jahre Altersunterschied oder gar seine Erfahrung so etwas rechtfertigten. Wenn es danach ging, hatte sie sicher genauso viel Scheiße gesehen wie er. Nur andere. Dass er Verbindungen nach Kroatien hatte, allein lebte und nie über etwas redete, was außerhalb der Arbeitszeit passierte, trübte ihr Bild von ihm ebenfalls. Kurzum, als Kollege stand er ziemlich weit unten auf ihrer Hitliste.

Sie blätterte den Poststapel durch, den sie unten im Hausflur aus dem Briefkasten genommen hatte. Bei einem weißen Umschlag mit Sichtfenster hielt sie inne.

»Nicht noch mehr unangenehme Überraschungen«, sagte sie zu sich selbst, schauderte plötzlich und warf den ganzen Packen auf den Küchentisch.

Als sie endlich eine Schachtel Zigaretten gefunden hatte, erinnerte sie sich prompt an ihren Schwur, zu Hause nicht mehr zu rauchen – und beschloss im nächsten Moment, es dennoch zu tun. Sie nahm einen dünnen Seidenkimono vom Stuhl, schlang ihn sich um den schlanken Körper und öffnete eins der kleinen Sprossenfenster, damit Luft in die stickige Wohnung kam. Ein marmorierter Dunst lag über dem Meer aus asymmetrischen Dächern, die Stadt wirkte menschenleer, beinahe schwermütig. Eine Frau in ihrem Alter war im Wald ermordet worden. Trokic hatte sie gebeten, bei der Obduktion zugegen zu sein. Sie nahm einen Zug von ihrer Zigarette und versuchte sich auf das vorzubereiten, was da auf sie zukam, doch sie wusste, das war unmöglich. Zwar hatte sie während ihrer Ausbildung schon zwei Obduktionen mitgemacht, aber die waren nicht mit dieser zu vergleichen, das hatte sie jetzt schon im Gefühl.

»Sag Bescheid, wenn du frierst«, sagte sie zu dem Vogel, der in einem Holzbauer in der einen Ecke hing. Es war ein großer Ara namens Flossy Bent P., die Hinterlassenschaft ihres Spanisch studierenden Exfreundes, der sie anlässlich einer Trekkingtour durch Südamerika verlassen hatte. Sie hatte sich bemüht, das rot-grüne Federvieh loszuwerden, nicht zuletzt, weil es ständig »So 'n Scheiß« sagte, und zwar genau im Tonfall ihres Exfreundes. Mittlerweile hatte sie es aufgegeben und eingesehen, dass das Tier für den Rest seiner Tage wohl ein Teil ihrer unordentlichen Wohnung sein sollte.

Sie spielte die Nachricht auf der Mailbox noch einmal ab und hielt ein paar Stichworte in einem kleinen, in Leder gebundenen Notizbuch fest. Nach einigen weiteren Übersprungshandlungen lief sie schließlich ins Bad, um schnell noch eine erfrischende Dusche zu nehmen, ehe sie zur Polizeistation fuhr. Die Obduktion würde so bald wie möglich stattfinden, hatte Trokic gesagt, und dann müsste sie zur Stelle sein. Ob sie nun Lust hatte oder nicht.

5

Eine blondierte Frau um die sechzig stolperte in sein Blickfeld. Sie trug einen ausgefransten rosa Morgenmantel mit weißen Sternen, und Trokic meinte einen schwachen Geruch nach Alkohol und gebratenem Speck wahrzunehmen. Aber an einem Sonntagmorgen konnte man allerlei riechen, musste er zugeben. Die Frau erinnerte ihn an eine Gestalt aus einem amerikanischen Film. Eine ehemalige Diva, die es mittlerweile aufgegeben hatte, den alten Glanz aufrechtzuerhalten. Ihre Augen waren eingefallen, strahlten jedoch immer noch blau aus einem Gesicht, das im Laufe der Jahre ein bisschen zu viel Sonne abbekommen hatte. Vielleicht überhaupt von allem zu viel.

»Kriminalpolizei«, stellte Trokic sich vor. »Und wer sind Sie?«

»Ich wohne oben. Ich heiße Ursula Skousen. Wo ist Anna? Und Peter?«

Sie sah sich suchend im Raum um, als hätte sie ihn nie zuvor gesehen oder als sähe er anders aus als sonst. Ihre Stimme klang ängstlich, obwohl ihr der Zusammenhang zwischen der leeren Wohnung und den düsteren Mienen der Männer höchstwahrscheinlich längst klar war.

»Nicht hier«, sagte Trokic und bemühte sich um einen neutralen Ton.

»Was ist passiert?«, fragte sie. Sie griff sich an den Hals, eine unwillkürliche Bewegung, bei der Trokic zusammenzuckte.

Er zog Frau Skousen diskret ans andere Ende des Hausflurs.

»Das kann doch nicht sein«, sagte sie, nachdem er ihr kurz von der Frau im Wald erzählt hatte. Dabei hatte er betont, sie müsse erst identifiziert werden, ehe man völlig sicher sein könne, dass es sich um Anna Kiehl handelte. Wem diese Aufgabe bevorstand, wollte er lieber nicht erläutern. Manchmal war es das Beste, erst mal den Mund zu halten. Die Frau guckte völlig verschreckt.

»Ich fürchte, so ist es.«

»Wie geht es Peter? Und wo ist er?«

»Wir kümmern uns um ihn, bis wir seine Familie erreicht haben. Wann haben Sie Anna zuletzt gesehen?«

»Gestern Abend. Nach dem Abendessen. Bevor sie laufen gegangen ist. Ich habe auf Peter aufgepasst. Das mache ich oft, wenn sie Ruhe braucht zum Lernen.«

»Studiert sie?«

»Sie studiert an der Universität. Anthropologie. Sie ist sehr gut. Und fleißig.«

»Und was war mit dem restlichen Abend?«

Eine Pause entstand. Dann legte sich ein schuldbewusster Ausdruck auf ihr Gesicht.

»Es war doch Samstag. Ich wollte was im Fernsehen sehen, und Anna hat keinen Fernseher. Da sich ihre Lauftour hinzog und Peter schon fest schlief, habe ich das Babyfon mit zu mir nach oben genommen und mir die Sendung angesehen. Er hat geschlafen wie ein Engel«, betonte sie.

»Sie haben sie also das letzte Mal nach dem Abendessen gesehen. Wann war das?«

»Kurz vor diesem verrückten Engländer im Fernsehen, denn das fing gerade an, als ich runtergegangen bin.«

Trokic kniff die Augen zusammen.

»Mr Bean. Das lief so gegen sieben.«

Er hatte die Sendung selbst gesehen, während er am Wohnzimmertisch eine türkische Wurst mit gedünstetem Kohl gegessen hatte. Bei diesem Gedanken knurrte ihm der Magen. Zum Frühstücken hatte er vor lauter Eile keine Zeit mehr gehabt.

»Wenn Sie das sagen.«

»Waren Sie denn nicht beunruhigt, als sie nicht vom Joggen zurückkam?«

Frau Skousen wirkte verwirrt.

»Aber das ist sie doch. Ich hab sie später gehört. Und dann habe ich das Babyfon abgestellt.«

Trokic musterte sie skeptisch.

»Sie ist zurückgekommen«, wiederholte sie mit Nachdruck. »Es hat hier unten gerumpelt, und ich kann doch sehen, dass sie ausnahmsweise mal aufgeräumt hat.«

Trokic ließ diese Bemerkung zusammen mit dem Schnapsdunst in der Luft hängen und wechselte das Thema.

»Wie steht es mit Liebhabern? Gästen? Ist Ihnen aufgefallen, ob gestern Besuch da war?«

»Nein, nichts. Sie hat immer gesagt, sie braucht ihre ganze Zeit fürs Studium. Ab und zu kamen mal Leute vorbei, aber ich weiß nicht, wer das war.«

»Genau das ist aber sehr wichtig für uns«, sagte er, ohne weiter auf den sexuellen Aspekt einzugehen.

»Wenn Ihnen etwas einfällt, möchten wir das gern wissen.«

Er bemühte sich, seine Gedanken zusammenzuhalten. Diese Kopfschmerzen musste er unter Kontrolle bekommen. Auf dem Revier würde es drunter und drüber gehen, und jede Aussicht auf Schlaf war bis auf weiteres aufgeschoben. Er drückte zwei Finger auf einen Punkt im Nacken, damit er sich auf Frau Skousen konzentrieren konnte.

Sie hatte sich auf die Treppe gesetzt und sah ihn mit einem unergründlichen Gesichtsausdruck an. Offensichtlich ahnte sie nun, dass Anna vielleicht doch nicht zurückgekommen war.

»Läuft sie regelmäßig?«

»Ja. Immer dieselbe Runde. Das weiß ich, weil sie mir das erzählt hat. Sie arbeitet daran, ihre Zeit zu verbessern. Es sind ungefähr fünf Kilometer. Drei Tage die Woche. Dienstag, Donnerstag und Samstag.«

»Dieselbe Runde. Und da sind Sie ganz sicher?«

»Ja. Normalerweise läuft sie an Werktagen, wenn er im Kindergarten ist, aber ab und zu habe ich auch samstags auf ihn aufgepasst. Ist ja nicht lange. Und wenn etwas ist, kann ich sie ja jederzeit anrufen.«

»Anrufen? Beim Laufen?«

»Ja, ich mag es nicht, wenn ich sie nicht erreichen kann, falls Peter was passiert. Deshalb hat sie immer ihr Handy mit. Ich bin ja nicht mehr die Jüngste.«

Trokic runzelte die Stirn und machte sich eine Notiz. Das Telefon hatten sie nicht gefunden.

»Gestern war also nichts anders als sonst, als sie zu ihrer Lauftour aufgebrochen ist?«

»Alles war wie immer.«

»Klang sie irgendwie anders?«

»Nein. Ich hab noch zu ihr gesagt, dass es bald dunkel wird, aber sie hat nur abgewinkt und gemeint, sie würde ihren Weg auch mit verbundenen Augen finden.«

Frau Skousen schüttelte den Kopf. Trotz des Schocks, den sie bekommen haben musste, hatte er den Eindruck, dass sie die Situation irgendwie spannend fand. Da war so ein Funkeln in ihren kleinen Augen. Trokic hatte Lust, sie zu packen und zu schütteln.

»Ich hab ihr gesagt, sie könnte unangenehmen Typen begegnen und so. Exhibitionisten. So allein im Wald rumzulaufen, das wäre nichts für mich.«

»Aber Sie haben nichts Ungewöhnliches feststellen können, nachdem sie aufgebrochen war?«

Ursula Skousen zog sich die Ärmel ihres Morgenrockes über die Handgelenke.

»Nein. Peter war schon eingeschlafen, und ich habe eine Frauenzeitschrift gelesen, bis ich wieder hochgegangen bin. Ich hab nichts mehr von ihm gehört.«

Trokic verzog das Gesicht. Er vermutete eher, dass die Frau vorm Fernseher eingeschlafen war und keine weiteren Informationen zum Verlauf des Abends geben konnte. Dass sie gehört hatte, dass Anna Kiehl zurückgekommen war, bezweifelte er. Sie hatte schwammige Tränensäcke unter den Augen und wickelte ihren Morgenmantel enger um sich, als er sie anschaute.

»Wir brauchen eine vollständige Aussage von Ihnen. Außerdem werde ich Sie wohl bitten müssen, uns bei der Identifizierung behilflich zu sein«, sagte er.

Sie war völlig überrumpelt. Hier spielte sich plötzlich ein Krimi direkt vor ihrer Haustür ab.

»Ich soll sie identifizieren?«

Sie ließ sich die Worte auf der Zunge zergehen.

»Ja, wir möchten ungern Kontakt mit den Eltern aufnehmen, ehe wir uns ganz sicher sind. Und es gibt eine Reihe anderer Dinge, über die ich gern Genaueres erfahren würde: den Verlauf ihrer Route, ihre Gewohnheiten und so weiter. Eventuell können Sie mit Kriminalassistent Taurup aufs Revier fahren.«

»Sie scheinen ziemlich sicher zu sein, dass sie es ist«, sagte sie. »Es könnte auch jemand anders sein. Vielleicht ist sie nur zum Brötchenholen gegangen. Vielleicht hat sie jemanden getroffen, den sie kennt, und jetzt ... Ich kann mir einfach nicht vorstellen, dass ...«

Er musste wieder an die sonderbaren Augen denken.

»Sie hatte doch ein blaues und ein braunes Auge, nicht wahr?«

Frau Skousen schluckte.

Als er wieder ins Kinderzimmer kam, saß sein Kollege auf dem Bett. Neben ihm lag völlig verkrampft der blonde Junge und starrte an die Decke. Trokic schluckte bei seinem Anblick. So klein und so zerbrechlich sah er aus, und die Ähnlichkeit mit der Mutter war unverkennbar.

»Ich habe einen Arzt angefordert«, sagte Jasper leise. »Ich glaube, der Junge hat einen Schock.«

6

Das Polizeirevier bestand aus um ein Quadrat angeordneten Gebäuden. Die Büros der Kriminalpolizei lagen im dritten Stock einiger nicht besonders reizvoller Ziegelsteinbauten. Die Fenster von Trokics Büro, das als kleine Einsatzzentrale diente, gingen auf den Innenhof hinaus. Nicht einmal vormittags war es hier richtig hell, und im Winterhalbjahr wirkte der Raum immer düster und stickig. Mit dieser Jahreszeit hatte Trokic wirklich ein Problem. Wenn man noch so lange warten musste, bis die Sonne wieder richtig schien. Dann ertappte er sich oft dabei, wie er Reisen in sein zweites Heimatland plante. Dabei wusste er genau, dass es in Zagreb auch nicht viel wärmer war, denn die Stadt lag weit im Landesinneren. Man hatte dort nur das Gefühl, die Sonne könnte jeden Moment durchbrechen und alles aufwärmen. In Dänemark hingegen war es durchgehend kalt und feucht.

Der massige Körper von Kriminalhauptkommissar Agersund, dem er jetzt gegenübersaß, quoll an allen Ecken über den Stuhl. Seine schroffe Stimme dröhnte durch den Raum.

»Sie ist also von der Nachbarin und den Eltern identifiziert worden. Das ging ja schnell. Wo ist das Kind jetzt?«

Seit sieben Jahren arbeiteten sie nun schon zusammen, seit Trokic bei der Mordkommission angefangen hatte. Er hätte ihr Verhältnis gern als kollegial beschrieben, von Sympathie und gegenseitigem Respekt geprägt. Stattdessen erinnerte ihn der Kriminalhauptkommissar an die Ameisen, die jeden Sommer in seine Küche einfielen. Sie waren überall, wo sie Zucker rochen, und man konnte sie nie ganz loswerden.

»Bei ihren Eltern. Ein Arzt und ein Psychologe haben sich um ihn gekümmert. Wir haben uns ernstlich Sorgen um den Jungen gemacht. Er war völlig apathisch, als er aus der Wohnung getragen wurde.«

Agersund horchte auf, und sein graues Stoppelhaar sträubte sich. Gleich würde er anfangen, im Zimmer herumzuflitzen wie eine aufgescheuchte Eidechse auf einer Steinmauer.

»Das ist hier verdammt noch mal kein Spaß. Ich hatte schon den ersten Pressefritzen am Telefon. Der hat hundertpro den Polizeifunk abgehört. Er hatte sich schon völlig in seine Schlagzeile mit dem Vergewaltiger vom Botanischen Garten verbissen. Scheiße. Ich wollte diese Sache unter Verschluss halten, und nun breitet sich die Nachricht garantiert aus wie ein Lauffeuer.«

Das war nichts Neues. Es kam sogar vor, dass die Presse schon zur Stelle war, ehe die Polizei am Tatort eintraf. Viele Journalisten riefen mehrmals täglich an, um sich Informationen über die neuesten Ereignisse zu verschaffen, und es blieb dem Wachhabenden überlassen, was und wie viel er herausgab. Doch es gab auch andere Möglichkeiten. Die Polizisten versuchten, das Abhören ihrer Kommunikationsgeräte durch die Presse einzuschränken, indem sie sensible Nachrichten so weit wie möglich verschlüsselt übermittelten. Oder Mobiltelefone benutzten. Aber oft genügte das nicht, und wenn die Presse dann gewisse Dinge zu früh an die Öffentlichkeit weiterleitete, richtete sie vielfach Schaden an. Nicht nur in der polizeilichen Ermittlungsarbeit, sondern auch im Leben der betroffenen Menschen. Agersund meisterte den Umgang mit der Presse bravourös. Bei größeren Fällen wählte er jeden Tag ein Filetstück aus, das er an die Journalisten verfütterte. Auf diese Weise bekamen sie die Schlagzeilen, auf die sie aus waren, und die Polizei selbst konnte in Frieden arbeiten.

Trokic ließ den Blick auf dem Foto der nackten jungen Frau mit den Blumen ruhen, das an der großen weißen Tafel in Agersunds Büro hing. Sie war gerade mit Bildern bestückt worden, die die Frau aus verschiedensten Blickwinkeln zeigten – das ausgebreitete Haar, das leblose Gesicht mit den harmonischen Zügen und die offene Wunde am Hals. Trokic hatte auch eine Karte des Waldstücks aufgehängt und eine Tatortskizze angefertigt. Ein Wirrwarr, für dessen Analyse er lange brauchen würde.

Er kratzte sich am Kinn.

»Übrigens wurde gemeldet, dass unsere Hunde einer Spur bis zum Rastplatz gefolgt sind. Der Täter ist vielleicht mit dem Auto gekommen.«

»Die Spur könnte von sonst wem sein«, sagte Agersund.

Gedankenverloren fuhr sich Trokic mit der Hand durch das schwarze Haar. Im Geiste schob er die bruchstückhaften Erkenntnisse der bisherigen Ermittlungen hin und her wie die eines riesigen Puzzlespiels. Doch er hatte noch nicht genug beisammen, um ein Gesamtbild erkennen zu können. Seine Finger klopften einen flotten Rhythmus auf dem Tisch. Er musste dringend hier raus. Weitermachen.

Kriminalassistent Jasper Taurup stand in der Tür. Sein jungenhafter Körper wirkte in dem blauen Blouson noch dünner – wenn das überhaupt möglich war. Außerdem war er an diesem Morgen auch noch unrasiert aus dem Haus gestürmt. Bei Trokic spielte das keine so große Rolle, denn bei ihm zeigten sich die dunklen Schatten ohnehin nach kürzester Zeit schon wieder.

»Was ist?«, fragte Trokic. »Haben wir einen Bericht von den Beamten vorliegen, die zuerst am Tatort waren?«

»Jup. Leif Korning, der, der sie gefunden hat, steht nicht unter Verdacht. Sein Alibi ist glaubwürdig.«

»Hab ich mir gedacht. Der Mann ist ja fast blind, soviel ich gehört habe. Kaum denkbar, dass der was mit der Sache zu tun haben könnte.«

»Sag mal, geht's dir so einigermaßen, Daniel? Ehrlich gesagt, du siehst ein bisschen erledigt aus …«

»Mir geht's gut«, schnitt ihm Trokic das Wort ab. Er hatte immer noch Kopfschmerzen.

»Ich will den Täter und das Handy«, sagte Agersund. »Und ihre Kleider. Könnte sein, dass wir dieses Wasserloch in der Nähe des Tatorts von ein paar Tauchern genauer untersuchen lassen müssen. Mist. Der Wald steht teilweise unter Naturschutz. Ehe man sich's versieht, hat man am Ende den Oberförster, das Umweltamt und einen Haufen Biologen am Hals.«

Offensichtlich wollte er das Gespräch beenden, denn er ging zu seinen obligatorischen Schlussworten über.

»Und, Daniel: Keine Ein-Mann-Show, ja? Halt mich auf dem Laufenden.«

Trokic ließ geduldig den üblichen Sermon über sich ergehen: keine Alleingänge und seine Verantwortung als

Vorgesetzter und überhaupt, Autonome seien Leute, die sie bekämpften, nicht einstellten. Dazu noch die eine oder andere Drohung mit Versetzung. Trokic nahm das nicht mehr so ernst, es ging im Wesentlichen darum, den Schein zu wahren, das spürte er. Agersund hatte sich längst mit seiner Art abgefunden, die Dinge zu regeln.

Er klimperte mit den beiden Marmorkugeln, die er immer in der Jeanstasche mit sich herumtrug, und sah seinen Chef schief an.

»Daran halte ich mich doch immer.«

Lisa Kornelius nahm sich eine Zigarette und zündete sie an. Sie war eine Frau, die von ihren Kollegen respektiert wurde, obwohl ihre etwas extreme Kleidung und ihre Größe ab und zu Anlass zu albernen Bemerkungen gaben. Sie hatte drei Jahre in der Kopenhagener Abteilung für Internetkriminalität auf dem Buckel und war vor zwei Jahren für einen Hackerfall und später für ein Seminar über Computerforensik nach Århus abgestellt worden. Agersund war so begeistert von ihr gewesen, dass er sie überredet hatte, in der Stadt zu bleiben, wo sie nun die Kriminalpolizei in allen computertechnischen Fragen beriet. Soweit er wusste, wohnte sie allein in einer Wohnung irgendwo in der Innenstadt und hatte weder Mann noch Kinder. Sie war Anfang dreißig, hatte aber mittlerweile einen Ausdruck in den Augen, als wäre sie zwanzig Jahre älter.

Trokic hatte große Achtung vor ihrer Arbeit und keinerlei Probleme mit ihr. Solange sie hinter ihrem eigenen Schreibtisch blieb. Was sie im Morddezernat zu suchen hatte, wollte ihm allerdings nicht eingehen. Seiner Ansicht nach sollte sich jeder schön an das halten, worin er am besten war. Wenn das der Umgang mit Computern war, dann sollte man besser nicht in einem Bereich arbeiten, in dem alles von dem Vertrauen in die Kollegen abhing, die einen im Notfall schützten. Er konnte sie sich schlicht und einfach nicht als Kriminalbeamtin in Aktion oder als scharf analysierende Vernehmungsleiterin vorstellen. Doch nun hatte Agersund aus unerklärlichen Gründen beschlossen, dass sie an einem ganz besonderen Fall mitarbeiten sollte, und er musste das Beste daraus machen.

An diesem Tag wirkte Lisa allerdings etwas geistesabwesend, als sie in ihrem Notizbuch vor- und zurückblätterte, um sich alle Details des Falles zu vergegenwärtigen. Offensichtlich wollte sie nicht zeigen, wie nahe ihr die Sache ging, doch ihr Blick flackerte kurz, als er über die Fotos an der Tafel schweifte. Wie viele Mordopfer mochte sie in ihrer Laufbahn gesehen haben? Und wie würde sie wohl die Obduktion verkraften?

»Du bist in Kopenhagen gewesen, nicht? Gute Reise gehabt?«

Sie nickte kurz, um gleich darauf wieder abweisend und ohne weitere Erklärungen in ihrem Buch zu blättern.

Trokic schenkte einen zweiten Kaffee ein. Als sie die Tasse entgegennahm, kleckerte sie einen Tropfen auf ihren limonengrünen Pullover.

»Wann bekommen wir die Ergebnisse von der Rechtsmedizin und der Kriminaltechnik?«, fragte Lisa.

Er hatte den Eindruck, dass sie gern wirken wollte, als hätte sie alles im Griff.

»Unsere: morgen früh, haben sie gesagt. Die anderen: hoffentlich im Laufe der Woche. Jasper koordiniert die Vernehmung der Zeugen«, antwortete er.

»Was meinst du, worum es hier geht?«, fragte sie und schaute ihn endlich direkt an.

Er erwiderte den kühlen Blick ihrer grünen Augen. Wie Grünspan, diese Farbe. Wie das Kupferdach einer alten Kirche.

»Ich glaube, es geht um etwas Persönliches. Etwas sehr Persönliches«, sagte er und stand auf. Im selben Moment klingelte das Telefon. Es war Bach.

»Wir sind schon unterwegs«, sagte Trokic.

»Es geht um die Pflanze«, sagte der Rechtsmediziner. »Euer Kriminaltechniker ist gerade hier. Er hat sofort einen Botaniker kommen lassen.«

Er machte eine kleine Pause.

»Jetzt wird es interessant.«

7

»Es ist eine der giftigsten Pflanzen der dänischen Flora«, sagte Bach, wobei er das Tuch von der Leiche zog, um sie in Augenschein zu nehmen.

»Schierling. Kann tödlich sein. Ziemlich ungewöhnlich. Wenn der Sommer dieses Jahr nicht so lange gedauert hätte, wäre er wahrscheinlich schon verwelkt gewesen. Aber das ist noch nicht das Seltsamste.«

Trokic atmete durch den Mund, um den Geruch im Obduktionsraum des Rechtsmedizinischen Instituts auszublenden. Seit sie den Raum betreten hatten, war die Übelkeit in ihm gewachsen wie eine dicke Larve. An diesen Ort würde er sich nie gewöhnen. Der Geruch erinnerte ihn an Dinge, die er vergessen wollte, doch jedes Mal drängten sich ihm die alten Bilder wieder auf.

Anwesend waren der Rechtsmediziner Torben Bach, ein rechtsmedizinischer Assistent, ein Krankenträger, Lisa Kornelius und Daniel Trokic, Kriminaloberkommissar Agersund und der Kriminaltechniker Kurt Tønnies. Aufgabe des Letztgenannten war, jeden Schritt mit Fotos zu dokumentieren und allen technischen Spuren in Form von Kleidung, Schmuck und Ähnlichem nachzugehen.

»Das Seltsame ist«, fuhr Bach fort, »dass dieser lose aufgelegte Strauß getrocknet worden ist. Als ich ihn das erste Mal gesehen habe, hielt ich ihn lediglich für verwelkt, aber er ist knochentrocken. Nicht ein Tropfen Saft steckt mehr da drinnen. Er ist schlicht und einfach nicht frisch gepflückt.«

»Getrocknet?«, fragte der Kriminaltechniker. »Was soll das heißen?«

»Wenn ihr das rausgefunden habt, sagt mir bitte Bescheid«, sagte der Rechtsmediziner mit einem Lächeln. Er maß die Schnittwunde am Hals nach und machte sich eine Notiz.

»Wenn er nicht in der Umgebung gepflückt worden ist, wie wir zunächst angenommen haben, dann deutet das auf ein geplantes Verbrechen hin«, murmelte Agersund.»Keine spontane Vergewaltigung, die aus dem Ruder gelaufen ist.«

Der Anblick der jungen Frau war nicht weniger grauenerregend, nachdem sie aus dem Wald in die Pathologie transportiert worden war. Die offene Wunde am Hals klaffte wie ein schwarzes Loch, und Trokic bemerkte, dass Lisa leicht zitternd die Arme um sich schlang. Er behielt sie im Auge und passte auf, ob ihr nicht doch schlecht wurde, aber offensichtlich biss sie die Zähne zusammen und steckte die Sache tapfer weg.

»Wahrscheinlich wurde ein kleineres scharfes Messer mit einer schmalen Klinge verwendet«, fuhr Bach mit seiner Aufnahme fort. »Das sieht man an diesem Schnitt hier. Auf alle Fälle sucht ihr nach einem sehr feinen Instrument.«

Er fuhr mit einem Finger über die Wunde.

»Wir haben es hier mit einem sehr sauberen Schnitt zu tun, der mehrere Nerven und Sehnen durchtrennt hat ... ziemlich tief, genau gesagt, bis zur Wirbelsäule. Der Täter ist Rechtshänder. Und der Schnitt wurde mit Kraft ausgeführt. Oder mit Wut.«

Sie sahen den Leuten etwas über eine Stunde bei der Arbeit zu und verschafften sich dabei einen Überblick – zunächst ergab die Leichenschau keine Abweichungen von den am Fundort gewonnenen Erkenntnissen. Der Tod war am Samstagabend eingetreten, wahrscheinlich zwischen 19 und 21 Uhr, durch einen Schnitt in den Hals mit nachfolgendem starkem Blutverlust. Abgesehen von den Spermaspuren gab es keine Hinweise auf ein Sexualverbrechen. Anna Kiehl war 27, etwa 1 Meter 70 groß, trug ihr mittelblondes Haar kurzgeschnitten und hatte einen normalen Körperbau. Trokic bemerkte, dass der Nabel einmal gepierct worden war und dass sie ziemlich viele Muttermale hatte. Die Haut hatte sich unnatürlich verfärbt, und die inneren Organe waren inzwischen entnommen worden.

»Sie hat sich also nicht gewehrt?«, fragte er.

Der Rechtsmediziner schwieg eine ganze Weile.

»Sie war schwanger«, sagte er dann.

»Im wievielten Monat?«, fragte Lisa und sah mit ganz neuem Grauen auf das, was er in der Hand hielt.

»Hmm … das muss ich noch ausmessen. Ich würde meinen, zehn Wochen. Dem ersten Eindruck nach ein normal entwickelter Embryo.«

»Daniel«, bullerte Agersund. »Freunde, Exfreunde, Liebhaber, Freier?«

Trokic schüttelte den Kopf.

»Noch ist uns niemand bekannt. Aber angesichts dieser neuen Erkenntnis hat das ab jetzt natürlich oberste Priorität.«

Bachs Gehilfe brachte den Embryo weg – hier mussten DNA-Proben genommen werden, um eine spätere Identifikation des Vaters zu ermöglichen. Trokic war froh, als der Mann aus seinem Blickfeld verschwand.

»Schierling. Das ist ein seltsamer Kommentar von unserem Mörder«, erklärte der Rechtsmediziner.

»Wie meinst du das?«, fragte Lisa.

»Wenn ich mich nicht irre, löst Schierling Krämpfe, Erbrechen, Magenschmerzen und einige andere Unannehmlichkeiten aus. Es ist keine besonders große Menge nötig, um eine tödliche Atemlähmung hervorzurufen. Aber das hier war sicher nur eine Dekoration.«

»Sokrates musste Schierlingssaft trinken, als man ihn dafür verurteilte, nicht an die Götter des Staates geglaubt zu haben«, warf Tønnies ein.

»Man glaubte, er verderbe die Jugend. Kann es da einen Zusammenhang geben?«

»Interessant«, meinte Agersund. »Um einen Zufall kann es sich wohl kaum handeln. Ich will nicht, dass auch nur eine Silbe von unseren Gesprächen hier an die Öffentlichkeit dringt. Verstanden?«

»Wann können wir mit einem Bericht rechnen?«, unterbrach ihn Trokic. Er schwitzte, und es fiel ihm schwer, sich zu konzentrieren, denn von der toten Frau ging schon ein schwerer, süßlicher Geruch aus.

»Sobald ich die Ergebnisse der Untersuchungen vorliegen habe«, antwortete Bach. »Könntest du das bitte mal beschriften?« Er reichte Trokic zwei Glasbehälter und einen Filzstift, so konnte er sich mit etwas ganz Konkretem beschäftigen. Eine diplomatische Vorgehensweise.

Bach zog die Handschuhe aus, drehte sich zum Spülstein um und begann sich die Hände zu waschen.

Die Anwesenden sahen einander antwortsuchend an. Die unausgesprochenen Fragen blieben über der Leiche der jungen Frau in der Luft hängen.

»Den werden wir schon erwischen, verdammte Scheiße«, bemerkte Agersund schließlich.

8

»Menschenhaar«, sagte Agersund skeptisch. »Du hast also Haare an einer Halskette gefunden und meinst, die hat eindeutig schon länger da gelegen. Im Grunde kann sie sonst wem gehören. Den nächstbesten dreihunderttausend Einwohnern dieser Stadt, inklusive Umland.«

»Glaubst du?«, sagte Trokic. »Dann sind wir nicht einer Meinung. Der See ist ein ganzes Stück vom Weg entfernt, es ist einfach nicht besonders naheliegend, dass dort jemand herumläuft. Das muss doch untersucht werden.«

Lisa schaute auf die weiße Tafel im Besprechungsraum,

in dem sie für gewöhnlich ihre Briefings abhielten und wo ihr Chef nun bereits die Tatsachen umrissen hatte, die ihnen bislang bekannt waren. Um sie herum saßen ihre Kollegen und konzentrierten sich.

»Ja, ja doch, dann kümmere dich eben darum«, schloss Agersund und verlor das Interesse am Thema. »Bis die Ergebnisse der Kriminaltechnik vorliegen, werden wir versuchen, uns ein Bild von den Gewohnheiten des Opfers zu machen. Ich will alles über diese junge Frau wissen«, fügte er überflüssigerweise hinzu. »Wenn wir fertig sind, will ich wissen, mit wem sie Umgang hatte, was sie so gemacht hat, was sie gegessen hat, ich will all ihre Gewohnheiten und Laster kennen … Ich will sie besser kennen als mich selbst.«

»Tja, das dürfte nicht allzu schwer sein«, murmelte Jasper in sicherer Entfernung.

Wie immer ignorierte Agersund die Beleidigung und hängte ungerührt eine Landkarte an die Tafel. Die Stadt mit allen Vororten und Waldgebieten. Ein gestricheltes Viereck in der südöstlichen Ecke kennzeichnete die Stelle, an der man Anna Kiehl gefunden hatte.

»Wir suchen Zeugen in etwa diesem Umkreis.«

Mit dem Kugelschreiber malte er einen Kreis in die Luft und zog sich dann die graue Hose hoch, die allem Anschein nach jeden Augenblick runterrutschen wollte.

»Wir befragen alle, die zur Tatzeit im Wald gewesen sein können: Hundebesitzer, Mountainbiker, Jogger, Reiter, Touristen und Anwohner. Alle Berichte kommen auf meinen Schreibtisch, mit einer Kopie für Trokic.«

Trokic ergänzte: »Die Vermutung liegt nahe, dass wir es mit einer stark gestörten Person zu tun haben. Wir überprüfen alle Irren, die sich auf freiem Fuß befinden, und alle

Personen, die mit dem Opfer irgendeine offene Rechnung gehabt haben könnten.«

»Und was lässt sich über den Tathergang sagen?«, fragte einer der älteren Beamten.

»Wir haben bisher noch nichts dergleichen gesehen, also ist es wahrscheinlich niemand, der uns bereits bekannt ist.«

Agersund räusperte sich und setzte sich auf den Tisch.

»Uns fehlt ein Motiv. Es sieht nicht so aus, als habe sie Widerstand geleistet, das könnte darauf hindeuten, dass sie freiwillig mitgegangen ist und ihren Mörder kannte. Aber wir wollen nichts ausschließen. Und noch mal: Keiner von euch redet mit jemandem, der auch nur entfernte Ähnlichkeit mit einem Pressefritzen hat. Wenn jemand auch nur ein Wort sagt, dann mach ich ihn klein, kleiner als mein Arschloch.«

»Bekommen wir Verstärkung aus Kopenhagen?«, fragte Jasper.

Bei schweren Fällen wurden ihnen manchmal Leute vom KTA geschickt, einer Abteilung, die der Reichspolizei unterstellt war und mit ihrer Erfahrung und ihrem Expertenwissen Ermittlungen unterstützte.

»Wenn, dann sicher nur in begrenztem Umfang«, sagte Agersund. »Die haben doch noch mit der kopflosen Leiche zu tun, die letzten Monat in Kopenhagen gefunden worden ist. Aber vielleicht wollen sie uns ja den Neuen schicken, den sie gerade eingestellt haben.«

»Klasse«, sagte Jasper und deutete einen spöttischen Applaus an. »Und wir bedanken uns herzlich für die Hilfe.«

»Ist doch besser als nichts«, murmelte der Kriminaloberkommissar.

Lisa betrachtete ihren Chef mit einem kleinen Lächeln. Nicht mal sein ungehobeltes Auftreten und die unmodische Kleidung konnten darüber hinwegtäuschen, dass er seinen Titel zu Recht trug. Manchmal hatte sie sogar zärtliche Gefühle für ihn, wenn er in seinen unmöglichen ungebügelten Hemden durchs Gebäude trottete. Seit vier Jahren war er geschieden. Seine Frau hatte seinen Job nicht ertragen, erzählte man sich. Die unregelmäßigen Arbeitszeiten, und beim Abendessen dann Gespräche über Obduktionen oder andere Angelegenheiten der Abteilung A. Eines Tages, als er mal wieder spät vom Dienst nach Hause kam, hatte sie die Hälfte des Hausstands in einen Bettbezug gepackt und kundgetan, dass die Ehe beendet war. Ihre beiden Söhne im Teenageralter wohnten seither abwechselnd mal beim einen, mal beim anderen Elternteil. So viel zum Tratsch. Lisa schätzte ihren Chef sehr, weil er sich immer Zeit für sie nahm und sie mit Respekt behandelte, weil er dafür sorgte, dass seinen Leuten ein Psychologe zur Verfügung stand, bei dem sie sich Luft machen konnten, wenn sie mit Fällen von Kinderpornographie arbeiteten, und weil er immer ein offenes Ohr für seine Mitarbeiter hatte. Auch wenn es gerade drunter und drüber ging. Er war beliebt, sowohl intern als auch extern, und sie war stolz darauf, ihn ihren Chef nennen zu können.

Agersunds Handy klingelte in seiner Tasche. Er fasste sich kurz, klappte dann das Handy zusammen und sah seine Leute an.

»Die Kriminaltechniker haben gerade mit der Untersuchung von Anna Kiehls Wohnung begonnen«, fuhr er fort. »Trokic und Lisa – das übernehmt ihr.«

9

Die Luft war schneidend kalt, als sie vor Anna Kiehls Wohnung ausstiegen. Genau der richtige Abend für eine Wohnungsdurchsuchung. Tags zuvor war Lisa noch auf dem Weg zu einer anderen Verabredung gewesen. Sie erlaubte sich ein Lächeln bei dem Gedanken an ihre Reise nach Kopenhagen. An den Mann, mit dem sie sich getroffen hatte. Vielleicht hätte sie sich nicht so schnell mit ihm einlassen sollen, aber die Chemie stimmte, hatte sie gedacht, und er war so ungeheuer anziehend und galant gewesen. Und was zum Teufel sollte sie sonst mit den noch verbleibenden Jahren ihrer schwindenden Jugend anfangen? Sie hatte ihn im Internet kennengelernt, wo sie ganz diskret ein Profil in einem Datingportal eingestellt hatte. Nach ihrem Empfinden waren sie sich nach einem zweimonatigen Mailwechsel schon recht nahe gekommen. Er war nur ein paar Jahre älter als sie und hatte nichts dagegen, Kinder zu bekommen oder nach Jütland umzuziehen. Und das bedeutete ihr viel. Mittlerweile sah es allerdings so aus, dass sie ständig das Telefon belauerte und darauf wartete, ob er sie nicht anrief. Deswegen war sie eigentlich ganz froh über ein bisschen Ablenkung.

Unter der Badezimmerwaage hatten sie einen Zettel gefunden, berichtete der Kriminaltechniker. Ein kleines Puzzleteil, das Anlass zu weiteren Fragen gab. Während ihrer kurzen Karriere bei der Polizei dieser Stadt hatte Lisa auch schon an Hausdurchsuchungen teilgenommen. Dabei hatten sie es aber immer auf Computer abgesehen.

Computer, deren Inhalt man nicht mal seinen schlimmsten Feinden zeigen mochte. Aber so etwas passierte in der Regel am Ende der Ermittlungen. Dies hier war etwas Neues. Ein Anfang.

»Procticon« stand auf der einen Seite des Zettels. Eine britische Pharmafirma, hatte Jasper erklärt. Auf der anderen Seite stand »C + I«. Vielleicht hatte das nichts mit dem Fall zu tun, aber ignorieren konnte man es nicht. Schließlich war es ja nicht gerade naheliegend, den Namen einer Pharmafirma auf einen Zettel zu schreiben und ihn unter die Personenwaage im Bad zu stecken. Er musste auf den Boden gefallen und zufällig unter die Waage gerutscht sein.

Lisa hatte in erster Linie den Computer der Verstorbenen sicherzustellen, ein älteres Gerät, das sie von den Kabeln trennte und zum taubenblauen Transporter der Techniker trug.

»Keine schlechte Wohnung für eine Studentin«, sagte sie, als sie zurückkam.

»Laut Anna Kiehls Mutter fehlte ihr nur noch die Examensarbeit, deshalb studierte sie Teilzeit. Ansonsten schrieb sie für verschiedene Zeitschriften und unterrichtete Studienanfänger an der Uni in Anthropologie«, sagte Trokic. »Da drüben auf dem Plastiktablett liegt eine Vorlesung über genetische Anthropologie, die sie morgen hätte halten sollen.«

Auf einer Ablage an der Wand stapelten sich Zeitschriften und Zeitungen. *National Geographic*, *Norsk Antropologisk Tidskrift*, *Jordens Folk*. Trokic und Lisa ließen die Hände in den Taschen, bis die Fingerabdrücke gesichert waren. Die Kriminaltechniker hatten bereits diverse Gegenstände zusammengesammelt, die man eingehender untersuchen wollte. Kalender, persönliche Papiere, den Inhalt der Schreibtischschubladen.

Lisa ging durch die Räume und versuchte, weitere Eindrücke von der Person zu gewinnen, die in diesem überaus ordentlichen Heim gelebt hatte. Hier war zwar kein Mord begangen worden, aber sie würden hoffentlich Näheres über Anna Kiehls Lebensgewohnheiten, ihre Interessen und Bekanntschaften erfahren. Alles würde sich zu einem Ganzen zusammenfügen, einer Art Wahrheit über die Anthropologin Anna Kiehl. Wenn man aus dem Fenster schaute, konnte man ahnen, wo der dichte Wald begann, über dem ein leichter Nebel lag. Ob Trokic sie wohl zu dieser Hausdurchsuchung mitgenommen hätte, wenn Agersund es nicht ausdrücklich angeordnet hätte?, überlegte Lisa.

»Du wohnst doch hier in der Nähe, oder?«, fragte sie.

»Einen halben Kilometer stadteinwärts.«

Trokic deutete vage Richtung Stadt. Er hatte ganz dunkelblaue Augen, fiel ihr auf, keine braunen, wie sie geglaubt hatte. Sein Haar war schwarz, aber in der Sonne sah man einen braunen Schimmer. An der Stirn hatte er auf einer Seite einen Wirbel, der sie insgeheim amüsierte. Wenn er morgens zur Arbeit kam, hatte er ihn beinahe unter Kontrolle, aber im Laufe des Tages konnte er seine Gewohnheit, sich durchs Haar zu fahren, nicht unterdrücken, und die eigenwilligen Strähnen stellten sich unweigerlich wieder auf.

Sie versuchte sich seine Wohnung vorzustellen, sein Privatleben, doch es wollte ihr nicht gelingen. Vielleicht hatte er gar kein anderes Leben neben seinem Beruf. Oder man war sich kollektiv einig, nicht über ihn zu reden. Es würde sie nicht wundern, wenn er ein, zwei Geheimnisse hütete. Aber wenigstens baggerte er einen nicht an, stellte sie nicht ohne Respekt fest. Ein paar von den Büromädels waren nicht uninteressiert, wie sie bemerkt hatte, aber das entging ihm offenbar völlig.

»Haben wir kein Fotoalbum gefunden? Und was ist mit dem Briefkasten?«, fuhr er fort.

Da die Techniker grünes Licht gegeben hatten, fing sie an, sämtliche Schubladen, Regale und Ecken nach Schlüsseln zu durchsuchen und fand zwei kleine, die entweder zum Briefkasten oder zu einem Fahrradschloss passten. Es war der Briefkastenschlüssel, wie sie feststellte. Sie holte die Reklame vom Sonntag heraus und ein Fachbuch: *Die chemische Zone*. Auf dem Umschlag klebte ein gelber Zettel: »Mit Dank zurück, Irene«. Sie ging in die Küche und blätterte das Buch gedankenverloren durch.

Trokic nahm sich ein Glas Wasser und reichte ihr ein Stück Papier mit einem Symbol darauf.

»Den hab ich gefunden.«

Ein Oval mit einer Art Kreuz darin. Es war von Hand mit einem Kugelschreiber gezeichnet worden.

»Was ist das denn?«, grübelte sie. »Ein religiöses Zeichen? Vielleicht hat sie das auch bloß beim Telefonieren draufgekritzelt.«

»Das ist aus ihrem Terminkalender. Der übrigens kaum benutzt worden ist«, sagte er.

Lisa setzte sich und rieb sich die Augen. Sie war müde nach der langen Zugfahrt, und sie spürte, dass der bestialische Mord schon ihre Reserven angegriffen hatte. Er machte ihr Angst, und das Bild der toten Anna Kiehl war wie eingebrannt auf ihrer Netzhaut. In Zeiten wie diesen war sie sich manchmal nicht sicher, ob sie sich den richtigen Job ausgesucht hatte.

Sie war nicht imstande, Taten so zu sehen wie Jasper Taurup oder viele andere ihrer näheren Kollegen. Taten waren für diese Leute entweder legal oder illegal, einzuordnen unter einem bestimmten Paragraphen oder in eine Statistik, und manchmal reichte das Beweismaterial vor Gericht möglicherweise nicht aus. Aber für sie selbst waren Taten Nuancen von Gut und Böse, Licht und Schatten, die sich nur allzu oft in undurchschaubaren Mustern mischten. Und vor allem waren sie eng mit Gefühlen verbunden. Wenn sie ihren Gedanken keine positive Richtung geben konnte, gewann das Dunkle Oberhand und machte sich bei ihr als überwältigende Müdigkeit bemerkbar.

»Du kümmerst dich um den Computer, wenn wir zurückkommen«, sagte Trokic. Keine Frage, ein Befehl. Sie hatte gehofft, sie würde etwas anderes zu tun bekommen, und fühlte sich abgeschoben.

Ein leises Rascheln ließ sie aufblicken. Eine Frau stand auf der Türschwelle und beobachtete sie. Wie lange sie schon da gestanden hatte, war nicht klar. Das musste die Nachbarin von oben sein, von der Trokic gesprochen hatte. Eine abgehalfterte Primadonna, die Beschreibung passte.

»Haben Sie mit den Nachbarn geredet?«, wollte die Frau wissen.

»Mit den meisten. Warum, haben Sie an jemand Bestimmtes gedacht?«

»Mir ist wieder eingefallen, dass da drüben gestern Abend ziemlich was los war.« Sie zeigte auf die gegenüberliegende Häuserreihe. »Da haben sie wohl gefeiert. Ich hab einen Mann rauskommen sehen, und einen Augenblick später hab ich gesehen, wie er da draußen am Feld langgeschlichen ist.«

Trokic und Lisa standen gleichzeitig auf.

»War das zu der Zeit, als Anna aufgebrochen ist?«, fragte Lisa.

»Weiß ich nicht mehr.«

»Können Sie uns genau sagen, wo die Party stattgefunden hat?«

10

Sein blondes Haar war auf der einen Seite an den Kopf gedrückt, und seine Haut wirkte etwas aufgedunsen, als hätte er lange geschlafen und dabei ziemlich geschwitzt. Er war beim ersten Zeugenaufruf früher am Tag durchgerutscht und wirkte ganz so, als würde er dieses Mal auch gern durchrutschen. Seine Wohnung war die spiegelverkehrte Version von Anna Kiehls Wohnung, die Fenster lagen denen des Opfers gegenüber. Dort drüben konnte Lisa jetzt die Kriminaltechniker herumlaufen sehen. Ansonsten gab es jedoch keine Übereinstimmungen. Der Couchtisch stand voller Bier- und Schnapsflaschen. Es stank nach verschüttetem Bier und Rauch, und wenn Lisa den Geruch und die zerfransten und bis zum Filter runtergerauchten Kippen richtig einschätzte, hatten auch noch ein paar Joints den Weg auf das feuchtfröhliche Fest gefunden.

Der Mann war Ende dreißig und nach eigener Aussage Angestellter bei einer Telefongesellschaft. Hinter der verlotterten Katerfassade könnte sich was ziemlich Attraktives verbergen, dachte Lisa. Trokic erklärte dem Mann ihr

Anliegen. Die Information über Anna Kiehl schien ihm neu zu sein, offensichtlich hatte er an diesem Abend noch kein Radio oder Fernsehen angeschaltet.

»War's denn eine gute Party?«, fragte Lisa freundlich, als sie in der Küche an dem kleinen runden Tisch Platz genommen hatten.

»Eine von den ganz üblen.«

»Wie viele waren da?«

»Ich, mein Bruder Tony und einer seiner Freunde, Martin.«

»Wie gut kennen Sie Anna Kiehl?«, fragte Trokic.

»Eigentlich kenne ich sie nicht. Ich wusste nicht mal, wie sie hieß, ehe Sie es mir gesagt haben. Aber natürlich kannte ich sie vom Sehen. Ich wohn ja direkt gegenüber und hab sie oft gesehen, wenn sie den Müll rausbrachte oder mit ihrem Sohn auf den Spielplatz ging. Manchmal ist sie auch gejoggt.«

»Waren Sie gestern den ganzen Abend zu Hause?«

»Ja, und die Nacht auch. Tony und Martin sind erst gegen fünf nach Hause gefahren. Wir waren die ganze Zeit hier.«

Sein Blick flackerte kurz. Nur ein kleines bisschen. Lisa sah sich das Aquarium an, das auf einem Regal ein paar Meter weiter stand. Kleine Schildkröten paddelten eifrig darin herum. Eine saß auf einem Stein an der Oberfläche und betrachtete sie aufmerksam.

»Haben Sie Anna Kiehl gestern gesehen?«

Der Mann schaute an die Decke und hatte sichtlich Mühe, sein Gehirn langsam wieder auf Touren zu bringen.

»Tja, ich glaub schon, gestern Nachmittag hab ich sie mit ihrem Sohn gesehen. Das heißt, eigentlich könnte das auch am Tag davor gewesen sein. Jetzt werd ich selbst unsicher. Aber gestern Abend war sie auf jeden Fall zu Hause. Sie ist da drüben rumgelaufen.«

»Um welche Zeit war das?«

»Irgendwann mitten am Abend.«

Trokic fing Lisas Blick auf.

»Könnten Sie den Zeitpunkt vielleicht etwas genauer angeben?«, fragte er.

Der Mann strengte sich gewaltig an, die Informationen aus seinem müden Kopf zu wringen.

»Das müsste … Nein, das war, als wir Irish Coffee machen wollten, ich hab sie nämlich gesehen, als ich beim Sahneschlagen war. Und den haben wir nach dem Fußballspiel getrunken. Ich weiß nicht mehr, wann es zu Ende war, aber der Supermarkt hatte auf jeden Fall schon zu, denn wir …«

»Was?«

»Nichts. Ich glaube, das Spiel war Viertel nach acht oder halb neun zu Ende.«

Sein Blick flackerte wieder.

»Ich glaube aber, ich habe Sie vorhin sagen hören, dass niemand von Ihnen die Wohnung verlassen hat«, stellte Trokic fest. »Was hat der Supermarkt also mit der Sache zu tun?«

Der Mann zog den Kopf ein wenig ein.

»Mein Bruder hat Schlagsahne geholt.«

»Und wie lange hat das gedauert?«

»Ich weiß nicht. Vielleicht war er bei der Tankstelle.«

»Hat es so lange gedauert, wie man zur Tankstelle hin und wieder zurück braucht?«

»Ich erinnere mich nicht mehr.«

»Können Sie sich denn überhaupt daran erinnern, ob

die Sahne nach dem Fußballspiel geholt worden ist oder vielleicht doch in der Halbzeit?«

»Bestimmt war es gegen Ende der ersten Halbzeit«, murmelte er. »Er ist erst in der Halbzeitpause zurückgekommen.«

»Was meinen Sie, wie lange war er weg?«

»Vielleicht eine halbe Stunde. Aber ich hab die Sahne erst nach dem Spiel geschlagen.«

»Da sind Sie sich sicher?«, warf Lisa ein. »Ich meine«, sie warf einen Blick auf den Couchtisch, der sich geradezu unter den Flaschen bog, »könnte es nicht auch früher gewesen sein, dass Sie Anna Kiehl bemerkt haben? Wissen Sie, das passt nämlich alles nicht zu den Informationen, die wir bereits haben. Angeblich ist sie nämlich gestern Abend gegen 19 Uhr zum Joggen aufgebrochen und nicht wieder nach Hause gekommen.«

»Ja, aber ich hab sie gesehen«, beharrte er und sah plötzlich aus, als funktioniere sein Gedächtnis langsam doch wieder. »Zumindest hab ich irgendjemanden gesehen. Es war dunkel in der Küche, als ich reinkam, und ich hab kurz was gesehen, ehe ich das Licht angemacht habe. Danach konnte ich durchs Fenster nichts mehr erkennen. Es war nur ganz kurz … Das Licht drüben war gedämpft.«

Trokic fiel wieder ein, was Anna Kiehls Nachbarin von oben gesagt hatte. Entweder war es ungewöhnlich schlecht um das Gedächtnis der Nachbarn bestellt, oder Anna war zu einer weiteren Lauftour aufgebrochen. Und das war seiner Meinung nach nicht besonders wahrscheinlich.

»Manchmal kann es nach dem Haschkonsum Probleme mit der Zeitwahrnehmung geben. Besonders in Verbindung mit Alkohol und wenn …«

»Ich bin mir ganz sicher«, unterbrach sie der Mann stur, ohne die Einnahme von Rauschmitteln zu leugnen. Wenn er den Schwarzen Peter nicht seinen Gästen zuschieben wollte, wäre das auch ziemlich zwecklos gewesen.

»Okay, Sie sind sich also ganz sicher«, sagte Lisa. »Kennen Sie jemanden, der mit Anna bekannt war?«

»Nein, ich wohne erst seit zwei Monaten hier. Ich weiß nur, was ich schon erzählt habe. Ist sie wirklich umgebracht worden?« Er schauderte und rieb sich die Arme.

»Wir wissen noch nicht so viel«, wich Lisa aus. »Alles, was Ihnen einfällt, könnte uns weiterhelfen. Wir möchten selbstverständlich auch gern mit Ihren Gästen reden.«

»Mein Bruder hat nichts damit zu tun. Er hat nur Schlagsahne geholt.«

Lisa runzelte die Stirn.

»Das müssen Sie schon uns überlassen. Geben Sie uns bitte die Namen und Adressen.«

»Hoffnungslos«, meinte Trokic, als sie sich fünf Minuten später in sein Auto setzten.

»Die Frau wohnt in einem Mietshaus, und die eine Hälfte der Bewohner war am Samstagabend nicht zu Hause, während die andere Hälfte so betrunken war, dass sie sich an nichts erinnert«, fasste Lisa zusammen.

»Er hat gelogen, als er behauptete, sie seien die ganze Zeit in der Wohnung geblieben. Einer von ihnen kann ohne weiteres draußen gewesen und von der Nachbarin gesehen worden sein.«

»Wir können auf jeden Fall festhalten, dass er sich nicht besonders gut erinnern konnte.«

»Lass uns gleich mal überprüfen, ob der Bruder eine Akte bei uns hat«, sagte Trokic und rief den Wachhabenden an. »Und wenn sich herausstellt, dass er in der ersten Halbzeit losgefahren ist, dann könnte es sein, dass seine Abwesenheit mit dem Tatzeitpunkt zusammenfällt. Es wäre möglich, dass er sie gesehen hat, als sie die Wohnung verließ, und ihr gefolgt ist.«

»Dann wollen wir mal die übrigen Nachbarn befragen.«

»Schon geschehen«, sagte er matt. »Keinem ist was Ungewöhnliches aufgefallen, und da ihre Wohnung dem Wald am nächsten liegt, kann sie auf dem Feldweg kommen und gehen, ohne von vielen gesehen zu werden.«

Lisa warf einen Blick auf ihre Uhr. Es war Viertel nach neun, und sie war erschöpft. Sie betrachtete die zermatschten Insekten auf der Windschutzscheibe. Trokic klappte das Handy zu.

»Sein Bruder ist vor drei Jahren wegen Vergewaltigung verurteilt worden«, verkündete er.

»Meine Güte«, sagte Lisa.

»Dann wollen wir ihm mal einen Besuch abstatten.«

Lisa zog die Augenbrauen hoch.

»Jetzt?«

»Wann sonst? Kann sein, dass du ein Privatleben hast, ich hab keins.«

Er lächelte ihr zum ersten Mal zu und legte den Rückwärtsgang ein.

11

Schon ein Blick auf das Wohnviertel verriet deutlich, dass es Tony im Leben schlechter ergangen war als seinem Bruder. Und wer die Joints am Abend zuvor mitgebracht hatte, stand auch außer Frage. Trokic und Lisa befanden sich im weniger schönen Teil der Stadt, in einem älteren Gebäude, und das Treppenhaus stank nach Hasch. Als sie das dritte Mal anklopften, steckte eine rothaarige Frau mit verlaufenem grünlichem Make-up den Kopf aus der Tür nebenan. Ihr Blick war so verschwommen, als ob sie erst vor ein paar Minuten gefixt hätte, und ihre Worte kamen nur schleppend:

»Scheiße, Mann, was macht ihr hier für 'n Lärm? Wisst ihr eintlich, wie spät das ist, es gibt verdammnochma Leute, die versuchen fernzusehen.«

»Wir müssen mit Ihrem Nachbarn reden.«

»Was hat er denn jetzt schon wieder angestellt, der Blödmann?«

Sie knallte ihre Tür im selben Moment zu, in dem Tony Hansen seine öffnete.

Dass dieser Mann Schlagsahne geholt hatte, stellte an sich schon einen Straftatbestand dar. Die Wahrscheinlichkeit, dass die Bartstoppeln, die rotgeränderten Augen und das dreckige T-Shirt überhaupt irgendwann eine hinreichend nüchterne Form annehmen konnten, wie sie zum Steuern eines Fahrzeugs erforderlich war, war ziemlich gering. Und als er die Tür aufmachte und sie mit einem verlegenen Blick zögernd in die enge, übelriechende Wohnung ließ, sah Lisa, wie Trokic die Stirn runzelte. Mit wenigen Worten brachte er ihr Anliegen vor und setzte sich unaufgefordert auf einen Stuhl im Endstadium. Es war nicht mit bloßem Auge zu erkennen, dass der Bruder erst Ende zwanzig sein sollte. Seine Bewegungen und seine Gesichtszüge waren die eines alten Mannes.

»Wir möchten gern von Ihnen hören, wo Sie gestern Abend zwischen 18 Uhr und Mitternacht gewesen sind«, fing Trokic an.

»Worum geht es?«

»Das wissen Sie sicher. Eine junge Frau ist ermordet aufgefunden worden, und zwar nicht besonders weit von dem Ort, an dem Sie sich angeblich aufgehalten haben.«

Tony blinzelte.

»Ich war bei meinem Bruder.«

»Den ganzen Abend?«

»Ja. Wir haben Fußball geguckt.«

»Aha. Hat irgendjemand von Ihnen irgendwann die Wohnung verlassen?«

»Nein.«

»Und da sind Sie sicher? Ich glaube, Sie lügen. Und das verkrafte ich nicht mehr, so spät am Abend.«

Tony Hansen setzte sich auf ein fleckiges Sofa und rollte sich mit geübten Handgriffen eine Zigarette auf dem Tisch. Seine nikotinverfärbten Finger zitterten. Nur Lisa blieb mit dem Notizblock in der Hand stehen.

»Ja, ich bin sicher.«

»Dann trifft es also nicht zu, dass Sie mit dem Auto Ihres Bruders weggefahren sind, um Sahne zu besorgen?«

Drückende Stille.

»Na ja … doch.«

»Wie spät war es da?«

»Weiß ich nicht mehr.«

»Sie werden doch wohl nichts getrunken haben, wenn Sie gefahren sind?«, sagte Trokic. »Ihr Gedächtnis dürfte Sie also nicht im Stich lassen. War es vor, während oder nach dem Fußballspiel?«

»Während. In der ersten Halbzeit.«

»Und was haben Sie sonst noch gemacht, abgesehen vom Sahneholen?«

»Gar nichts.«

»Wenn wir davon ausgehen, dass Sie die Sahne an der Tankstelle geholt haben, dann hätten Sie innerhalb von zehn Minuten wieder zurück sein müssen. Ihr Bruder sagt aber, Sie waren mindestens eine halbe Stunde weg.«

»An der Tankstelle war die Sahne ausverkauft. Ich musste zum 7-Eleven in der Innenstadt.«

Neuerliche Pause. Trokic seufzte und heftete den Blick auf ein Paar löchriger Gummischuhe, die einen Meter neben ihm auf dem Boden standen. Er hob einen davon auf, guckte unter die Sohle und ließ ihn wieder fallen.

»Sie sind also nicht zufällig einer jungen Frau in den Wald gefolgt?«

»Nein, bin ich nicht. Verdammt. Ich hab noch nie jemand was getan. Auch nicht das, wofür ich verurteilt worden bin.«

»Wir werden das überprüfen«, warnte Trokic.

Er schaute sich in der verwahrlosten Wohnung um.

»Was machen Sie denn beruflich so, Tony?«

»Nichts.«

»Arbeiten Sie nicht?«

»Ich bin Frührentner. Mein Rücken ist im Eimer. Ist was schiefgegangen, als ich noch bei der Bahn war. Ich kann nicht mehr lange am Stück arbeiten.«

»Dann sind Sie den ganzen Tag zu Hause und hängen rum?«

»Könnte man so sagen.«

»Ist vielleicht auch gar nicht so einfach in Ihrer Lage, auszugehen und Mädchen kennenzulernen.«

»Was wollen Sie denn damit andeuten? Ich krieg schon, was ich brauche. Da können Sie nebenan nachfragen. Die ist mehr als willig.«

Trokic stand widerstrebend auf.

»Wir werden Ihrer Schlagsahne mal nachgehen. Und wenn Ihre Geschichte nicht stimmt, dann landen Sie im Bau.«

»Er lügt«, sagte Lisa, als sie wieder an der frischen Luft waren.

»Ja. Das Gefühl hab ich auch. Aber trotzdem …«

»Jede Wette. Fragt sich nur, warum. Er hätte tatsächlich die Zeit gehabt, Anna in den Wald zu folgen, sich an ihr zu vergehen und sie zu töten. Hätten wir ihn nicht mitnehmen müssen?«

»Noch nicht«, antwortete Trokic. »Ich bin mir nicht so sicher. Wir müssen herausfinden, was zeitlich machbar ist.«

»Es muss ja nicht lange gedauert haben«, beharrte sie.

Trokic biss sich auf die Lippe und ließ die Marmorkugeln in seiner Hosentasche klirren.

»Hm. Wenn man läuft, braucht man mindestens zehn Minuten bis zu der Stelle, an der sie gefunden wurde«, sagte er. »Das kann er nicht geschafft haben. Und dann sind da auch noch die getrockneten Blumen auf der Leiche. Wo hätte er die herkriegen sollen?«

»Das muss doch nicht alles zum Kippen bringen. Die

kann auch jemand anders abgelegt haben, als Geste irgendwie. Menschen machen die seltsamsten Sachen.«

»Aber das Blut«, sagte Trokic. »Hätte er es vermeiden können, Blutflecken abzukriegen? Ich glaube kaum. Also hätte er sich hinterher umziehen müssen.«

Daran hatte Lisa eine Weile zu kauen.

»Sind wir uns denn nicht einig darüber, dass er lügt?«, fragte sie dann.

»Doch«, gab Trokic zu.

»Warum lügt er also?«

»Gute Frage. Der werden wir gleich mal nachgehen. Ich schick jemanden zur Tankstelle und zum 7-Eleven. Wenn er nicht im Stadtzentrum war, lügt er – und dann hat er ein Problem.«

12

Die Katze hieß ihn mit einem gurrenden Laut willkommen, als er nachts um Viertel nach drei heimkam. Lautes Schnurren begleitete ihn hingebungsvoll, während er sich am Ende des Flurs die Jacke auszog und die Schuhe wegkickte, endete allerdings jäh, als er Whiskas in den Napf füllte. Pjuske war an das exklusive Futter aus der Tierarztpraxis gewöhnt, und da sie überzeugt war, das Tauziehen letztendlich doch zu gewinnen, befand sie sich zurzeit im Hungerstreik. Seit er das Kätzchen, das viel zu klein gewesen war, um überhaupt von der Mutter getrennt zu werden, mit verfilztem Fell und vereiterten Ohren in einer Hecke gefunden hatte, bestimmte es über den Futtereinkauf. Zum Schluss zahlte Trokic doch immer wieder murrend den überteuerten Preis in der nächstgelegenen Tierarztpraxis, um den Hausfrieden zu wahren.

Ganz offensichtlich war die Katze auf dem Küchentisch gewesen, dort fanden sich nämlich Abdrücke von nassen Pfoten und Blätter von draußen, die in ihrem dicken Schwanz hängengeblieben sein mussten. Trokic betrachtete die Spuren, ohne sie wegzuwischen. Am anderen Ende des Tisches lag ein Brief von einer Frau, mit der er am Anfang des Sommers ein paar Wochen zusammen gewesen war. Aber da sie allzu schnell vorangeprescht war, hatte er sich bald zurückgezogen. Den Brief hatte er tags zuvor überflogen; eigentlich war ihm nicht klar, ob sie eine Antwort auf ihre Erklärung erwartete.

Er legte Audioslave auf und holte seinen neuesten Luxuskauf hervor. Ein schnurloses Headset, das ein Vermögen gekostet hatte, weil er keinerlei Beeinträchtigung in der Tonqualität hinnehmen wollte. Wenn man sich in einem isolierten Lautuniversum mit einer Dezibelzahl knapp unter der Schmerzgrenze bewegen wollte, war das eine Notwendigkeit – und eine Art, Beschwerden von den Nachbarn zu vermeiden. Es war, als würde die Welt verschwinden, sogar diese Tiefe, in die er sich ab und zu hinabgezogen fühlte.

Er warf einen Stapel Berichte auf den Couchtisch, setzte sich aufs Sofa und goss sich Rotwein in einen Kaffeebecher. Zusammen mit der Musik sollte der Wein die Gedanken zur Ruhe bringen, die ihm an diesem Tag wie wild durch den Kopf jagten. Er wollte zumindest ein bisschen Schlaf finden.

In diesem Reihenhaus wohnte er, seit er elf Jahre zuvor nach einem zweijährigen Kroatienaufenthalt nach

Dänemark zurückgekehrt war. Anfangs hatte er es als Übergangslösung gemietet, bis er etwas Besseres näher am Stadtzentrum fand, aber als das Haus ein paar Jahre später zum Kauf angeboten wurde, hatte er sich doch für den Erwerb entschieden. Mit nur einem Schlafzimmer bot es nicht viel Platz, aber nachdem er zwei Jahre bei einer kinderreichen kroatischen Familie auf einem Sofa geschlafen hatte, war es ihm geradezu luxuriös vorgekommen. Mittlerweile konnte er sich nicht mehr vorstellen, anders zu wohnen. Die anderen Reihenhäuser ringsherum waren längst renoviert worden, aber er hatte sich damit begnügt, die Wände zu streichen, und kam mit dem braunen Badezimmer und den Küchenschränken mit der abblätternden Farbe bestens zurecht. Er fühlte sich heimisch mit dem alten staubgrünen Sofa, den grellen abstrakten Bildern ohne Rahmen, die seine Cousine gemalt hatte, den mittlerweile nachgedunkelten Holzfußböden und dem Regal mit den abgegriffenen Taschenbüchern. Aber es war nicht allein die Geborgenheit, die ihn an diese Wohnung band.

Hier hatte er auch die schwerste Zeit seines Lebens durchgestanden. Hier hatte er stundenlang gesessen, hatte die Musik auf sich wirken lassen wie eine schmerzstillende Kompresse und die kleinen Unebenheiten in der Tapete betrachtet, während zwei Jahre Kroatien langsam von ihm abfielen. Irgendwie war es nicht in Ordnung, diesen Ort zu verlassen, fand er.

Er war das Produkt eines unmöglichen Verhältnisses, der leidenschaftlichen Urlaubsliebe seines kroatischen Vaters und seiner dänischen Mutter. Seine Mutter hatte ihm von Sehnsucht und leidenschaftlichen Besuchen erzählt, auf die dann Frustration und Missverständnisse folgten. Zum Schluss war die Beziehung zerbrochen, und er war in einem kühlen nordischen Land zur Welt gekommen, in einer Atmosphäre, die nur zu oft von Verbitterung, verlorenen Illusionen und Mittelmäßigkeit zeugte. Dennoch hatte seine Mutter sich entschieden, ihm den Nachnamen des Vaters zu geben. »Damit du nicht vergisst, dass es woanders auch noch einen Teil von dir gibt«, hatte sie gesagt.

Seine Kindheit war das Ghetto gewesen, das graue Labyrinth, die farblose Landschaft, die immer noch in ihm lebte. Er überlegte, wann es angefangen hatte. Vielleicht, als er auf dem Balkon gesessen hatte, als einsames Schlüsselkind, das die Säufer auf der Parkbank und die Süchtigen in den Hausfluren beobachtete?

Als Zehnjähriger konnte er den Ausblick von der kleinen Betonhölle kartieren, die er mit seiner Mutter bewohnte. Meistens war er jedoch sich selbst überlassen. Er kannte die Namen sämtlicher Bewohner, wusste, wer was von wem kaufte und wie der Preis für ein Gramm Heroin schwankte.

Erst als Fünfzehnjähriger war er auf eigenen Wunsch in das kleine Dorf zwischen den Maisfeldern, am Fuße der Medvednicaberge in der Nähe von Zagreb, gefahren, um seine übrige Familie kennenzulernen, seinen Vater, einen jüngeren Halbbruder, Cousinen und Vetter. Er war ausnahmslos mit offenen Armen empfangen worden, als ob er nie fort gewesen wäre. Als seine Mutter fünf Jahre später an Krebs starb, gewann die kroatische Familie an Bedeutung, und er hatte sich danach häufig für längere Zeit in Kroatien aufgehalten. Als das Land viel später gespalten wurde und sein Vater und der kleine Bruder im Krieg umkamen, war der Schmerz der Familie zu seinem eigenen geworden.

Zeitweise hatte er erwogen, ganz nach Kroatien zu ziehen, zu Familienessen mit scharfen, schweren Gerichten, einer Sonne, die neue, stärkere Düfte hervorbrachte, und einem weniger stressbestimmten Alltag, aber die Bindung an sein Heimatland war zu stark gewesen.

Im Laufe der Zeit wurden seine Erfahrungen und das außergewöhnliche Gespür fürs Kriminelle, das er in seiner Kindheit entwickelt hatte, zu dem einen Grund, warum er sich bei der Polizei bewarb. Der andere Grund hieß Milan.

Er seufzte und ging in die Küche, wo die Katze in der Spüle saß und vom tropfenden Wasserhahn trank. Er leerte seinen Kaffeebecher, den Brief warf er in den Mülleimer.

Es dauerte lange, bis er einschlief. Ständig tanzten die rotgefleckten Pflanzenstängel vor seinem inneren Auge. Sie wollten ihm etwas mitteilen, aber er begriff einfach nicht, was.

Montag, 22. September

13

Lisa war immer noch nicht mit dem Gähnen fertig, als sie sich am Montagmorgen gegen neun an ihren Schreibtisch setzte und versuchte, sich auf die anstehende Arbeit zu konzentrieren: eine erste Untersuchung von Anna Kiehls Computer.

Nirgendwo zu Hause kam die Persönlichkeit eines Menschen so sehr zum Ausdruck wie auf seinem PC. Es war beileibe kein Kleinkram gewesen, den sie im Lauf der Jahre auf Festplatten und Disketten gefunden hatte. Ab und zu hatte mal ein Verdächtiger versucht, Spuren zu verwischen, indem er Dateien löschte oder in abwegigen Ordnern ablegte, aber das waren die leichteren Fälle. Die Hardcoretypen wussten genau, dass der Inhalt einer gelöschten Datei nicht in den digitalen Himmel kam, ehe die Festplatte nicht siebenmal überschrieben war. Meistens fand sie aber dennoch etwas – das hatte sie den Methoden zu verdanken, die sie selbst entwickelt hatte, unterstützt von den Datenwiederherstellungsprogrammen, die derzeit auf dem Markt waren.

Darüber hinaus hatte sie gelernt, dass es in der Natur eines Psychopathen lag, sich für unantastbar zu halten. Ein Irrglaube, der im Lauf der Zeit viele von ihnen hinter Gitter gebracht hatte. Lisa atmete tief durch und griff nach einer Zigarette. Das Gefühl von Niederlage und der Widerwillen gegen die Beschäftigung mit diesem PC hatten abgenommen, stellte sie fest. Schließlich war sie immer noch an den Ermittlungen in einem Mordfall beteiligt und hatte nun etwas Wichtiges in der Hand. Einen der Schlüssel zum Opfer und damit auch zum Täter. Eine Entdeckungsreise. Und Trokic hatte sie von nichts ausgeschlossen. Wenn sein Vertrauen in sie persönlich auch nicht besonders ausgeprägt sein mochte, musste man ihm doch zugestehen, dass er sich dieses Mal nichts direkt anmerken ließ.

Auf den ersten Blick war Anna Kiehls Computer die Ordnung selbst. Nachdem Lisa eine Sicherheitskopie von der Festplatte erstellt hatte – für den Fall, dass bei der Suche etwas zerstört wurde –, ging sie daran, die wichtigsten Daten auf dem Gerät durchzusehen, wobei sie sich Notizen machte. Auf der Festplatte waren nur wenige Ordner gespeichert, darunter einer mit einer tabellarischen Aufstellung ihrer privaten Finanzen sowie Dokumenten, die nach Rechnungen für freiberufliche Aufträge aussahen. Ein weiterer Ordner enthielt Briefe und wieder ein anderer Anna Kiehls anthropologische Abhandlungen und ihre wissenschaftlichen Texte. In einem gesonderten Ordner befanden sich eingescannte Bilder von ihr und ihrem Sohn Peter. Immer wenn Lisa ein Bild zum Öffnen anklickte, sah sie für eine Sekunde Anna Kiehl vor sich auf dem Obduktionstisch liegen, und jedes Mal atmete sie erleichtert auf, wenn sie die lebendige Anna auf dem Bildschirm sah. Nachdem sie bei diesen Dateien nicht fündig geworden war, setzte sie ihre Hoffnungen auf das E-Mail-Programm. Dort musste doch etwas zu holen sein. Sie wollte gerade auf das Icon klicken, als Trokic auftauchte. Er hatte einen dünnen hellblauen Pullover an, der aussah, als wäre er noch nie getragen worden. Mit Falten an den Stellen, wo er zusammengelegt gewesen war. Lisa war überzeugt, dass Trokic der Typ Mann war, der zweimal im Jahr zu Jack & Jones ging und sich einen Stapel Klamotten von den Regalen griff, ohne sich weitere Gedanken um Aussehen oder Kombinationsmöglichkeiten zu machen.

»Jasper ist bei Statoil gewesen«, sagte er.

»Ja?«

»Er hat das Mädchen gefunden, das Samstagabend Dienst hatte, und hat ihr ein Bild von Tony Hansen gezeigt. Sie hat ihn wiedererkannt, weil er betrunken war, und sie meinte, sie könne sich nicht erinnern, was er gekauft habe, die Schlagsahne sei aber mit hundertprozentiger Sicherheit nicht ausverkauft gewesen. Dann haben wir uns die Videoaufzeichnungen angeschaut und haben ihn auch prompt entdeckt.«

»Wusste ich's doch«, sagte Lisa.

»Wir setzen ihn ein bisschen unter Druck«, sagte Trokic. »Aber wir können nicht unsere ganze Energie auf ihn verwenden. Ich kann mir nicht vorstellen, wie er es geschafft haben sollte, sie zu töten. Und wir dürfen die anderen Spuren nicht vernachlässigen. Ich habe ein paar Leute losgeschickt, die ihn abholen sollen.«

Er atmete tief ein.

»Jasper und ich hören uns jetzt mal in Annas engstem Bekanntenkreis um. Bei der Laufgruppe und der Frau, die das Buch in den Briefkasten gesteckt hat. Mit ihr zusammen hat Anna gerade ihre Abschlussarbeit geschrieben. Und wie ein Studienkollege verlauten ließ, waren sich die beiden aus irgendeinem Grund nicht mehr so grün.«

Als der Chef aus der Tür war, wendete Lisa sich wieder

dem Computer zu und klickte endlich Outlook an. Dann starrte sie verwundert auf den Monitor. Das konnte doch nicht wahr sein.

14

Jasper Taurup war Trokics Lieblingskollege, und das schon seit zwei Jahren. Der Mann hatte einen subtilen, trockenen Humor, und Trokic, der eigentlich nicht leicht zum Lachen zu bringen war, schätzte ihn sehr. Taurup war rational, ein logischer Denker und konnte im Kopf blitzschnelle Analysen vornehmen, die Trokic immer wieder überraschten. Es hieß, als Kind habe Taurup sich die Zeit damit vertrieben, die Tomaten im Treibhaus der Eltern mit dem Taschenrechner zu zählen. Trokic wusste Jaspers Intellekt und seine Fähigkeiten zur richtigen Zeit anzuzapfen, bei wichtigen Verhören zum Beispiel. Sein Kollege erinnerte sich wortgetreu an sämtliche Zeugenaussagen und konnte so kreuz und quer Verbindungen ziehen.

Offen gestanden waren Verhöre nicht Trokics Stärke. Agersund hatte vor ein paar Monaten mal die Bemerkung fallenlassen, dass jeder Vorabend-Quizmaster ein größeres Talent für Verhöre hätte – und wie schade das doch sei. Der Kommissar traf einfach nicht den Ton, mit dem sich seinem Gegenüber entscheidende Informationen entlocken ließen. Manche Kollegen arbeiteten sich an die Personen heran, indem sie über das Wetter, Hobbys, Familienverhältnisse oder das Arbeitsleben redeten, damit die Leute entspannt waren, wenn es an den ernsteren Teil des

Verhörs ging. Zu solchen Themen fiel Trokic jedoch überhaupt nichts ein. Er fragte direkt und bekam eine Antwort. Deshalb war es wichtig, dass seine Partner in dieser Hinsicht effektiver waren. Jetzt hatte er voll Zufriedenheit festgestellt, dass die Befragten Lisas Blick gesucht und sich an sie gewendet hatten. Und das, obwohl sie ihre Fragen gezielt und zurückhaltend gestellt hatte.

Die Laufgruppe bestand aus fünf Männern. Aber das war kein Problem. Einer war nach Gibraltar umgezogen und machte dort bei einem dänischen Unternehmen Karriere. Einer hatte sich ein Bein gebrochen und lag im Krankenhaus. Einer hatte den ganzen Abend mit sieben anderen Leuten auf einem Polterabend in Lystrup verbracht. Einer war zu einem Familientreffen in Søhøjland gefahren. Blieb nur noch einer übrig.

»Sind Sie Mik Sørensen?«

Ein Mann von Ende zwanzig mit schwarzen Haaren und blaugrünen Augen öffnete die Tür. Sie standen im zweiten Stock eines älteren Hauses im Norden der Stadt. Die Vormittagssonne durchbrach ausnahmsweise mal die Wolkendecke, und Sonnenstrahlen fielen durch die schmalen Fenster des Treppenhauses. Sie hatten einen ehemaligen Kommilitonen von Anna Kiehl vor sich. Er trug ein rosa Hemd, das nach einem Bügeleisen schrie, und helle, löchrige Jeans. Leute, die in einem Fall eine gewisse Wichtigkeit hatten, nahm man üblicherweise mit aufs Revier, aber Trokic musste die Menschen in ihrem Umfeld erleben. Jedenfalls beim ersten Mal. Er wollte sehen, wie sie auf Unerwartetes reagierten, was auf ihren Küchentischen stand, wie ihr Haustier sich benahm, und er wollte sich ein Bild von ihrem sozialen Status machen. Er musste riechen können, ob sie ihre Wohnung saubermachten, ob sie rauchten und wenn ja, was. Später erwies es sich dann manchmal als ganz nützlich, die Leute in ein formelleres Milieu zu holen.

»Ja?«

»Wir sind von der Kriminalpolizei. Wir haben einige Fragen im Zusammenhang mit dem Mord an einer jungen Frau vorgestern Abend.«

Eine Pause entstand, der Blick des Mannes ging schnell vom einen zum anderen.

»Wer? Doch nicht etwa meine Schwester?«

»Nein. Es geht nicht um Ihre Schwester. Sondern um Ihre ehemalige Laufkameradin und Kommilitonin.«

»Unmöglich! Wer denn?«

»Anna Kiehl.«

Er schauderte sichtlich und machte die Tür ganz auf.

»Kommen Sie rein.«

Er bat sie in ein kleines, grüngestrichenes Zimmer mit hoher Decke. Die Böden waren dunkelbraun lackiert. Hübsche Wohnung, dachte Trokic, obwohl sie so unaufgeräumt war – Fachbücher, Kaffeetassen, eine Bonbontüte und die Reste einer Pizza standen auf dem Tisch. Der junge Mann ließ sich auf einen Sessel sinken und verbarg das sommersprossige Gesicht in den Händen. Es dauerte eine Weile, ehe Trokic aufging, dass er weinte. Sie ließen ihn eine Weile so sitzen. Schließlich richtete er sich auf und trocknete sich die Augen am Hemdsärmel.

»Wie …?«, fragte er dann.

»Sie wurde gestern Morgen im Wald gefunden«, antwortete Trokic ausweichend. »Hatten Sie ein gutes Verhältnis zu ihr?«

Noch einmal zuckte Mik Sørensen zusammen, ehe er antwortete.

»Ich war ziemlich verliebt in sie während unseres Studiums. Aber das beruhte nicht auf Gegenseitigkeit, deshalb wurde nichts draus.«

»Wann haben Sie Anna das letzte Mal gesehen?«, mischte Jasper sich ein.

»Unsere Laufgruppe hat sich ja aufgelöst. Das heißt, ich laufe noch immer mit Martin, aber der hat sich gerade ein Bein gebrochen. Ich hab sie seitdem nur noch einmal gesehen, irgendwann diesen Sommer war das. Vielleicht vor drei Monaten. Da hab ich sie beim Laufen getroffen.«

Er stand auf und wischte sich mit einer mit Pizzasauce beschmierten Serviette über die Augen.

»Und sonst haben Sie sie nicht gesehen? Sie ist regelmäßig dreimal die Woche gejoggt.«

»Nein. Wahrscheinlich sind wir zu verschiedenen Zeiten gelaufen.«

»Was können Sie uns sonst noch über sie erzählen?«

Eine Pause entstand, während sie darauf warteten, dass der junge Mann weitersprach. Er saß unruhig im Sessel.

»Anna war super«, seufzte er dann. »Einen ehrlicheren Menschen konnte man kaum finden. Ich war fasziniert von ihr, aber ich mochte sie auch als Freundin und Mensch. Ich kann es einfach nicht fassen.«

»Wir müssen Sie fragen, was Sie vorgestern Abend gemacht haben«, sagte Jasper.

Mik Sørensen starrte ihn mit weit aufgerissenen Augen an.

»Mann, Sie glauben doch nicht etwa …«

»Keineswegs«, unterbrach ihn Trokic. »Das ist Routine.

Wir müssen Sie nur fragen, um Sie sicher ausschließen zu können.«

»Ja, aber ich war bloß hier. Ich hab nichts gemacht. Ich hab gelesen, was gegessen, ein bisschen ferngesehen, und dann bin ich früh zu Bett gegangen.«

»Gibt es Freunde oder Nachbarn, die bestätigen können, dass Sie zu Hause waren?«

»Nee ...«

»Okay. Wissen Sie, ob Anna Kiehl einen Freund hatte?«

Er zögerte.

»Ich glaube, diesen Sommer war da jemand, mit dem sie sich regelmäßig getroffen hat.«

»Woher wissen Sie das?«, fragte Trokic.

»Meine Schwester hat vor ein paar Monaten mit ihr gesprochen. Sie hat sie in der Fußgängerzone getroffen. Anna sah total glücklich aus, meinte sie. Und als sie sie gefragt hat, ob sie einen Freund hat, hat Anna ja gesagt. Wie ernst die Sache war, konnte meine Schwester nicht einschätzen. Und auch wenn es ein bisschen weh tat, ich hab es ihr doch gegönnt.«

»Hat Ihre Schwester irgendwelche Namen genannt?«

Er schüttelte den Kopf und kratzte an einem Klecks rotem Wachs auf dem Tisch.

»Wissen Sie, ob Sie mit irgendjemand Streit hatte?«

»Nichts Bestimmtes. Aber es gab ein paar Kommilitoninnen, die nicht viel für sie übrighatten. Eigentlich glaube ich, die waren bloß neidisch. Anna sah gut aus, und obwohl sie ein wenig reserviert war, hörten die Leute ihr zu, wenn sie den Mund aufmachte.«

»Was waren das für Studentinnen, die sie nicht mochten?«

»So blöde Tussen halt. Ja, und dann war da noch was mit dieser Irene, mit der wir zusammen gelaufen sind. Die beiden haben ihre Examensarbeit zusammen geschrieben, aber ich glaube, sie haben sich gestritten. Eines Tages ist mir irgendwie aufgefallen, dass ihr Verhältnis ziemlich abgekühlt war.«

»Wissen Sie, worum es da ging?«

»Nee, ich hab nicht gefragt.«

Trokic stand auf. Mehr war hier im Augenblick nicht zu holen.

15

Die rothaarige Frau hatte bis jetzt keine einzige Träne vergossen. Obwohl Trokic das auch nicht verlangte, fand er es ziemlich gefühllos, dass sie – Zerwürfnis hin oder her – keinen größeren Kummer über den Tod ihrer Freundin zeigte. Die Augen waren mit schwarzem Make-up umrahmt, das sie klein erscheinen ließ.

Ihre Wohnung war nicht groß und vollgestopft mit afrikanischen Masken und Figuren, wie sie vor einigen Jahren modern gewesen waren. Einige hatten kleine Knochen in den Haaren, andere starrten ihn mit hohlen Augen an. Mit Hilfe von Anna Kiehls Mutter hatten sie Irene gefunden, die ausgesagt hatte, sie habe das Buch *Die chemische Zone* am Samstagabend gegen zwanzig Uhr in den Briefkasten gesteckt, nachdem sie festgestellt hatte, dass Anna offenbar nicht zu Hause war.

»Haben Sie gewusst, dass sie schwanger war?«

Die Frau zögerte, was er als Überraschung interpretierte. Dann richtete sie ihren abweisenden Blick auf ihn und antwortete:

»Nein, war mir nicht klar. Von wem?«

»Wir hatten gehofft, Sie könnten uns das erzählen. Wir wissen es noch nicht. Sie war in der zehnten Woche.«

»Ich weiß von keinem Mann. Anna ging nicht viel aus, sie meinte, sie könne abends kaum weg. Peters Vater wohnt in Helsingør und hat schon bald nach der Geburt des Jungen keinen Kontakt mehr zu ihm gehabt. Wenn also jemand auf ihn aufpassen musste, hat sie ihn zu ihren Eltern nach Horsens gefahren. Ich hab ihr oft angeboten, auf Peter aufzupassen, aber das hat sie immer abgelehnt. Eigentlich glaube ich, ihr war es so lieber.«

»Wie gut kannten Sie Anna eigentlich? Waren Sie eng befreundet?«

Irenes Mundwinkel bewegten sich, möglicherweise der Ansatz zu einem Lächeln. Sie war mager, aber auf eine sehnige, kraftvolle Art.

»Wir haben fünf Jahre zusammen studiert. Davon haben wir ein Jahr Tür an Tür im Studentenwohnheim gewohnt. Wir kannten uns also recht gut.«

»Wundert es Sie denn nicht, dass sie Ihnen nichts von der Schwangerschaft erzählt hat?«

»Doch, schon. Aber zehn Wochen ist auch noch nicht besonders weit. Viele Leute entscheiden sich dafür, es erst nach drei Monaten zu erzählen. Sie wissen schon, da kann ja noch so einiges schiefgehen. Und Anna hat vieles lieber für sich behalten.«

Jasper schaute von seiner Strichmännchen-Zeichnung auf. Die kleinen hingekritzelten Figuren saßen hinter Gittern und rauchten Joints.

»Gab es damals irgendwelche Männer?«, fragte er. »In Ihrer Zeit im Studentenheim, meine ich.«

»Ich kenne nur einen, abgesehen von Peters Vater. Tue hieß er. Ich schreib Ihnen den Namen auf.«

Sie stand auf und holte Papier und Kugelschreiber.

»Gibt es denn schon Tatverdächtige?«

»Noch nicht«, erwiderte Jasper. »War das mit diesem Tue was Ernstes oder etwas rein Sexuelles?«

»Wie meinen Sie das?«

»Ja, wie meine ich das wohl?«, sagte Jasper geheimnisvoll.

Sie starrte ihn an.

»Weiß ich doch nicht.«

»Dann erzählen Sie uns doch mal, worum es bei Ihrer Examensarbeit geht«, forderte Trokic sie auf.

»Das ist ein ziemlich umfangreiches Gebiet. Und nun muss ich sie allein fertigschreiben.«

Sie verstieg sich in eine längere Erklärung über genetische Anthropologie und einen Stamm in Zentralafrika, bei dem sie während eines kürzeren Studienaufenthalts gelebt hatten. Die junge Anthropologiestudentin schien das Projekt mit einigem Ehrgeiz zu betreiben, und es sah beinahe so aus, als ob sie das eigentliche Anliegen ihrer Besucher ganz vergessen hatte. Ihr sprudelte gerade eine Ausführung über Genmutationen über die Lippen, als sie plötzlich verstummte und zur Decke schaute, als habe sie den Faden verloren. Etwas gedämpfter und mit fester Stimme fuhr sie fort:

»Ich werde ihre Mutter fragen, ob ich das Material holen und verwenden darf, das sie in ihrem Computer gespeichert hat, sobald Sie mit der Wohnung fertig sind. Sie hatte ein paar sehr interessante Perspektiven bei unseren

Besprechungen eingebracht, und ich weiß, dass sie einige Kapitel dazu geschrieben hat.«

»Ihr PC ist bei uns zur Untersuchung«, warf Jasper ein. »Er ist als Beweismittel beschlagnahmt, und vorläufig können Sie nicht damit rechnen, ihn zu bekommen.«

»Hatte jemand etwas gegen Anna?«, fragte Trokic.

Eine Pause entstand, ehe die Frau antwortete.

»Ich weiß nicht, ob sie direkt Feinde hatte, aber Anna gehörte zu den Leuten, die ihre Meinung deutlich aussprechen, wenn sie den Mund mal aufkriegen. Manchmal machte sie sich damit unbeliebt. Sie hatte keine Angst vor Leuten, nur weil sie einen höheren sozialen Status hatten als sie, und sie vertrat ein paar reichlich krasse Ansichten. Ich hab manches Mal gehört, wie sie ordentlich vom Leder zog.«

»Fanden Sie sie herablassend?«

»Nein, so nicht, aber manchmal ist es natürlich ungemütlich, wenn jemand so unverblümt seine Meinung sagt.«

»Hat Anna Sie vielleicht auch wütend gemacht?«, fragte Jasper. »Wir haben gehört, dass Sie in letzter Zeit nicht mehr auf gutem Fuß miteinander standen.«

»Das stimmt nicht«, sagte die Freundin. »Wer sagt das?«

»Das dürfen wir nicht weitergeben. Gab es Dinge im Leben, die Anna irgendwie ein besonderes Anliegen waren?«

»Ja, sie war links bis in die Fingerspitzen. Und Autohasserin. Sie nahm immer den Bus oder den Zug. Sie hätte bei den Amish People leben sollen. Sie hat gegen alles protestiert, was sie für unnatürlich hielt: Pflanzenschutzmittel, Glückspillen, zu viel Technologie und ganz besonders das Militär. Sie hat im Bioladen eingekauft und ihre Sachen mit so einem widerlichen Waschmittel mit Kokosduft gewaschen.«

»Und Sie sind ganz sicher, dass Sie gut miteinander ausgekommen sind?«

»Ja, da gab es keine Probleme.«

Jasper schaute auf die Uhr und zeigte auf seinen Bauch. Die Mittagspause war längst vorüber. Trokic stand auf.

»Wenn Ihnen noch etwas einfällt, das von Bedeutung sein könnte, ganz gleich, was, dann rufen Sie doch bitte an. Uns wäre sehr daran gelegen.«

Anna Kiehls Freundin nickte.

»Selbstverständlich.«

Sie stand auf und begleitete die Männer zur Tür.

»Wann bekommen Annas Eltern denn Zugang zur Wohnung? Sie rufen mich dauernd an und wollen wissen, ob ich nicht ein paar von ihren Sachen abholen kann. Sie begreifen nicht, dass wir das momentan noch nicht dürfen. Im Gegensatz zu Anna legen sie großen Wert auf Ordnung. Überhaupt möchten sie die Sache so schnell wie möglich aus der Welt schaffen.«

Trokic fing Jaspers Blick auf und ignorierte die Frage der Frau.

»Im Gegensatz zu Anna legen sie großen Wert auf Ordnung?«, wiederholte er langsam. Er strich sich mit der Hand über Hals und Kehlkopf. »Was würden Sie sagen, wenn ich behaupten würde, dass sich Anna Kiehls Wohnung in einem Zustand perfekter Ordnung befand?«

Irene lächelte katzenhaft. »Dann können Sie unmöglich von Annas Wohnung reden. Glauben Sie mir, die war so schlampig, die hat Unordnung für zehn gemacht.«

16

Lisa starrte auf den Computermonitor. Sie hatte das E-Mail-Programm der Verstorbenen geöffnet. Es war leer. Eingang, Ausgang, Papierkorb, alles leer. Nichts. Sie hatte bei der Universität Erkundigungen eingezogen und wusste, dass Anna Kiehl hin und wieder über einen TDC-Account die elektronischen Medien zur Korrespondenz genutzt hatte, aber es war nicht eine einzige Mail auf dem Computer zu finden. Sie spürte, wie sich ihr Sturkopf gegen diese Tatsache sperrte. Hier stimmte irgendetwas nicht. Die Anthropologin hatte ihre E-Mails möglicherweise über einen Provider im Internet geschickt, dem musste man noch nachgehen, aber warum hatte sie dann Outlook eingerichtet? Na ja, ganz verloren konnten die Mails nicht sein. Outlook löschte sie ja nicht komplett, obwohl das allgemein angenommen wurde. Sie generierten keinen eigenen Ordner, sondern wurden in einer großen .psi-Datei zusammengefasst. Und dort blieben sie, gelöscht oder nicht, bis man seine Ordner komprimierte. Wenn Lisa diese .psi-Datei fand, sie mit einem Hex Editor öffnete und dabei beschädigte, ließ sich mit einem Reparaturprogramm eine neue künstliche Kopie der Datei erstellen. Sobald sie danach diese neue Kopie in Outlook verwendete, würden die gelöschten E-Mails in dem Papierkorb-Ordner auftauchen, aus dem sie ursprünglich gekommen waren. Voilà. Als würde man ein Kaninchen aus dem Hut ziehen.

Zehn Minuten später musste sie sich Kaffee holen. Nun war sie schon besorgter, denn auch in der .psi-Datei war sie nicht fündig geworden. Entweder war da nichts zu holen, oder die Ordner waren komprimiert worden.

Also mussten andere Geschütze aufgefahren werden. Lisa wühlte in der Schublade und holte eine CD heraus. Diese Festplatte war alt und ziemlich stark fragmentiert. Wenn sie damit nicht selbst fertig wurde, musste sie sich Hilfe von außerhalb holen, und das würde teuer werden. Manchmal schickte die Kriminalpolizei schwer zugängliches Datenmaterial außer Landes, und in der Regel verging eine ganze Woche, bis es wiederkam. Solche Maßnahmen mussten aber erst mit dem Vorgesetzten besprochen werden. Sie schaute auf den Monitor und wusste intuitiv, dass da etwas gewesen war. Nachdem sie das Reparationsprogramm von der CD installiert hatte, startete sie es, mit dem Befehl, nach Datenumgebungen zu suchen. Dann drückte sie sich selbst die Daumen.

Um den Kopf freizubekommen, stand sie auf und ging in die Technische Abteilung zu Kurt Tønnies.

»Findet ihr was?«

Das gesammelte Beweismaterial wurde normalerweise zur Analyse nach Kopenhagen geschickt. Dort saßen gleich mehrere Daniel Düsentriebs mit kreativen Fähigkeiten, die sich immer neue Methoden ausdachten, um Informationen aus den sichergestellten Objekten zu ziehen.

»Bis jetzt noch nichts. Mist, man könnte echt meinen, der Typ hat sie mit der Nagelbürste bearbeitet. Vielleicht sogar mit dem Staubsauger, wenn man bedenkt, wie wenig wir gefunden haben. Am Körper haben wir verschiedene Fasern entdeckt, aber wir können nicht sagen, ob die von der Kleidung stammen, die sie getragen hat. Die Freundin und die Frau von oben sagen, sie ist normalerweise in einem ganz normalen T-Shirt und Shorts gelaufen. Außerdem haben wir zwei Zigarettenkippen aufgesammelt, gelbe Kings, die lagen etwas abseits. Aber es konnte keine DNA isoliert werden, vorläufig nützen die uns also wenig. Wir würden ja gern glauben, dass sie vom Täter stammen, aber uns kommt es nicht besonders logisch vor, dass er alles so akribisch inszeniert und einen geradezu sterilen Tatort hinterlässt, um sich hinterher hinzustellen und ein paar Zigaretten zu rauchen.«

»Er wäre nicht der Erste«, sagte Lisa. »Manchmal fällt einem gar nicht auf, dass man sich eine Zigarette angezündet hat.«

Sie dachte an Tony Hansen. Der hatte selbstgerollte Zigaretten geraucht, keine gelben Kings. Seufzend rieb sich der Kriminaltechniker die Augen. In der letzten Nacht hatte er nicht viel geschlafen, vermutete Lisa. Die Technische Abteilung war für ihren Enthusiasmus bekannt. Solange der Nachschub an pechschwarzem Kaffee gesichert war, konnten sie rund um die Uhr arbeiten.

»Was ist mit dem Haar, das Trokic an der Halskette gefunden hat?«

»Das hatten wir unter dem Mikroskop, da konnte man schon mal sehen, dass es auf keinen Fall von Anna Kiehl stammt. Wir haben es zur DNA-Untersuchung geschickt, aber wahrscheinlich ist das reine Geldverschwendung. Das kann von sonst wem sein.«

»Und die Wohnung?«

»Auch nicht viel. Die meisten Fingerabdrücke stammen von dem Jungen.« Lisa dachte an den Dreijährigen, der verlassen worden und mutterseelenallein aufgewacht war. Ob er seinen Schock wohl mittlerweile überwunden hatte?

»Dann sind da natürlich ihre eigenen Fingerabdrücke und noch ein paar andere, die sich schätzungsweise dem Hausmeister, der Nachbarin, der Freundin und anderen Besuchern zuordnen lassen.«

Lisa schüttelte den Kopf.

»Na dann, danke für das Gespräch. Ich muss jetzt wieder zurück an den Computer.«

Als Antwort drückte er ihr nur den Arm und schob sie sanft zur Tür hinaus.

Während im Hintergrund noch immer das Wiederherstellungsprogramm lief, klickte sie sich durch die Websites, die von Anna Kiehl besucht worden waren. In den Programmordnern waren Hunderte von Websites, die Aufschluss über die Internetgewohnheiten gaben. Es waren die gängigsten Internetportale, Google, TV 2 und Danmarks Radio, Internetradio, die Stadtverwaltung, die Bibliothek, der Kindergarten, das Meteorologische Institut, medizinische Ratgeber, einige Bands, anthropologische Vereinigungen im In- und Ausland, Forschungsberichte von ausländischen Universitäten auf Englisch und Französisch, die sich auf verschiedene Fachgebiete bezogen. Anthropologie, Ethnographie, Archäologie, Mikrobiologie, Neurochemie, Kulturgeschichte und Soziologie.

Lisa seufzte und fischte eine Tüte Paranüsse aus der Schublade. Ihre und Flossys Lieblingsnüsse – sie knirschten so schön beim Reinbeißen und waren sehr sättigend.

Nach ihrem PC zu urteilen, war Anna Kiehl ein ganz gewöhnlicher Mensch gewesen, hier gab es nicht mehr zu holen. Wenn man mal von der befremdlichen Tatsache absah, dass Papierkorb und E-Mail-Ordner leer waren.

»Findest du was?« Jasper schob einen Stuhl neben sie.

»Nein, das ist ja das Seltsame.«

»Liegen gelöschte Dokumente denn nicht einfach im Papierkorb?«

»Nein.«

Sie erklärte ihm kurz, wie sie das Reparaturprogramm gerade nach gelöschten Outlook-Mails suchen ließ. »Wenn ich auf diese Weise nichts finden kann, muss ich nach Bruchstücken von Texten forschen.« Sie zeigte auf den Monitor. Das Programm war durchgelaufen.

»Der Computer legt Material in Umgebungen ab, die erst bei Bedarf wieder verwendet werden. Das gilt für E-Mails ebenso wie für alles andere, was auf dem PC geschrieben wird. Also wird beim Löschen zuerst nur der direkte Zugang zur Datei aufgehoben, könnte man sagen. Wenn es allerdings schon lange her ist, dass sie gelöscht wurde, und wenn die Festplatte klein, alt und ziemlich voll ist, so wie diese hier, dann kann das Material so oft überschrieben worden sein, dass es für immer verschwunden ist. Und ihre Festplatte ist so stark fragmentiert, als hätte man eine Bombe draufgeworfen.«

Sie rückte ihren Stuhl näher an den Monitor.

»Jetzt hat das Programm die Daten auf der ganzen Festplatte aufgedeckt. Dann müssen wir nur noch nachschauen, ob wir E-Mails finden können. Ich suche mal unter ihrer eigenen E-Mail-Adresse. Die wird in der Mail ja angegeben.«

Sie aktivierte ein Suchprogramm und gab die Adresse ein.

»Das findet jetzt all die gelöschten Stellen, an denen die Adresse vorkommt, und dann müssen wir weitersehen.«

Innerhalb von Sekundenbruchteilen wurden einhundertzwei Stellen gefunden.

»Ha!«

»Das sind doch ziemlich viele.«

»Nein, eigentlich nicht. Neulich hab ich das zum Spaß zu Hause an meinem PC gemacht und elftausend Fragmente mit meiner eigenen E-Mail-Adresse gefunden. Aber das beweist, dass sie ihre eigene E-Mail-Adresse auf diesem PC tatsächlich benutzt hat.«

Sie klickte auf die erste Stelle.

</BODY>

</HTML>

»Anna Kiehl« <annakiehl@oncable.dk>

To: »Birgitte Aksen« <b.axen@get2net.dk>

Date: Tue, 12 Apr 23:36:46 +0200

<p class=3DMsoNormal><font size=3D2

face=3DArial><span =

style=3D'font-size:10.Opt;

font-family:Arial'>Hallo Birgitte – Das hier kann nicht=E5 in einem =

sms.<o:p>/o:p></span></font></p>

<p class=3DMsoNormal><font size=3D2

face=3DArial><span =

style=3D'font-size:10.Opt;

font-family:Arial'>die Sache mit dem Fest morgen. Ich kann nicht

kommen, =

ich hab so viel Arbeit

und ich kann nicht f=E5 so kurzfristig hab ich auch keinen, der auf Peter

aufpasst.

<o:p></o:p></span></font></p>

face=3DArial><span =

style=3D'font-size:10.0pt;
font-family:Arial'>Davon abgesehen hab ich f=E5et einige Stunden nach
= E5rdet.
Ich fre=E6ue mich schon drauf. Und wenn du glaubst
****************************** End of Cluster ******************************

»Mann, was für ein Chaos«, sagte Jasper.

»Ja, die meisten E-Mails werden in HTML verfasst. Diese hier stammt vom Frühjahr. Sie ist sicher schon vor langer Zeit gelöscht worden. Deshalb ist sie in der Mitte abgehackt. Der PC hat inzwischen einen Teil davon überschrieben.«

»Aber hat sie dann insgesamt nur einhundertzwei E-Mails?«

»Nein, bei manchen kann auch einfach ihre E-Mail-Adresse überschrieben worden sein. Dann muss ich einen anderen Suchbegriff eingeben. Ich weiß ja nicht, was ich eigentlich suche. Ich kann lediglich feststellen, dass ich etwas finde.« Sie klickte die nächste Nachricht an. Noch zerstückelter.

»Dafür wird ein ganzer Tag draufgehen«, erklärte sie ihm.

»So. Aber wir haben ein anderes Problem.«

»Ja?«

»Wir wollten Tony Hansen abholen, aber es war keiner zu Hause. Die Nachbarin hat gesagt, sie hat ihn heute früh mit einem großen Rucksack gesehen. Er ist abgehauen.«

17

Zehn Uhr abends. Lisa lag gerade dösend auf dem Sofa, als ein langes Klingeln sie in das Halbdunkel ihres Wohnzimmers zurückholte. Um sie herum tanzten die Schatten und gaben ihr das Gefühl, nicht ganz wach zu sein. Sie streckte sich nach dem Hörer.

»Entschuldige, dass ich so spät noch anrufe.«

Trokic. Verblüfft starrte sie das Telefon an.

»Macht nichts«, sagte sie. Dann fiel ihr auf, dass der Kopenhagener, mit dem sie sich am Wochenende getroffen hatte, laut Display nicht angerufen hatte, und ihre Stimmung sank noch ein bisschen tiefer. Offenbar war kein Ende des Singlelebens in Sicht. Die letzten Jahre waren schwer gewesen, besonders weil sie in ihrem Bekanntenkreis der einzige Single war. Und während alle um sie herum Kinder bekamen und Häuser kauften, fühlte sie sich immer einsamer. Wie in Isolationshaft, dachte sie manchmal. Sie zündete sich eine Zigarette an und konzentrierte sich auf das Gespräch mit Trokic.

»Geht's dir gut?«, fragte er.

»Ja, alles okay.«

Pause.

»Was ist mit dem Sperma, das wir auf dem Opfer gefunden haben. Hat die DNA-Untersuchung etwas ergeben?«

»Gehört niemand, den wir kennen. Vielleicht bitten wir die Männer aus ihrem Bekanntenkreis um eine Blutprobe.«

Er berichtete ihr von den anderen Vernehmungen des Tages. Anna Kiehl war ein unordentlicher Mensch gewesen, wie sich im Gespräch mit ihrer Freundin herausgestellt hatte, und das war offenbar die allgemeine Meinung. Aber die Wohnung war ordentlich aufgeräumt gewesen, und Trokic störte sich an diesem Widerspruch.

»Du glaubst also nicht, dass Anna Kiehl aufgeräumt und geputzt hat, sondern dass jemand anders da gewesen ist?«, fragte sie erstaunt. »Damit wäre Tony Hansen ausgeschlossen.«

»Kann schon sein, dass sich das ziemlich abwegig anhört. Aber ich glaube, der Täter hat den Schlüssel mitgenommen, den sie beim Joggen dabeihatte. Wahrscheinlich wollte er in ihrer Wohnung etwas suchen.«

»Klingt riskant. Der Junge war doch da. Er hätte aufwachen können.«

»Die Nachbarin meint, er habe einen sehr tiefen Schlaf. Und wenn er doch aufgewacht wäre, hätte es immer noch Mittel und Wege gegeben, ihn zum Schweigen zu bringen. Der Junge stand unter Schock, und keiner kriegt ein Wort aus ihm raus. Warum?«

Sie stellte sich vor, wie Annas Mörder sich durch die Wohnung bewegte, und dachte an den Jungen, der nichts vom Schicksal seiner Mutter wusste. Trokic seufzte müde.

»Mir scheint das ziemlich weit hergeholt«, wandte Lisa ein.

»Ich weiß nicht recht.«

Dann erzählte sie ihm, dass sie befremdlicherweise keine einzige E-Mail in Anna Kiehls Outlook gefunden hatte.

»Das passt doch zusammen«, meinte er. »Das sieht Kiehl einfach nicht ähnlich. Der Mörder hat vielleicht etwas gesucht, dabei hat er alles durchwühlt und hinterher die Sachen wieder an ihren Platz gestellt. Zum Schluss hat er alle Flächen abgewischt, auf denen er Fingerabdrücke hinterlassen haben könnte. Deshalb hat es auch nach Putzmittel gerochen, und deshalb besteht die Nachbarin so hartnäckig darauf, dass sie nach Annas Lauftour jemand in der Wohnung gehört hat. Kann man vom Internetanbieter eventuell Informationen über die Mails bekommen?«

»Ich hab schon gefragt«, sagte Lisa. »Da war nichts. Aber ich habe mit einem Reparaturprogramm auf Anhieb hundertzwei Bruchstücke gefunden, die als E-Mails identifiziert werden können.«

»Tatsächlich? Ich hab gar nicht gewusst, dass so was möglich ist. Ist ja klasse, Lisa. Gibt es da was, das uns weiterbringt?«

Lisa lächelte. Für sie war das Routine und leichte Arbeit. Aber warum sollte sie ihn nicht in dem Glauben lassen, sie habe etwas Außergewöhnliches vollbracht?

»Meistens hat sie aus praktischen Gründen gemailt, an die Uni und an die Leute, für die sie gearbeitet hat. Nichts Interessantes. Ein buntgemischter Haufen gelöschter Daten. Wenn ich mehr finden soll, brauche ich etwas Konkretes. Zum Beispiel einen Namen. Oder die E-Mail-Adresse einer anderen Person.«

»Ich hoffe, wir haben bald was für dich.«

Als sie das Gespräch beendet hatten, schwirrte ihr der Kopf. Trokic wollte noch ins Büro, um nachzuschauen, ob der Bericht von der Spurensicherung vorlag, und um seinen eigenen Bericht für Agersund fertigzustellen.

Lisa setzte sich vor ihren Computer und spielte Schiffeversenken auf Expertenlevel, damit sie vor dem Schlafengehen den Kopf freibekam. Seit zwei Monaten lieferte sie sich einen Wettstreit mit ihrer Nichte, und das dumme Gör hatte doch tatsächlich die Führung übernommen.

Flossy Bent P. hatte sich endlich zum Schlafen auf seine Stange gehockt, nachdem er in einer Unzahl von Kombinationen »fuck« gekrächzt hatte – »Fuck, so 'n Scheiß!« war sein Favorit –, bis sie ihm mit Halsumdrehen gedroht und das Fenster aufgemacht hatte. Das hasste er.

Sie war völlig erledigt und bereute, dass sie die Flasche Rotwein aufgemacht und halb geleert hatte. Mindestens ebenso sehr setzte ihr zu, dass der Kopenhagener Antiquitätenhändler sie sitzengelassen hatte. In Zukunft würde sie sich die Haare wachsen lassen und sich einen weniger auffälligen Kleidungsstil zulegen. Und bei den ersten vier Dates für sich behalten, dass sie Computerfreak war und bei der Polizei arbeitete.

»Ich hab keine Lust mehr«, sagte sie laut, als sie eine halbe Stunde später unter ihre kuschelige Bettdecke kroch. Doch sie wusste nicht genau, worauf sie keine Lust mehr hatte. Schließlich nahm sie ihre bevorzugte Schlafstellung ein und wollte sich gerade die Decke über den Kopf ziehen, da klingelte das Telefon wieder. Fluchend stand sie auf, ging ins Wohnzimmer und riss den Hörer von der Gabel.

»Was ist?«

»Na?« Sie konnte ihn förmlich lächeln hören. »Du warst aber schnell. Hast du etwa darauf gewartet, dass ich anrufe?«

Warum rief er sie denn plötzlich an, um alles mehrfach durchzuhecheln? Es musste doch andere geben, die er anrufen konnte. Aber von denen ging vermutlich keiner ans Telefon.

»Ich bin gerade aus dem Büro zurückgekommen.«

Er klang ganz aufgeregt.

»Und?«

»Die Ergebnisse der Spurensicherung lagen auf meinem Schreibtisch. Jedenfalls die, mit denen sie fertig waren. Ich hab doch am See dieses Haar an der Halskette gefunden …«

»Ja, ja, wissen wir doch schon. Kurt hat gesagt, es war nicht von ihr. Was ist damit?«

»Es war auch nicht von ihr. Aber einer aus dem Labor hat die DNA analysiert und uns heute Abend ein Fax geschickt. Und als ich die Informationen in den Computer eingegeben habe, gab's einen Treffer.«

Er klang, als hätte er den Hauptgewinn gezogen, wüsste aber nicht, was er da gewonnen hatte und was er damit anfangen sollte.

»Und, das heißt?«

»Morgen früh machen wir einen kleinen Ausflug. Ich weiß, von wem es ist.«

Dienstag, 23. September

18

Tagundnachtgleiche. Es war zwanzig vor zehn, als sie vor dem kleinen ehemaligen Bauernhof hielten, zu dem das Haar sie geführt hatte. Er lag am Rand eines Dorfes, hundert Kilometer weiter südlich. Trokic war erleichtert gewesen, das völlig chaotische Revier verlassen zu können.

Im Laufe der Nacht hatte ein dreiundvierzigjähriger Mann seine Exfrau erschossen, ein V-Mann hatte einen Tipp wegen einer bevorstehenden Kokaintransaktion in der Nachbarstadt bekommen, und nun musste die Razzia mit der örtlichen Polizei abgestimmt werden. Als ob irgendjemand dafür Zeit gehabt hätte. Außerdem war bei den ganz jungen Leuten eine widerliche neue Designerdroge namens Kamikaze in Mode gekommen, unter deren Einfluss einige von ihnen in der Nacht Amok gelaufen waren. In Agersunds Büro klingelte das Telefon ununterbrochen, Beteiligte und Angehörige riefen an, und sein beträchtliches Repertoire an Schimpfwörtern ergoss sich durch sämtliche Flure und Gänge, während er sich die Haare raufte, auf den Kriminalinspektor verwies und sich über die begrenzten Mittel beklagte, mit denen er unter Hunderttausenden von Bürgern für Recht und Ordnung sorgen sollte.

Aber jetzt hatte Trokic die bislang interessanteste Spur gefunden. Eine Verbindung zu Anna Kiehl. Ein Mann, den sie kannte und der sich in der Nähe des Tatorts aufgehalten hatte.

Das Haus wurde von einer Frau Mitte vierzig bewohnt. Offenbar lebte sie allein auf dem Hof, zwischen Kiefern und Koppeln mit Islandpferden. In der Nacht war das Wetter nicht besser geworden, am Horizont hingen bedrohliche Wolken in allen möglichen Grauschattierungen. Ein abgelegener, einsamer Ort.

Trokic wunderte sich darüber, dass sich eine Frau wie Elise Holm hier draußen im Niemandsland versteckte. Sie trug einen fliederfarbenen Angorapullover mit Fledermausärmeln, und obwohl sie so selbstgestrickt aussah, gefiel sie ihm auf Anhieb. Sie bot ihnen Instantkaffee, Mandarinen und Schokoladenkekse an und entschuldigte sich, dass sie nichts anderes im Haus hatte. Als sie sich eine Mandarine aus der großen Schale auf dem Tisch schälte, verbreitete sich – nicht ganz zur Jahreszeit passend – ein Duft nach Weihnachten in dem kleinen Zimmer.

»Wie ich am Telefon schon sagte«, begann Trokic, »wir haben bei den Ermittlungen in einem Mordfall Haare gefunden, die unserer Meinung nach bedeutsam sein könnten. Deshalb haben wir eine DNA-Analyse vornehmen lassen, die ich mit den Daten von Fällen aus unserem Bereich abgeglichen habe. Es hat sich herausgestellt, dass die Haare von Ihrem Bruder stammen, deshalb wüssten wir gern, wo er sich zurzeit aufhält.«

Im Haus war es bemerkenswert still.

»Ja, aber ich hab überhaupt nichts von Christoffer gehört«, sagte die Frau ängstlich. »Und was soll das heißen mit der DNA? Davon weiß ich gar nichts. Laufen Sie etwa rum und nehmen von allen möglichen Leuten DNA-Proben?«

Vor etwa acht Wochen hatte Elise Holm ihren siebenunddreißigjährigen Bruder Christoffer Holm vermisst gemeldet, da er nach einer Konferenz von Neurochemikern in Montreal weder telefonisch noch sonst wie zu erreichen gewesen war. Seitdem war er zu keinem Termin mehr aufgetaucht. Am Abend zuvor hatte sich Trokic Holms Akte angesehen und war dabei auf Anna Kiehls Namen gestoßen. Er war der erste Mann mit einer Verbindung zu Anna Kiehl, den sie gefunden hatten. Sie war im Zusammenhang mit seinem Verschwinden von der Polizei befragt worden und hatte ausgesagt, sie sei seine Freundin und sie sei sicher, dass ihm etwas zugestoßen sein müsse, da sie es für unwahrscheinlich hielt, dass er sie verlassen habe. Christoffer Holm musste der Freund sein, von dem Mik Sørensens Schwester erzählt hatte.

»Wir können momentan noch nichts Genaues sagen. Die Polizei hat sein DNA-Profil erstellt, denn zu der Zeit, als Ihr Bruder vermisst gemeldet wurde, hatte man eine bis zur Unkenntlichkeit verbrannte Leiche gefunden. Wir waren davon überzeugt, dass es sich um ihn handelte, weil die wenigen physischen Merkmale perfekt auf seine Beschreibung passten.«

Trokic war den Bericht über den verschwundenen Wissenschaftler mit der Lupe durchgegangen. Die Spur verlor sich zunächst in einer kleinen Mærsk-Air-Maschine mit Zielflughafen Kastrup, vier Tage bevor Holm mit seiner großen Schwester ihren Geburtstag feiern sollte. Als er nicht kam, machte sie sich auf die Suche nach ihm und verschaffte sich Zugang zu seiner Wohnung, doch er blieb verschwunden. Spätere Anrufe bei den anderen Passagieren des Fluges ergaben, dass Holm während der Heimreise mit niemand gesprochen hatte, und auf dem Flughafen hatte niemand mehr Notiz von ihm genommen.

Nachdem die Polizei in Erfahrung gebracht hatte, dass der als spontan und impulsiv geltende Mann zwei Wochen zuvor seine Stellung in der Forschungsabteilung eines Krankenhauses gekündigt hatte, ging man zunächst davon aus, dass er nicht gefunden werden wollte. Gleichzeitig war aber auch denkbar, dass ein bislang nicht gemeldetes Verbrechen geschehen war, denn seine Kreditkarte war an verschiedenen Orten in der Hauptstadt benutzt worden. Nach einem Monat hatte man die Sache zu den Akten gelegt, obwohl noch viel zu viele Fragen offen waren.

»Sie haben ein DNA-Profil erstellt? Wie das?«, wollte Elise Holm wissen.

»Man hat genetisches Material aus seiner Wohnung verwendet. Unsere Kollegen konnten nämlich keine Zahnarztunterlagen auftreiben, mit denen sie ihn zweifelsfrei hätten identifizieren können. Erst durch den DNA-Test konnte ausgeschlossen werden, dass es sich bei der gefundenen Leiche um Ihren Bruder handelte. Der Nachbar hat die Beamten in die Wohnung gelassen.«

Er erzählte ihr, dass man zwei Tage zuvor Anna Kiehls Leiche gefunden hatte. Und dass Christoffers Handy offenbar gesperrt worden war, weil niemand die Rechnung bezahlt hatte. Seit der Ankunft in Dänemark war es abgeschaltet gewesen, hatte die Telefongesellschaft mitgeteilt. Trokic vermutete, dass der Akku schon auf der Reise leer gewesen war.

»Es kann unmöglich ein Zufall sein, dass wir einen

Mord haben und ganz in der Nähe der Leiche das Haar eines Vermissten finden, der das Opfer gekannt hat. Sagt Ihnen der Name Anna Kiehl denn gar nichts?«

Elise Holm runzelte die Stirn.

»Ich bin mir nicht ganz sicher. Da waren so viele. Aber letztes Mal, als er hier war, hat er mir von einer erzählt. Ist sie Studentin?«

Trokic nickte.

»Okay, dann war es bestimmt die. Sonst redet er nicht über seine ... also ... Ich kann mich nicht so gut erinnern, muss ich gestehen. Manchmal sehen wir uns monatelang nicht.«

»Wie ist er denn so, vom Wesen her?«

»Christoffer? Sehr aufmerksam. Sehr intelligent. Sehr ehrgeizig. Nicht der Typ Mensch, der sich so leicht anpasst.«

Ihr Gesicht wurde ganz weich, als sie über ihren kleinen Bruder redete.

Lisa nahm Trokic das Farbfoto aus der Hand und betrachtete den verschwundenen Wissenschaftler. Er hatte etwas Unkonventionelles, Wildes, als könnte man ihn abends mit Surfbrett beim Lagerfeuer am Strand antreffen. Mit Labor und Wissenschaftlern hätte sie diesen Typ nicht in Verbindung gebracht. Sein Haar war halblang und mittelblond, die blauen Augen blickten freundlich. Er flirtete mit der Kamera. Ums Handgelenk trug er eins von diesen Armbändern, wie sie auf Festivals und Open-Air-Konzerten ausgegeben werden. Er hatte etwas Ungezähmtes an sich. Und er sah verdammt gut aus, fand sie.

»Ich muss Sie fragen, ob er in der Lage wäre, ein Verbrechen wie dieses zu begehen«, fragte Trokic. »Können Sie sich so etwas vorstellen?«

Elise Holm starrte ihn ungläubig an. Er hätte auch einen Marsmenschen auf den Tisch setzen können.

»Absolut nicht.«

Die beiden Beamten wechselten einen Blick.

»Gut, aber haben Sie eine Vermutung, warum er nicht von seiner Reise zurückgekehrt ist?«, fragte Lisa.

Die Frau schüttelte den Kopf.

»Natürlich war er in Zusammenhang mit seiner Arbeit ab und zu mal da drüben, er hatte auch ehemalige Studienfreunde und Kollegen da. Aber keine andere Verbindung.«

»Wissen Sie, worum es bei der Konferenz in Montreal ging?«

»Nur, dass es eine größere Sache war, auf die er sich freute. Er sollte sein Buch vorstellen.«

Lisa horchte auf und strich sich eine Strähne aus dem blassen Gesicht. »Diese Information stand nicht in unserem Bericht. Was ist das für ein Buch?«

»*Die chemische Zone* heißt es.«

»Kam mir doch gleich so vor, als hätte ich den Namen Christoffer Holm schon mal irgendwo gehört. Anna Kiehl besaß dieses Buch.«

Sie wandte sich an Trokic. »Das war das Buch, das die Freundin Samstagabend in den Briefkasten geworfen hat. Handelt es von Psychopharmaka?«

Elise nickte wieder.

»Auch darüber sollte er in Montreal sprechen«, erklärte sie. »Er hat ziemlich gespaltene Gefühle wegen der Nutzung von Antidepressiva in der psychiatrischen Behandlung. Einerseits hat er die Ergebnisse der Forschungsarbeit vorliegen, die er selbst betreibt und mit der er sich auf internationalem Niveau beschäftigt …«

»Seine Forschungsarbeit in der Klinik?«

»Genau. Andererseits macht er sich Sorgen um die Entwicklung, die Nebenwirkungen und Langzeitwirkungen. In seinem Buch geht es um diese Ambivalenz. Er hat versucht, die Forschungsergebnisse und die neuesten Erkenntnisse – pro und contra – für Laien zugänglich zu machen.«

Lisa schaute auf ihre Armbanduhr und hielt sie dann Trokic unter die Nase.

»Besprechung um eins.«

Man wollte die vorläufigen Ergebnisse der Rechtsmediziner durchgehen.

»Weiß ich«, sagte er. »Nur noch eines.«

Er sah auf seinen Notizblock. »Da er ja in dieser Richtung forscht … Haben Sie ihn mal über eine Pharmafirma namens Procticon reden hören?«

Die Schwester schüttelte den Kopf.

Trokic trank seinen Kaffee aus, steckte sich unter Lisas missbilligenden Blicken einen Schokoladenkeks in die Tasche und bat Elise Holm, sich mit ihnen in Verbindung zu setzen, falls sie von ihrem Bruder hörte oder ihr noch irgendetwas einfiel. Elise Holm begleitete sie hinaus auf den Hof.

»Sagen Sie ihm, er soll mich anrufen, wenn Sie von ihm hören? Ich muss gestehen, ich finde die Polizei nicht besonders mitteilsam. Letzte Woche ist bei mir eingebrochen worden, und ich erfahre überhaupt nicht, ob man in der Sache vorangekommen ist. Ein seltsamer Fall, ehrlich gesagt, denn es ist nichts weggekommen. Deswegen ist denen das wohl auch so egal.«

»Egal ist es ihnen ganz bestimmt nicht. Aber im Moment ist einfach wahnsinnig viel zu tun. Und selbstverständlich informieren wir Sie, wenn wir von Ihrem Bruder hören«, versprach Lisa.

»Sagen Sie ihm, er soll mich anrufen.«

»Machen wir. Es ist übrigens wirklich herrlich hier draußen. Züchten Sie Pferde?«

»Ja. Zurzeit habe ich etwa zwanzig auf der Weide. Aber es ist ein ausgesprochen schlechtes Geschäft. Christoffer kommt ab und zu gern mal hier raus. Dann sind wir fast den ganzen Tag mit den Pferden unterwegs.«

Sie lächelte vor sich hin.

»Aus der haben wir ja nicht viel Neues rausgekriegt.«

Trokic beschleunigte auf der Zufahrtsspur zur Autobahn, es gefiel ihm, wieder hinterm Steuer zu sitzen.

»Vielleicht sollten wir auch intensiver nach Tony Hansen suchen«, schlug Lisa vor. »Ich bin mir sicher, da ist was im Busch.«

Frustriert ging Trokic ein bisschen vom Gas. Ihre Abteilung arbeitete bereits mit Hochdruck, und manches hatte eben höhere Priorität. Dazu kam auch noch die Weisung von oben, dass bis zum Jahresende die Überstunden abgebaut werden sollten. Eine absolut wahnwitzige Vorgabe, die jede Planung über den Haufen warf.

»Kannst du in den gelöschten Dateien auf ihrem Computer nach Christoffer Holms Namen suchen?«, fragte er, statt auf ihre Bemerkung zu reagieren.

»Selbstverständlich. Das mache ich sofort, wenn ich wieder am PC bin.«

»Im Moment können wir sonst nicht viel unternehmen«, meinte er.

Sein Handy vibrierte auf der Armstütze zwischen ihnen.

»Kannst du mal kurz rangehen?«

Es war Agersund. Sie hörte einen Augenblick zu, legte auf und gab die kurze Nachricht weiter:

»Er wollte wissen, wo zum Teufel wir abbleiben, und hat uns an die Besprechung erinnert. Wir können nun Anna Kiehls letzten Tag rekonstruieren.«

19

Eine weitere Person hatte sich zu den anderen ins Büro drängeln müssen. Jasper musste sich sogar schon auf den Fußboden setzen, weil es keinen anderen Platz mehr gab. Als Trokics Blick auf den jüngeren Beamten fiel, einen Mann Mitte dreißig, sah Lisa ihren Kollegen zum ersten Mal während ihrer Zusammenarbeit richtig lächeln. Sie nahm an, dass es sich bei dem Neuen um die Verstärkung handeln musste, die man ihnen für die kriminaltechnische Abteilung geschickt hatte.

»*Zdravo!* Jacob!«

Er legte den Obduktionsbericht auf den Tisch. »Du hast dich ja monatelang nicht mehr hier sehen lassen. Wie lang ist das jetzt schon wieder her?«

Der blonde Mann, Kriminalassistent Jacob Hvid, machte einen zurückhaltenden, wenn nicht gar verlegenen Eindruck. Jetzt trat er allerdings vor und klopfte Trokic freundschaftlich auf die Schulter. Er trug helle Jeans und ein weißes Sweatshirt mit Kapuze. Auf dem Shirt war eine Zwölf aufgedruckt. Streetwear.

»Agersund hat mich rübergeholt. Das letzte Mal muss

schon drei, vier Monate her sein. Vermutlich erinnerst du dich nicht mehr so gut daran, weil du zu verdrängen versuchst, dass ich dich beim Schach fertiggemacht habe.«

Der neue Mann hatte den Vormittag damit verbracht, sich mit sämtlichen Unterlagen des Falles vertraut zu machen, sich mit Jasper und den Kriminaltechnikern zu besprechen und den Tatort zu besichtigen.

»An etwas Rituelles habt ihr vermutlich schon gedacht?«, sagte Jacob. »Der Wald, der Schierling, die Positionierung der Leiche. Ein hübsches Plätzchen. In diesem Land wimmelt es von Irren, Satanisten und Gott weiß was für alternativen Lebensformen.«

Er lehnte sich vor.

»Letzten Frühling waren wir bei einer Einheit in Göteborg zu Besuch ... Die hatten da einen Mordfall, der war auch ziemlich seltsam. Der Mörder wurde irgendwann im Juni gefasst. Total durchgeknallt. Er hatte eine junge Frau Ydun geopfert, ihr wisst schon, der Göttin der Jugend aus der nordischen Mythologie. Er hatte sich nicht damit begnügt, sie von Kopf bis Fuß aufzuschlitzen, sondern hat ihr noch einen Apfel in den Mund gestopft, um ihr ewige Jugend zu verleihen. Und dann war er auch noch überzeugt davon, ihr einen Gefallen getan zu haben.«

»Ich möchte deinen Ansatzpunkt zwar nicht verwerfen«, sagte Lisa und lächelte ihn vorsichtig an. »Aber wir dürfen nicht vergessen, dass all das Symbolische auch ein banaleres Motiv verschleiern könnte. Und wir haben einen Verdächtigen, der bereits verurteilt wurde wegen ...«

»Haben wir diesen Ritualansatz im Blick?«, unterbrach Agersund und sah Trokic an. »Und habt ihr alle anderen Möglichkeiten überprüft? Psychiatrie, Freigänger, Verurteilte mit Bewährungsstrafen und so weiter?«

»Gib uns mehr Mittel, dann lernen wir auch noch fliegen«, konterte Trokic. »Aber wir haben einen Zettel mit einem Symbol in ihrem Kalender gefunden, das vielleicht auf eine Sekte hindeutet. So gesehen könnte es natürlich etwas Rituelles sein. Aber das ist schwer zu sagen. Das Opfer hat sich mit Stammesgesellschaften in Zentralafrika beschäftigt. Also, ich meine ... Das kann sonst was bedeuten. Christoffer Holm ist meiner Meinung nach weitaus naheliegender.«

»Lass mich mal sehen«, sagte Jacob. »Vielleicht ist mir das schon mal untergekommen. Ich kenne die meisten Sekten von hier bis zur Grenze.«

»Ich werde dafür sorgen, dass du eine Kopie bekommst«, sagte Trokic. Er klopfte ihm auf die Schulter. Lisa musste die beiden einfach anstarren. Für einen Augenblick hatte sie eine völlig andere Seite ihres Vorgesetzten zu sehen bekommen. Er hatte tiefe Freude gezeigt.

»Schön, dich wiederzusehen.«

Jacob lächelte.

»Finde ich auch.«

Trokic listete diverse Punkte auf der großen weißen Tafel auf, und nach und nach verschafften sie sich mit Hilfe der Rechtsmediziner und der Informationen der Spurensicherung ein Bild von Annas Hintergrund und ihrem Tun und Treiben am letzten Tag ihres Lebens:

Sie war 27, in der Stadt aufgewachsen, bei beiden Eltern. Offenbar hatte sie eine normale Kindheit gehabt, später war sie in der Jugendorganisation der Linken engagiert gewesen und hatte sich ansonsten aufgeführt wie jeder andere Teenager auch. Nach dem Gymnasium hatte sie sofort ihr Studium am Institut für Anthropologie und Ethnographie begonnen. Hier hatte sie ihren ersten Freund kennengelernt, Poul, mit dem sie später ihren Sohn Peter bekam. Da sich bald herausstellte, dass die Beziehung nicht halten würde, und er umzog, hatte sie sich mit unerschütterlicher Gelassenheit auf ihre neue Situation als alleinerziehende Mutter eingestellt und parallel gearbeitet und studiert.

Das Verhältnis zu ihren Eltern war im Laufe der Zeit gespannter geworden, sie sahen sich nur selten, besonders nachdem sie weiter weggezogen waren. Viele ihrer Freunde und Bekannten wohnten wegen ihres Studiums am anderen Ende des Landes, und nur die wenigsten waren im Bilde über Anna Kiehls laufende Aktivitäten.

Man nahm sie als Person wahr, die auf den ersten Blick zurückhaltend war, sich in der Regel jedoch schnell öffnete. Niemand hatte etwas an ihrer Arbeitsmoral auszusetzen. Den Angaben ihres Bekanntenkreises zufolge war sie eine gute Mutter, die ihrem Sohn viel Zeit widmete. Wenn es einzurichten war, nahm sie ihn mit zur Arbeit. Sogar zur Universität. Einige hoben ihre gute Laune hervor und dass sie anderen Leuten gerne mal einen Streich spielte. In letzter Zeit hatte allerdings niemand viel von ihr gehört, und wenn, dann war sie kurz angebunden und wirkte ein wenig niedergeschlagen.

Es war schwierig, ihre Aktivitäten am letzten Tag ihres Lebens genau zu rekonstruieren. Offenbar war alles ganz normal verlaufen. Am späten Vormittag waren sie und ihr Sohn auf einem Spielplatz einen halben Kilometer von der Wohnung entfernt beobachtet worden. Dort hatte Anna eine andere Frau aus der Wohnanlage und deren Tochter kurz begrüßt. Ein Bon in der Küchenschublade gab Aufschluss darüber, dass sie und ihr Sohn um 11.34 Uhr an der Tankstelle Milch gekauft hatten.

Gegen dreizehn Uhr waren sie wieder zu Hause gewesen, denn Anna hatte ihre Mutter angerufen und sich für einen kleinen Streit am Abend zuvor entschuldigt. Danach hatte sie sich vermutlich – den Angaben der Mutter zufolge – hingesetzt und an einem Artikel für eine anthropologische Zeitschrift geschrieben. Laut Pathologie hatte ihre letzte Mahlzeit aus Lasagne und einer Portion Eis zum Nachtisch bestanden, diese war mit höchster Wahrscheinlichkeit gegen sechs Uhr abends eingenommen worden. Unmittelbar danach war Peter zu Bett gebracht worden.

Gegen neunzehn Uhr war sie zu ihrer Lauftour aufgebrochen. Welche Wege sie benutzt hatte, konnte man unmöglich genau nachvollziehen, aber ihr Schicksal hatte sie auf der westlichen Seite des Ørneredevejs ereilt, schon recht tief im Wald. Hier hatte ihr der Mörder mit einer schnellen Bewegung von hinten die Kehle durchgeschnitten. Der Tod war sofort eingetreten.

Die Untersuchungen der Kriminaltechniker hatten ergeben, dass sie gleich darauf über den Waldboden geschleift worden war. Dabei hatte sie eine Blutspur hinterlassen, die bis zur Fundstelle der Leiche führte.

Agersund klopfte mit seinem Kugelschreiber auf den Schreibtisch.

»Was ist mit dem Kind?«, fragte er.

»Was soll mit ihm sein?« Trokic kniff die Augen zusammen.

»Vielleicht sollten wir eins der Mädels auf ihn ansetzen und sehen, ob wir nicht was aus ihm rauskriegen. Wenn jemand in der Wohnung gewesen ist …«

»Hör mal, der Psychologe und der Arzt haben gesagt,

dass niemand versuchen sollte, unter Druck etwas aus ihm rauszuholen. Er ist nahezu katatonisch, und der Arzt kann für die Folgen nicht einstehen. Beide sagen, dass wir mit der Befragung noch warten müssen.«

»Können wir uns über die denn nicht mal hinwegsetzen?«

»Verdammt noch mal, der Kleine ist doch erst drei! Er hat gerade seine Mutter verloren, und seinen Vater kennt er nicht. Die Großeltern sagen, dass er keinen Pieps mehr von sich gegeben hat, seit wir in der Wohnung waren.«

Trokic hatte ein bleischweres Gefühl im Bauch.

»Das kannst du doch nicht ernst meinen«, fügte Lisa hinzu.

Agersund wand sich.

»Aber wenn ...«

»Wenn du willst, dass dieses Kind verhört wird, musst du das verdammt noch mal selber machen. Dann trägst du aber bitte auch die Konsequenzen allein«, erklärte Trokic.

Peinliches Schweigen.

»Ja, ja, schon gut«, sagte Agersund.

Trokic fuhr durch die Stadt nach Hause. Es war schon dunkel. Eine Fahrt durch die Stadt war wie eine Reise durch seine Vergangenheit bei der Bereitschaftspolizei, wo aufgeplatzte Lippen, Erbrochenes, Schimpfworte und faule Ausreden ein trunkenes Mosaik bildeten. Dort gab es das wortlose Stöhnen der öffentlichen Bedürfnisanstalten, die benutzten Spritzen, all die zerbrochenen Spiegel, die Kellerkneipen, in denen Hasch geraucht wurde. Die Stadt war Symmetrie und Chaos, ein Häuserwald, in dem sich das Verderben verbarg, in dem er den größten Teil seines Lebens gelebt hatte.

Jetzt wirkte die Stimmung in der Stadt gedrückt. Die Besprechung vom Nachmittag ließ ihn nicht los. Er war nach wie vor überzeugt davon, dass abends noch irgendetwas in Anna Kiehls Wohnung vorgegangen war. Wen hatte der nicht mehr ganz nüchterne Nachbar von gegenüber so spät am Abend beobachtet? Und wie passte der Wissenschaftler Christoffer Holm ins Bild?

20

Lisa saß wieder vor Anna Kiehls Computer. Agersund hatte seine Berichte bekommen, und alle Anrufe waren beantwortet. Endlich, dachte sie. Sie schaltete das Gerät ein und startete das Reparaturprogramm. In keiner der bereits gefundenen E-Mails war Christoffer Holms Name aufgetaucht, aber wenn die beiden ein Paar gewesen waren, musste da etwas sein. Sie gab den Namen ein und wartete. Vier Funde. Sie öffnete die erste Mail.

From: »Christoffer« <christoffer-k-holm@get2net.dk>
Subject:
Date: Fri, 18 Jun, 14:22:46
<p class=3DMsoNormal><font size=3D2 face=3DTimes Roman><span =
style=3D'font-size:10. Opt;
font-family: Times Roman>Ja, da hast du recht. Aber was f… … soll ich
machen. Dazu reicht die Zeit nicht. <o:p>/o:p>/span></font></p>
<p class=3DMsoNormal><font size=3D2 face=3DTimes Roman><span =

style=3Dfont-size:10.Opt;
font-family:Times Roman>Ruf dich morgen an, okay?
<o:p></o:p></span><7font><7p>
******************************* End of Cluster *******************************

Da konnte es um alles Mögliche gehen. Vorerst nicht interessant. Sie klickte auf die nächste Nachricht. Nur die Adresse, in einer Reihe von Symbolen. Sie hatte keine Ahnung, wo das herkam. Enttäuscht ging sie auf das dritte Fragment. Neue Mail. Kein Datum. An dieser hier war etwas mehr dran. Ein paar Sätze waren gut rekonstruierbar: »Denk nicht mehr dran. Ich werde mich schon um die Sache kümmern. Ich bedauere zutiefst, dass ich überhaupt daran gedacht habe. Aber nun muss ich selber sehen, wie ich da wieder rauskomme. Wenn das so weitergeht, muss ich mir eine neue Telefonnummer zulegen. Nun wollen wir das mal eine Weile vergessen. Bis später. Kuss Christoffer.«

Sie starrte auf die Worte und versuchte sich vorzustellen, was ihn bewogen haben mochte, über einen Wechsel der Telefonnummer nachzudenken. Dazu gehörte schon einiges. Ob ihn jemand belästigt hatte?

Sie klickte auf den letzten Fund. Auch kein Datum.

»Klar, kein Problem. Ich nehme ihn mit zu Elise. Es ist nicht so, dass ich ihn nicht bei dir hinterlegen wollte, ich halte es nur für dumm. Danach hole ich dich ab. Hab ich dir erzählt, dass die Werbefolder für das Buch gedruckt worden sind? Sehen richtig toll aus. Ich freue mich darauf, sie zur Konferenz mitzunehmen.«

Wieder fehlte der Zusammenhang. Sie brauchte mehr. Genervt schnalzte sie mit der Zunge, druckte sich die Stellen aus und zermarterte sich das Hirn, ob es noch andere Methoden gab, mit denen sie mehr aus dem Computer rausholen könnte. Zweifellos gab es in diesem PC noch mehr verstreute Mailfragmente, die sie nicht lokalisieren konnte, weil der Kopf der Mail, in dem die Adressen angegeben waren, überschrieben worden war. Doch mit ein paar Schlüsselwörtern konnte man möglicherweise noch etwas finden.

Jasper kam herein und ließ sich auf den Stuhl neben ihr fallen.

»Mir geht da was im Kopf rum«, begann er. »Wie schwierig ist das eigentlich, was du da machst?«

»Wieso fragst du?«

»Äh … die Sache ist die, vor ein paar Wochen habe ich meinen alten Laptop an einen Studenten verkauft.«

»Nur die wenigsten wissen, dass man so was machen kann. Aber wenn man es weiß, dann ist es eigentlich kein großer Aufwand.«

»Es war ein Informatiker.«

Sie kicherte.

»Dann kann ich nur hoffen, dass du keine allzu pikanten Sachen auf deiner Festplatte hattest. Und dass der Käufer nicht allzu neugierig ist«, neckte sie ihn.

»Aber ich hab die Festplatte formatiert. Dann kann man doch nichts mehr finden, oder?«

»Kommt ganz drauf an, wie neugierig er ist. Im Grunde reicht Formatieren nicht. Damit teilst du dem System eigentlich nur mit, dass du diese Datenumgebungen nicht mehr brauchst und dass sie überschrieben werden können. Das ist kein komplettes Löschen.«

»Shit. Was hätte ich denn stattdessen tun müssen?«

»Tja, wenn du die Festplatte nicht gerade mit einem Magneten oder einem großen Hammer bearbeiten willst, musst du dir richtige Programme zur Datenvernichtung besorgen.«

»Bisschen aufwendig.«

»Stimmt. Aber er guckt sich das bestimmt nicht an«, tröstete sie ihn. »Zum Glück haben nur die wenigsten Lust, sich mit so was rumzuplagen. Man muss ja auch wissen, wonach man sucht. Wie hier. Fällt dir vielleicht ein, wonach ich suchen könnte?«

»Versuch's doch mal mit Montreal. Oder *Die chemische Zone*. Oder Procticon.«

Sie gab es ins Suchfeld ein und klickte.

»Nix. Ach, menno …«

»Tja, sind eben nicht alle so auf E-Mails fixiert.«

»Nee, weiß Gott nicht.«

»Wollen wir nicht abhauen und ein Bier trinken?«

Lisa schaltete den Computer aus und seufzte.

»Okay. Was soll's, vielleicht bringt der Alkohol unsere Gedanken ja in Schwung.«

21

Vor ein paar Tagen hatte er auf dem Bahnhof ein Reklameplakat für ein Handy gesehen, auf dem in meterhohen roten Buchstaben »Get a Life« stand. Das hatte ihn seltsam berührt. Wenn damit ein Leben außerhalb der Arbeitszeiten gemeint war, dann hatte er keines, dachte er ohne Bedauern. Vielleicht war die Lösung seiner kriminellen Sudokus ja so ein Vergnügen für ihn, dass er morgens gerne dafür aufstand? Für ihn war das jedenfalls Sinn genug. Aber nun war er um halb neun zu Hause und hatte Zeit, die Erkenntnisse des Tages bei einem Stück Brot zu verdauen. Erwartungsvoll öffnete er den Kühlschrank. Die weißen Fächer starrten ihn an. Leer bis auf zwei Dosen Bier und einen Zipfel türkische Wurst. Er hatte sich fest eingebildet, dass vom Freitag noch Lamm in Knoblauchsoße da war, doch jetzt fiel ihm ein, dass er die Reste tags zuvor zu Mittag gegessen hatte. Unentschlossen stand er eine Weile in der Küche, dann nahm er die Wurst und einen Topf, in dem er sie warm machen konnte. Morgen wollte er Jacob fragen, ob er in den nächsten Tagen nicht zu einem ordentlichen Gulasch vorbeikommen wollte. So gern er auch allein war, Gäste schätzte er sehr. Seine selbstgewählte Einsamkeit hatte zwei Seiten: Einerseits gab sie ihm die Möglichkeit, sich zurückzuziehen und Informationen zu sortieren. Bisher hatte er noch nie Frauen kennengelernt, die das verstanden. Sie wurden schnell eifersüchtig, wenn er sich zurückzog, wollten entweder eingeweiht werden oder ihn um jeden Preis in ihre Zweisamkeit zurückzerren. Weder das eine noch das andere hatte je zu glücklichen Ergebnissen geführt. Andererseits kam ihm das Haus manchmal sehr leer vor. Er nahm eine CD von Joe Satriani und ließ sich von einem Live-Mitschnitt von »Time« mitreißen. Beinahe kam es ihm so vor, als könnte er den Raum um die Gitarre herum hören. Er lächelte vor sich hin. Es fühlte sich an, als würde er im Meer stehen und plötzlich von einer riesigen Welle erfasst werden.

Fünf Minuten später konnte er seine kärgliche Mahlzeit aus türkischer Wurst mit Ketchup und einer Scheibe Brot am Wohnzimmertisch einnehmen. Ein Stapel Papiere, die er sich mit nach Hause genommen hatte, leistete ihm Gesellschaft.

Milan. Er war der Grund dafür gewesen, dass Trokic sich bei der Kriminalpolizei beworben hatte. Ein Freund von seinem kleinen Bruder Mirko und ihm. Milan arbeitete als Zimmermann und wohnte in einem alten Haus in ihrer Straße. Als Trokic im Teenageralter öfter nach Kroatien kam, waren sie immer zusammen gewesen. Hatten auf der Straße herumgehangen. Denselben Mädchen nachgeschaut. Keiner von ihnen hätte vorhersagen können, was in Milan schlummerte, Trokic selbst am allerwenigsten. Als Mirko mit dem Auto verunglückte, war es Milan, der die meiste Zeit bei ihm im Krankenhaus verbrachte, sich mit ihm unterhielt, ihm Bücher brachte. Milan sorgte auch dafür, dass das ziemlich ramponierte Auto des kleinen Bruders repariert wurde und bei seiner Entlassung aus dem Krankenhaus fahrbereit war. Für Trokic hatte es viel bedeutet, dass Milan dort unten zur Stelle war, wenn er selbst sich gerade in Dänemark aufhielt. Milan war überhaupt sehr beliebt in der Familie, wegen seiner Großzügigkeit und weil er so hilfsbereit war mit seinen geschickten Händen. Aber dann kam der Krieg, und Milan wollte seinen Beitrag für Kroatien leisten, obwohl er sich früher nie gegen die Serben oder für eine andere politische Überzeugung engagiert hatte. Das war ganz einfach nie Thema gewesen.

Lange Zeit hörte die Familie nichts von ihm. Als Trokic seinen Vetter und die Cousine besuchte, war Milan nur ein einziges Mal zu Besuch gekommen. Er hatte eine randvolle Tüte Leckereien mitgebracht, weiß der Himmel, wo er die herbekommen hatte. Aber zwischen den Soldaten wurde viel Tauschhandel getrieben, das war bekannt. Er war inzwischen zum Offizier befördert worden und befehligte eine beträchtliche Anzahl Untergebener. Die Klagen über die Verhältnisse bei der Armee schienen ihn ziemlich zu beschäftigen. Nicht mal da hatte Trokic etwas Ungewöhnliches bemerkt. Dass er in Dänemark unter wenig gesetzestreuen Menschen aufgewachsen war, hatte ihn nicht auf so etwas vorbereitet. Der Krieg war seit einem Jahr zu Ende. Trokic hatte seinen Vater und den Bruder verloren und spürte das Bedürfnis, seinen Schmerz mit jemand zu teilen, der die beiden gekannt hatte. Bei seinem ersten Besuch nach dem Krieg fragte er seinen Vetter, was aus Milan geworden war, bekam jedoch nur ausweichende Antworten. Er verstand das nicht und ging zu seiner Cousine, die ihm nur die kryptische Auskunft gab, Werwölfe seien Menschen, die sich meistens normal benahmen. Schließlich musste Trokic sich an einen alten Freund der Familie wenden, der eine gutbesuchte Bar in einer Holzbaracke am Stadtrand betrieb. Dort waren sie oft zusammen gewesen.

Sie nannten ihn den »Werwolf von Medvednica«. Beweise gab es genug. Milans Arbeit als Offizier hatte ihm eine Machtposition verschafft, die seine andere Seite zum Vorschein gebracht hatte. Wie es hieß, gab es Zeugenaussagen und Videoaufzeichnungen von dem Heer nahestehenden Personen, die bewiesen, dass Milan mindestens sechzig Hinrichtungen auf dem Gewissen hatte. Das war eines der wenigen Male in seinem Leben gewesen, dass Trokic gefühlsmäßig wie gelähmt gewesen war. Nicht wegen Milan, sondern weil er das Vertrauen in die Menschen verloren hatte.

Es klopfte. Vermutlich der Nachbar, der sich beschweren wollte, weil die Hecke nicht geschnitten war. Zögernd stand er auf und öffnete. In der Tür stand Lisa, die eine dünne Chiffonbluse trug und in der Abendkühle die Arme um sich geschlungen hatte.

»Ja?«, sagte er.

Sie verzog das Gesicht zu einer unsicheren Grimasse und reichte ihm ein paar Papiere.

»Störe ich? Ist schon etwas spät.«

»Kein Problem. Komm rein.«

Sie trat in den kurzen Flur und zog die Schuhe aus.

»Ist die süß!«

Er folgte ihrem Blick. Die Katze spielte mit einem Wurstzipfel auf dem Fußboden. Wie es aussah, war das Thema Abendessen hiermit erledigt. Mundraub war in diesem Haushalt an der Tagesordnung.

»Das ist Pjuske.«

»Ich dachte mir, ich bring diese Papiere auf dem Heimweg bei dir vorbei. War ein bisschen hektisch … Früher hab ich's einfach nicht geschafft.«

»Okay. Möchtest du vielleicht einen Kaffee oder ein Bier?«

»Nein danke. Ich war mit Jasper schon ein Bier trinken und muss jetzt wirklich nach Hause. Ich wollte nur noch sagen«, sie atmete tief ein und rieb sich das Handgelenk, »ich hab mich zuerst ein bisschen wie auf dem Abstellgleis gefühlt, nur mit dem Computer und so ganz ohne Partner.«

Er fuhr sich durchs Haar, während er seine Worte abwog.

»Es ist mein Job, dafür zu sorgen, dass unsere Ressourcen optimal ausgeschöpft werden. Besonders wenn wir so unter Druck stehen. Wir können einf…«

»Weiß ich doch. Ich wollte nur sagen, dass ich froh über eine Chance wäre, bei etwas mitzumachen, wo mehr dran ist als an Computern. Bei den Vernehmungen zum Beispiel …«

Er überlegte kurz.

»Du könntest Jacob als Partner bekommen. Bis jetzt hat er allein gearbeitet. In Kopenhagen konnten sie nicht mehr Leute entbehren, und ich bin dafür verantwortlich, das Bestmögliche aus ihm herauszuholen. Außerdem kannst du von ihm auch was lernen.«

»Klingt gut. Danke.«

Mit dieser Lösung schien sie zufrieden zu sein, denn sie ließ das Thema fallen und sah sich stattdessen um. Schließlich zeigte sie auf ein Bild von einer Straße, das die Seitenwand des Küchenschranks zum größten Teil bedeckte.

»Kommst du da her?«, fragte sie.

»Nein, ich bin von hier.«

Trokic fuhr sich mit einer Hand durchs Haar. »Aber das ist die Stadt, in der mein Vater gewohnt hat.«

Lisa legte den Kopf schräg und betrachtete das Bild eingehender.

»Sieht gemütlich aus. Tolle Blumen … Ich liebe Oleander.«

Sie riss sich wieder los.

»Am besten geh ich jetzt nach Hause. Das ist übrigens mein Bericht. Die Sachen, die ich heute aus dem PC rausgeholt habe, sind in der Anlage beigefügt. Und … danke für das Gespräch.«

Als sie gegangen war, legte er sich aufs Sofa und war sehr zufrieden mit seiner Entscheidung, die beiden Kriminalassistenten zusammenzusetzen. Jacob würde Lisa sicher mögen. Dasselbe Alter. Derselbe Humor. Er war froh, dass Jacob gekommen war.

Zuerst war ihm nicht klar, wo er sich befand. Um ihn herum war es hell. Zu hell. Von oben fiel das Sonnenlicht durch ein Geflecht von Ästen auf den schneebedeckten Boden. In westlicher Richtung konnte er einen kleinen zugefrorenen See erahnen, umstanden von frostscharfen Rohrkolben.

Da war plötzlich etwas hinter ihm. Er hörte das leise Schnaufen und nahm einen schwachen Kotgeruch wahr. Seine Kleidung klebte ihm am Körper. Da fing der Schnee auf einmal an, sich zu bewegen, er wellte sich in alle Himmelsrichtungen, bildete Klumpen. Aber dann war es doch nicht der erste Schnee, sondern Kaninchen, aschgraue Kaninchen, Tausende, die sich in langen Reihen auf den See zubewegten. Er schnappte nach Luft, und die kleinen, pelzigen Tiere drehten sich zu ihm und fletschten ihre kleinen, scharfen Zähne. Keine Nagezähne, nein, lange, nadelspitze Zähne hinter hochgezogenen Lefzen. Er stolperte über das erste Kaninchen und spürte, wie er einem der Tiere beim Auftreten das Rückgrat brach. Ihre Augen glühten in den Höhlen und ihr Fauchen wurde lauter.

Über ihm waren jetzt rosa und graue Wolken am Himmel, er versuchte zwischen den Kaninchen durchzulaufen, fiel auf die kalten Aschepelze in dem weißen Wald, und das Geschrei der kleinen Tiere stieg zu einem hohen Quieken an, während das Dunkel und ein schrillender Ton ihn ganz und gar umhüllten.

Er schreckte hoch. Papiere und Berichte lagen auf seiner Decke verteilt. Automatisch schaute er auf die Uhr. Es war kurz nach elf, er hatte eine Dreiviertelstunde geschlafen. Trokic setzte sich auf und hielt gerade noch einen Papierstapel fest, der sich Richtung Fußboden absetzen wollte. Auf dem Tisch stand eine halbleere Flasche Rotwein. Hinter seinen Schläfen hämmerte es, und der Schweiß auf seinem Rücken war kalt geworden. Irgendetwas hatte ihn geweckt. Ein Laut. Trokic schüttelte den Kopf hin und her. Er konnte die aschgrauen Tiere immer noch auf dem Boden sehen, in den Nischen unter dem Esstisch. Er rieb sich die Augen und griff nach seinen Zigaretten. Langsam verschwand das Bild von den Kaninchen, der Fußboden war wieder Fußboden. Doch dann war da wieder dieses Geräusch. Das Telefon.

Es war Agersund.

»Das ist wirklich komisch mit diesem See«, sagte er. »Wir haben die Analyse des Schierlings bekommen. Du hattest recht. Es ist äußerst wahrscheinlich, dass der kleine getrocknete Strauß auf Anna Kiehls Brust aus der Gruppe von Pflanzen stammt, die da an diesem Wasserloch wächst.«

»Glaubst du, unsere Mordwaffe liegt da drin?«

»Ich kann nur raten. Unser Mörder kennt sich in der Gegend aus. Die Pflanzen wurden schon früher gepflückt. Im Sommer, vielleicht sogar schon im Frühling. Er läuft also öfter dort rum. Wir schicken eine Truppe Taucher runter. Ich will wissen, was in diesem See ist.«

Mittwoch, 24. September

22

Die Meteorologen hatten ein letztes Stückchen Sommer versprochen, ein letztes krampfhaftes Aufbäumen gegen den Herbst, aber damit war es wohl nichts geworden, stellte er fest. Draußen vor dem Bürofenster hing der feuchte Nebel bis auf den Boden.

»Wir haben uns nicht so richtig beliebt gemacht beim Oberförster«, sagte Oberkommissar Agersund beim Vormittagskaffee um halb zehn zu Trokic.

»Der war gar nicht begeistert, dass in seinem Tümpel rumgewühlt wird. Kaum zu glauben, was der für Namen von anscheinend wahnsinnig wichtigen kleinen Krabbeltieren parat hatte und dazu noch die ganzen Nistplätze geheimnisvoller Vogelarten. Tut mir ja furchtbar leid. Aber ich habe gerade mit Falck geredet, die Taucher machen sich da draußen gerade an die Arbeit. Jetzt müssen wir nur noch die Daumen drücken, dass sie die Mordwaffe und am besten noch ein paar andere wichtige Sachen finden, damit zumindest irgendwas rauskommt bei unserer Vernichtungsaktion.«

»Wie lange wird das dauern?«

»Tja, die wussten nicht genau, ob sie heute alles schaffen können.« Er starrte auf Trokics Minianlage, auf der gerade Rammstein lief.

»Diese Musik hat sich doch der Teufel ausgedacht. Du solltest dir einen Psychotherapeuten zulegen. Apropos: Was haben wir denn so an Irren rumlaufen?«

»Zwei sind grade draußen«, sagte Trokic. »Aber die konnten uns für die Tatzeit hieb- und stichfeste Alibis liefern.«

»Und Tony Hansen ist abgehauen und nicht wieder aufzufinden. Wir stecken also fest mit unseren Ermittlungen, stimmt's?«

»Es gibt eine Verbindung zwischen Anna Kiehl und dem verschwundenen Wissenschaftler Christoffer Holm. Der Sache versuchen wir auf den Grund zu gehen.«

Erfolglos hatte er noch einmal versucht, Christoffer Holm auf dem Handy anzurufen. Freilich war seine Hoffnung wenig realistisch gewesen. Er war allerdings überzeugt davon, dass die gefundenen Haare eine Bedeutung hatten. Dass der Neurochemiker sich vor nicht allzu langer Zeit in der direkten Umgebung des Sees aufgehalten hatte.

»Das Symbol, das wir im Kalender des Opfers gefunden haben, wird von einer ortsansässigen Sekte verwendet, hat Jacob gesagt. Sie nennen sich ›Der Goldene Orden‹.«

»Verschon mich bitte«, sagte Trokic.

»Wir müssen uns die Leute näher ansehen. Gibt's sonst noch was?«

Er schlürfte seinen Kaffee und kleckerte dabei auf den Tisch. Trokic sah ihn genervt an.

»Ein paar Ehefrauen haben angerufen und ihre Männer angezeigt, weil sie Samstagabend nicht zu Hause waren«, sagte Trokic.

Agersund schüttelte den Kopf. Wenn es um Mord ging, gab es immer Frauen, die anriefen und ihre Ehemänner und Väter anzeigten.

Rechnete man dann noch die psychotischen Individuen dazu, die auf dem Revier auftauchten und überzeugend umfassende Geständnisse ablegten, hatte man eine ganze Reihe Blindgänger, für deren Untersuchung regelmäßig eine beachtliche Menge ihrer Arbeitskraft draufging.

»Überprüf sie«, seufzte er. »Ich kenn übrigens einen Witz.«

Trokic kritzelte eine Notiz auf die Tageszeitung, die vor ihm lag.

»Ja, erzähl.«

»Du willst ihn ja doch nicht hören«, sagte der Chef beleidigt.

»Ich hab keinen Humor.«

»Stimmt«, rief Jasper, der gerade an der Tür vorbeiging.

»Aber jeder hat doch irgendeine Art von Humor«, meinte Agersund.

»Daniel nicht.«

»Ich geh jetzt mal und seh mir diese Sekte an«, sagte Trokic. Die Büroarbeit, die immer mehr von seiner Zeit verschlang, war wie eine Zwangsjacke. Er verspürte das Bedürfnis, allein zu sein.

»Nimm dich vor denen da draußen in Acht.« Agersund zwinkerte. »Solche Typen können verrückter sein als sämtliche Irrenhausbewohner.«

23

Das Haus lag an einer der Nebenstraßen, die am Waldrand aufhörten. Es war ein zweistöckiges Einfamilienhaus aus den siebziger Jahren, das sich von der dänischen Ordentlichkeit seiner Umgebung durch einen Garten mit ungehörig langem, vertrocknetem Gras und unkontrolliert wuchernden Büschen abhob. Der Giebel war langweilig hellbraun gestrichen. An manchen Stellen hatte man den Anstrich in einer anderen Farbe ausgebessert. Die Fenster waren blind vor Dreck, und das Haus wirkte alles andere als einladend. Bei dem Anblick schüttelte es ihn.

Der Mann, der ihm aufmachte, hatte eine Glatze und war Ende vierzig. Er trug dunkle Jeans mit Schlag, einen selbstgestrickten orangefarbenen Pullover und Clogs. Seine Fingernägel hätten dringend mal wieder geschnitten werden müssen, und um seinen Hals hing eine Metallkette mit dem Symbol, das sie auf einem Zettel in Anna Kiehls Wohnung gefunden hatten.

»Guten Tag«, sagte der Mann und musterte Trokic von oben bis unten.

»Kommissar Trokic.« Er zeigte seinen Ausweis. Am Ende des Flurs konnte er das Wohnzimmer ausmachen, in dem kahlköpfige Männer und Frauen schweigend in ihrer selbsterschaffenen Wirklichkeit umherwanderten.

»Hanishka«, stellte sich der Mann vor. Er glotzte auf den Ausweis. »Daniel? Das ist ein guter Name.«

»Ich habe ein paar Fragen im Zusammenhang mit einem Mord, der am Wochenende begangen worden ist.«

»Was hat das mit uns zu tun?«

»Ich brauche einige Informationen.«

Wortlos machte Hanishka die Tür weiter auf, und Trokic folgte ihm in den Windfang, ein kleines Linoleumrechteck mit Schachbrettmuster.

»Ziehen Sie doch bitte Ihre Schuhe aus«, sagte Hanishka in einem Ton, der keinen Widerspruch duldete.

Trokic schlüpfte aus den schwarzen Schuhen und trippelte dem Mann über den kalten Fußboden in eine Küche hinterher, der deutlich anzusehen war, dass sie von vielen Menschen benutzt wurde. Auf der Spüle standen massenhaft Teetassen, und in der Luft hing ein seltsamer Geruch, der ihn an Kaninchenfutter erinnerte. Ihn fröstelte, als er an den Albtraum vom vergangenen Abend dachte. Eine dunkelhaarige Frau stand barfuß am Küchentisch und schnitt Mohrrüben klein. Sie blickte nicht auf, als sie hereinkamen und den Frieden störten. Was die Nachbarn wohl von diesem Schandfleck auf der Konformität des Ligusterviertels hielten?, überlegte Trokic. Ob sie den Briefkasten dieses Hauses einfach übergingen, wenn sie die Einladungen zum jährlichen Straßenfest mit Frikadellen und Liedersingen verteilten?

Hanishka war der Mittelpunkt der Sekte, die seiner ganz speziellen Bibelauslegung anhing. So waren viele der großen Sektenbewegungen entstanden: Am Anfang stand ein Mensch mit Charisma, hatte Jacob gesagt, der die Bibel studierte und nach und nach immer mehr Schüler anzog. Sollte Anna Kiehl tatsächlich eine Verbindung zu diesen Leuten gehabt haben? Dieses selbständig denkende Individuum mit den festen politischen Überzeugungen? Er konnte es sich nur schwerlich vorstellen. Es konnte sich höchstens um eine Studie gehandelt haben, oder die Sekte hatte aus irgendeinem anderen Grund ihren Weg gekreuzt.

»Wir sind nur ein kleiner Teil einer weltweiten großen Schar, die von Tag zu Tag größer wird«, verkündete Hanishka, nachdem er Trokic ein Glas abscheulich riechenden Kräutertee angeboten hatte. »Wir studieren die Bibel und versuchen uns rein zu halten, und wir glauben, dass Gottes Wort in seinem Zusammenhang begriffen werden muss.«

»Ungefähr so wie bei den Zeugen Jehovas?«, fragte Trokic, der versuchsweise an dem Gebräu nippte und nicht sicher war, ob er sein Gegenüber damit verärgerte. Aber der selbsternannte Apostel mittleren Alters schüttelte nur den Kopf.

»Die Zeugen Jehovas sind ein Teil der faulenden Gesellschaft, aus der wir uns heraushalten.«

Trokic hätte gern gewusst, was die Behörden dazu zu sagen hatten. Ob diese heiligen Menschen vom reinen Geist lebten oder ob sie nicht doch Almosen vom Staat empfingen.

»Der Lohn der Demut und der Furcht des Herrn ist Reichtum, Ehre und Gold«, beantwortete Hanishka die unausgesprochene Frage. »Aber wie kann ich Ihnen helfen, Daniel?«

»Im Kalender einer ermordeten jungen Frau ist das Symbol des Goldenen Ordens gefunden worden. Wir wüssten gern, ob zwischen ihr und Ihnen eine Verbindung besteht.«

»Wie schon gesagt, wir nehmen nicht teil an dieser Gesellschaft, und deshalb gibt es auch keine Verbindung zwischen uns und den Geschöpfen, die immer noch an ihr teilnehmen. In der Offenbarung ist zu lesen, dass nur …«

»Solange Sie einen Wohnsitz innerhalb dieser Gesellschaft haben, müssen Sie der Polizei behilflich sein und Auskunft geben«, unterbrach ihn Trokic, denn er hatte weder Zeit noch Lust auf einen längeren Sermon.

»Aber das tun wir doch gar nicht. Die Grenze verläuft vor der Tür«, erklärte Hanishka geduldig. »Hier drinnen befinden Sie sich außerhalb der Gesellschaft. Und …«

»Würden Sie bitte so freundlich sein, auf meine Fragen zu antworten? Ich hab ziemlich viel zu tun.«

»Weil Ihr Name Daniel ist, werde ich auf die Frage antworten, die Ihnen so am Herzen liegt. Wir kennen keine Frau namens Anna Kiehl.«

»Woher wissen Sie, dass sie so heißt? Ich habe ihren Namen nicht erwähnt.«

Hanishka sah ihn mit listigem Blick an.

»Ab und zu fällt uns eine Zeitung in die Hände. Wenn wir Fisch am Hafen kaufen, wird er in Zeitungspapier eingewickelt.«

»Aha«, sagte Trokic und zog die Augenbrauen hoch. Er griff nach seinen Zigaretten, schob die Packung aber schnell wieder in die Tasche, als ihn der scharfe Blick des Mannes traf. Die vordergründige Güte dieser Leute beeindruckte ihn wenig. Viele waren schon von Leuten mit einer Bibel in der Hand erschlagen worden. Erst vor ein paar Jahren war ein weibliches Sektenmitglied bei einer sadomasochistischen Exorzismuszeremonie zu Tode gekommen. Keine Sekte hatte etwas für Abtrünnige übrig. Und dieser Raum war kalt und unpersönlich.

»Und wie sieht es mit Ihren Anhängern aus?«

»Die Mitglieder des Goldenen Ordens haben keine Geheimnisse voreinander, wir halten uns immer hier in der Nähe auf.«

»Könnten Sie sich dennoch bei der nächsten Andacht oder Zusammenkunft – oder wie auch immer Sie es nennen – erkundigen, ob jemand Anna Kiehl gekannt oder von ihr gehört hat?«

»Natürlich. Aber die Antwort wird dieselbe sein.«

Trokic verabschiedete sich von Hanishka und ging den kleinen, von Unkraut überwucherten Weg zurück zur Straße. Als er stehen blieb, um sich eine Zigarette anzuzünden, spürte er ein unangenehmes Kribbeln im Nacken, und ein Schauer überlief ihn. Er fuhr herum. Von einem Fenster im ersten Stock blickte ein Augenpaar aus einem kahlen Schädel auf ihn nieder. Das Gesicht war grau, die Augen leer. Ihre Blicke trafen sich für ein paar Sekunden. Trokic inhalierte tief den Rauch seiner Zigarette. Er hätte wieder ins Haus gehen können, aber da drinnen befand sich ein ganzes Heer von haarlosen Männern. Er würde sie sowieso nicht voneinander unterscheiden können. Im nächsten Moment verschwand die Gestalt vom Fenster.

24

Irene öffnete die Tür, noch ehe er den Finger von der Klingel zurückgezogen hatte. Hatte sie gesehen, wie er geparkt hatte oder hatte sie ihn auf der Treppe gehört?

»Herr Kriminalkommissar?«

»Ich habe ein paar Fragen. Ganz kurz.«

»Ja?«

Anna Kiehls Kommilitonin lehnte sich an den Türrahmen, ohne ihn hineinzubitten. Irgendetwas schien ihr peinlich zu sein, ihr Haar war zerzaust, als ob sie gerade aus dem Bett gekommen wäre. Automatisch fasste er sich selbst ins Haar und nahm sich vor, es in den nächsten Tagen schneiden zu lassen. Die Wirbel waren überhaupt nicht mehr in den Griff zu bekommen, wenn es zu lang wurde.

»Ich habe gestern lange gearbeitet«, sagte sie beinahe entschuldigend, als sie seinen Blick bemerkte. »Die Examensarbeit.«

Trokic bemühte sich um ein freundliches Gesicht, um zu verbergen, wie unsympathisch sie ihm war. Erfahrungsgemäß war das kein guter Ausgangspunkt, wenn man Informationen aus jemandem rausholen wollte, so viel hatte er mittlerweile begriffen. Er erklärte ihr kurz, was es mit dem Goldenen Orden auf sich hatte.

»Ich wollte nur hören, ob Ihnen der bekannt ist.«

»Von dieser Sekte habe ich noch nie gehört. Mit solchen Sachen haben Anna und ich uns nicht befasst.«

»Könnte sie auf eigene Faust Nachforschungen angestellt haben?«

»Das glaube ich wirklich nicht. Dann hätte sie es mal erwähnt. Wenn etwas sie beschäftigte, dann konnte sie es in der Regel nicht für sich behalten. Vielleicht kannte sie jemanden, der Verbindungen dahin hatte. Oder vielleicht sieht das Zeichen, das sie gemalt hat, diesem Symbol ja nur zufällig ähnlich?«

»Kann sein.« Er ließ sich ihren Einwand durch den Kopf gehen. »Wissen Sie von einer Verbindung zwischen einem gewissen Christoffer Holm und Anna Kiehl?«

»Nein, davon weiß ich nichts.«

»Und wenn ich nun sage, dass sie eine Liebesbeziehung hatten?«

»Ich hab nicht gewusst, dass sie einen Freund hatte.«

»Nicht? Das verstehe ich nicht. Sie waren doch eng befreundet. Oder ist vielleicht doch etwas dran an der Behauptung, dass Sie sich nicht mehr so gut verstanden haben?«

Irene zuckte mit den Schultern.

»Haben Sie schon mal von ihm gehört?«

»Noch nie.«

»Er hat das Buch geschrieben, das Sie Samstagabend bei Anna abgeliefert haben.«

»Ach, der.«

Ihr Gesicht zeigte nicht die Spur von Interesse.

»Hm.« Er war enttäuscht über die ausbleibende Reaktion. »Dann entschuldigen Sie bitte die Störung.«

»Kein Problem.«

Er ärgerte sich, dass ihm nicht noch mehr Fragen einfallen wollten, mit denen er vielleicht tiefer unter ihre Oberfläche hätte dringen können. So blieb er stehen, bis sie die Tür zugemacht hatte. Er würde jemand anders aufsuchen, der Anna Kiehl gekannt hatte.

Er klingelte bei der Frau, die er im Wald in der Nähe des Tatorts getroffen hatte. Isa Nielsen hieß sie. Sie öffnete die Tür, betrachtete ihn verwundert und lächelte dann.

»Trokic war Ihr Name, stimmt's? Treten Sie ein.«

Statt des Trainingsanzugs trug sie nun eine dunkle Jeans und eine beige Strickjacke. Ihr Haar war jetzt offen, und sie hatte ein wenig Make-up aufgelegt. Er konnte ein Stückchen nackte Haut und ein hübsches Schlüsselbein ausmachen und ertappte sich dabei, wie er sie verträumt ansah.

»Danke. Tut mir leid, dass ich so hereinplatze. Ich hab nur ein paar Routinefragen.«

Sie hielt die Tür ganz auf.

»Macht doch nichts.«

Er schaute sich in der Wohnung um. Sie lag im ersten Stock eines älteren Hauses im Süden der Stadt, frisch renoviert, antikblau gestrichen und mit alten Möbeln eingerichtet. Bücherregale vom Boden bis unter die Decke, echte Teppiche, ein wenig zu viel für Trokics Geschmack. Es roch süßlich. Eine Mischung aus Parfum und etwas anderem, was er nicht einordnen konnte, aber nicht mochte. In der Wohnzimmerecke hob Europa den Kopf und wedelte.

»Ich hab erst mittags wieder eine Vorlesung. Sie können sich also Zeit lassen.«

Isa Nielsen deutete mit der Hand aufs Sofa. »Setzen Sie sich.«

Während sie ihm einen Kaffee einschenkte, erzählte sie kurz von ihrer Arbeit beim Institut für Staatskunde, wo sie in erster Linie Soziologie unterrichtete und an einigen Forschungsprojekten verschiedener fachübergreifender Wissenschaftszweige mitarbeitete.

»Auch Anthropologie?«

»Ist schon vorgekommen. Zum Teil überschneiden sich die Forschungsgebiete der Institute. Aber meistens arbeite ich an theoretischen soziologischen Modellen in Verbindung mit politologischen Fragestellungen.«

Trokic konnte sich vorstellen, dass die männlichen Studierenden sich ganz schön beherrschen mussten, wenn sie unterrichtete. Obwohl man Isa Nielsen nicht direkt schön nennen konnte, waren ihre Augen und ihr Lächeln warm und lebendig und ihre Bewegungen ruhig und feminin.

»Dann kannten Sie Anna Kiehl vielleicht nicht nur von der Laufgruppe, sondern auch von der Universität?«

»Na ja, die Uni ist groß, und in jedem Bereich gibt es Tausende von Studenten, Wissenschaftlern und Lehrern. Rein fachlich habe ich sie nicht gekannt.«

»Und persönlich?«

Ihre Hände bewegten sich unruhig auf ihrem Schoß.

»Nur flüchtig. Wir waren zu acht in der Laufgruppe und haben uns nur einmal pro Woche getroffen«, sagte sie entschuldigend.

Sie schaute ihm in die Augen. Ihr Blick ging ihm durch und durch.

»Sagt Ihnen der Name Christoffer Holm etwas?«

Die Soziologin überlegte.

»Kommt mir vor, als hätte ich den Namen schon mal gehört. Sollte ich ihn kennen?«

»Vielleicht. Er ist der Autor eines Buches namens *Die chemische Zone*.«

»Ah, ja«, sie lächelte. »Groß, blond, gutaussehend? Arbeitet der nicht an der Universität?«

»Holm forschte am Psychiatrischen Krankenhaus. Aber anscheinend ist er verschwunden.«

»Das war der Mann, der mit der anderen Anthropologiestudentin in unserer Gruppe zusammen war. Irene. An ihren Nachnamen kann ich mich nicht mehr erinnern. Eine Rothaarige. Das weiß ich, weil er sie ein paarmal zu unserem Treffpunkt im Wald gefahren hat. Aber er selbst ist nicht mit uns gelaufen.«

Trokic runzelte die Stirn und setzte sich auf.

»Sind Sie sicher?«

»Doch, ich glaube schon. Sie war Annas Freundin, oder? Jedenfalls sah es so aus. Aber das ist ja schon lange her.«

»Ja. Erzählen Sie mir von ihr. Was wissen Sie über sie?«

»Nicht mehr, als ich eben gesagt habe. Sie wirkte ein wenig … Nein, eigentlich ist sie sehr nett. In Wirklichkeit habe ich mit beiden sehr wenig geredet.«

Trokic schrieb ihre Worte auf. Annas Freundin hatte also doch gelogen, sie kannte Christoffer Holm. Warum hatte sie es abgestritten? Es hatte etwas mit dem verschwundenen Wissenschaftler zu tun, davon war er überzeugt. Und jetzt drängte sich eine neue Perspektive auf.

»Würden Sie mich bitte kurz entschuldigen, ich muss einen Anruf erledigen.«

Er ging in das angrenzende Zimmer, das als kleine Bibliothek eingerichtet war. Europa tappte gutmütig hinter ihm her und legte sich vor seine Füße. Er rief Jasper an.

»Hol Irene aufs Revier!«, befahl er ohne weitere Einleitung. »Sie hat mir vor einer Stunde die Hucke vollgelogen. Irgendwas passt hier nicht zusammen. Ich komme, so schnell ich kann.«

Auf dem Regal vor ihm standen Fachbücher und Ordner vom Boden bis zur Decke. Er überlegte, ob Isa Nielsen aufgrund ihrer Ausbildung ein paar Überlegungen beitragen könnte. Als Soziologin musste sie doch etwas über Menschen wissen. Den Wald kannte sie auch. Er hätte nichts dagegen, wieder herzukommen.

Als er das Gespräch beendet und das Telefon in die Jackentasche gesteckt hatte, schrieb er ein paar Stichworte in sein Notizbuch und kraulte dem Hund gedankenverloren das Fell. Dann drehte er sich um und stellte fest, dass die Soziologin auf der Schwelle zwischen den beiden Zimmern stand und ihn mit verschränkten Armen betrachtete.

»Das ist wirklich ein guter Hund«, sagte er.

Sie nickte, und plötzlich änderte sich der Ausdruck in ihren Augen. »Sie ist auch das Einzige, was ich habe.«

Trokic wusste nicht, was er sagen sollte.

»Ich mache mich mal auf den Weg.«

»Haben Sie ein psychologisches Profil vom Täter erstellen lassen?«

»So etwas machen wir nicht oft.«

Sie lächelte und zuckte die Achseln. Er hatte nicht ganz die Wahrheit gesagt. Agersund hatte sich am Morgen mit dem Psychologen getroffen, mit dem sie normalerweise zusammenarbeiteten. Aber da ging es nicht um ein Profil, sondern eher um einen Dialog, seiner Ansicht nach vielleicht sogar um Polemik. Trokic hatte nur Bruchstücke von Jacob gehört, als er das Zimmer verließ. Seiner Meinung nach würden sie zu dem Schluss kommen, dass der Mord von einer geistig verwirrten Person begangen worden war. Trokic war überzeugt davon, dass sie ihre eigene Zeit und die des Psychologen verschwendeten.

»Ich muss mich beeilen. Vielen Dank für das Gespräch.«

Im selben Moment vibrierte das Telefon in seiner Tasche. Jasper war wieder dran.

»Das Ergebnis der letzten DNA-Analyse liegt vor. Wir wissen jetzt sicher, dass Christoffer Holm der Vater von Anna Kiehls ungeborenem Kind war.«

25

Mit einem Bleistift zwischen den Zähnen lief Trokic in seinem Büro auf und ab. Auf dem Tisch standen zwei belegte Brote, die er noch nicht angerührt hatte. Die vielen Einzelteile des Puzzles verschoben sich in seinem Kopf, während er versuchte, alle neuen Erkenntnisse zu überschauen. Christoffer Holm hatte also Anna Kiehl geschwängert. Seine DNA war in einem Haar am See und im ungeborenen Kind der Ermordeten, aber das Sperma auf ihrem Bauch gehörte jemand anders. Wem? Jasper lehnte sich an die Tür und streckte die Beine.

»Ich hab jemanden geschickt, der die Freundin abholt.«

»Wo zum Teufel bleiben die denn so lange?«

»Das dauert eben seine Zeit, Daniel.«

Trokic nahm das Telefon und gab Lisas Nummer ein.

»Du hast doch die Nummer von Christoffer Holms Schwester. Ruf sie an und erkundige dich, ob sie noch mal mit uns reden will. Wir müssen Anna Kiehls Freund besser kennenlernen. Vielleicht haben wir was übersehen.«

Er drehte noch eine Runde im Büro und dachte nach.

»Nein, fahr gleich hin und rede mit ihr, damit es fixer geht. Wir kümmern uns um die Freundin ...«

»Ich habe Poulsen gerade versprochen, mir schnell mal einen PC anzusehen, es geht um einen Betrugsfall«, antwortete Lisa am anderen Ende. »Dauert nicht lange, ist aber offenbar wahnsinnig eilig.«

»Was? Die müssen verrückt sein. Der soll sich woanders Hilfe suchen! Na ja, dann lass Elise Holm eben von jemandem holen. Es ist wichtig. Gibt's was Neues vom See?«

»Die sagen, es geht langsam. Der Grund ist sehr weich, und man kann unter Wasser kaum etwas sehen. Sie müssen sich buchstäblich vortasten.«

»Ich schau heute Nachmittag mal draußen vorbei«, sagte Trokic und legte auf.

Selbst wenn er an etwas anderes dachte, schien sein Hirn unablässig weiter am Fall Kiehl zu arbeiten. Tag und Nacht kreisten die Bruchstücke in seinem Schädel und bildeten immer neue Formationen, Kurven und Energien. Diesmal waren es die Details in Anna Kiehls Wohnung, die ihm durch den Kopf tanzten. Irene saß mittlerweile nebenan in seinem Büro und wartete auf das Verhör. Er musste so schnell wie möglich damit anfangen.

26

»Darf ich dich zum Mittagessen einladen?«

Lisa blickte vom Computer auf und erwiderte Jacobs ruhigen Blick. Einen Moment zögerte sie. Sie hatte viel zu tun, und eigentlich hatte sie beschlossen, die Mittagspause ausfallen zu lassen. Andererseits war es wirklich nicht in Ordnung, dass sie den ganzen Nachmittag von Mars-Riegeln leben sollte, nur weil alle es so selbstverständlich fanden, sie rumzukommandieren. Dann fiel ihr wieder ein, was Trokic am Abend zuvor gesagt hatte. Jacob war ihr neuer Partner.

»Okay. Ein schnelles.«

Sie schnappte sich die lila Lederjacke von der Stuhllehne und wünschte, sie hätte etwas Neutraleres angezogen. Sie würde Aufsehen erregen neben dem großen blonden Polizisten, aber das war nicht zu ändern. Er lächelte.

»Nun sind wir ja Partner. Wir essen was Leichtes unten am Wasser.«

»Wir haben einen Durchsuchungsbefehl«, sagte er, nachdem man ihnen im Sidewalk ihre Pasta serviert hatte. Es duftete vielversprechend.

»Begründeter Verdacht und von entscheidender Bedeutung für die Ermittlungen. Wir fahren heute Nachmittag hin.«

»Was?«, fragte sie.

»Durchsuchungsbefehl für Tony Hansens Wohnung«, wiederholte er und musterte sie eingehend. Er war ein paar Jahre älter als sie, hatte aber immer noch ein jungenhaftes Aussehen. Jacobs Art war direkt und ohne jeden Zynismus. Seine Lässigkeit, seine Arme, die zwischen ihnen auf dem Tisch ruhten, und das weiße Kapuzenshirt, das am Hals etwas offen stand, lösten Reaktionen bei ihr aus. Ein Kribbeln unter der Haut.

»Wie habt ihr das denn hingekriegt? Ist doch ziemlich schwer, ihm was nachzuweisen.«

»Wir müssen ihn aber ausschließen können. Deshalb haben wir auch ins Spiel gebracht, dass er vorbestraft ist, sich zum fraglichen Zeitpunkt in der Nähe des Tatorts aufhielt und uns obendrein angelogen hat. Wir sind zu seiner Wohnung gefahren, aber es war immer noch niemand zu Hause. Bis jetzt ist in der Bude noch nichts von Interesse gefunden worden. Der Mann ist nur ein knallharter Alkoholiker. Meiner Meinung nach ist das alles Zeitverschwendung.«

»Ich will wissen, was er verheimlicht. Da ist irgendwas im Busch.«

Schweigend aßen sie ein paar Bissen. Die Menschenmenge auf dem Åboulevard hetzte mit Kinderwagen, hohen Hacken und Piercings vorbei. Je länger Lisa hier war, desto besser gefiel ihr diese Stadt, in der sich auch ein großer Teil ihrer Familie niedergelassen hatte. Besonders gefiel ihr das Lateinerviertel, all die kleinen verwinkelten Straßen und der Sonntagsbrunch in den Cafés. Am Nebentisch saß eine Frau, die offenbar Augenkontakt zu Jacob herstellen wollte. Sie fummelte unablässig an ihrem Hals und am Haar herum.

»Woher kennst du Trokic?«, fragte sie.

Er tupfte sich mit einer Serviette den Mund ab.

»Ich hab ihn vor vielen Jahren in Kroatien kennengelernt. Eine Zeitlang war ich als UNO-Soldat in Sisak stationiert, und er arbeitete für eine humanitäre Organisation in Zagreb.«

»Ein Hilfsprojekt?«

»Ja, es war eine irisch-katholische Hilfsorganisation namens Saint Patrick's, die ihr Hauptquartier in einer ehemaligen Schule am Rande der Altstadt von Zagreb hatte. Es ging darum, Wohnraum für Familien zu beschaffen, die auf die eine oder andere Weise ihr Zuhause verloren hatten. Vielfach hatte man einfach ihr Haus niedergebrannt. Die meisten dieser Leute kamen aus der Krajina, du weißt schon, dem Teil, der sich weigerte, Kroatien als selbständigen Staat anzuerkennen.«

Lisa musste das Bild von ihrem dunkelhaarigen Kollegen als kroatischem Faschisten fallenlassen. Das ärgerte sie ein bisschen.

»Okay. Aber wie habt ihr euch kennengelernt?«

»Er ging in die am schwersten betroffenen Gegenden und suchte die obdachlosen Familien. Als er anfing, war es ziemlich schlimm. Die Serben brannten ganze Dörfer nieder und vertrieben die Kroaten. Aber um es kurz zu machen – ich habe ihn mitten im Kriegsgebiet kennengelernt. Ich fand es interessant, jemandem zu begegnen, der sowohl einen dänischen als auch einen kroatischen Hintergrund hat. Als sich eines Tages die Gelegenheit ergab, habe ich ihn in Zagreb besucht. Da lernte ich eine seiner jüngeren Cousinen kennen … Ja, und dann … Trokic wohnte bei ihrem großen Bruder und seiner Frau in der Zeit, als ich mit ihr zusammen war. Sie hieß Sinka.«

Seine Mundwinkel zuckten, und sie merkte, dass mit dieser Geschichte kummervolle Erfahrungen verbunden waren. Sie fragte nicht weiter.

»Er hat überhaupt einen ziemlich krassen Hintergrund. Aufgewachsen ist er hier in Dänemark unter ziemlich harten Bedingungen, und dort unten sind sein Vater und sein Bruder von den Serben ermordet worden. Das hat ihn sehr mitgenommen.«

Sie schluckte. Das hatte sie nicht gewusst, aber so was erzählte man ja auch nicht jedem. Am liebsten hätte sie noch weiter gefragt, hatte aber Angst, zu weit zu gehen.

»Wir haben die gleichen Sachen gesehen in diesem Krieg«, erläuterte Jacob. »Nicht dass wir darin herumrühren, wenn wir zusammen sind, aber trotzdem …«

Er fuhr sich durch das wuschelige blonde Haar. Bei dieser Geste musste sie die Augen niederschlagen.

»Aber was war das mit diesem Disziplinarverfahren gegen ihn vor ein paar Jahren?« Das war ein weiterer ihrer Vorbehalte. »Ihm wurde doch unverhältnismäßige

Gewaltanwendung vorgeworfen? Und dann auch noch gegen eine Frau. So was geht mir absolut gegen den Strich.«

»Dann weißt du sicher auch, dass er freigesprochen wurde. Das war damals, als er bei der Eingreiftruppe war. Die Frau war drogenabhängig und total von der Rolle.«

Lisa sah ihn skeptisch an und senkte die Stimme, da das Paar am Nebentisch plötzlich ihr Gespräch zu belauschen schien.

»Gewalt ist Gewalt«, sagte sie.

»Trokic ist in Ordnung. Und ein verdammt guter Polizist. Er hat ihr eine runtergehauen, weil sie auf ihn losging, als er vier Gramm Heroin beschlagnahmen wollte. Das weiß ich, weil er viel darüber geredet hat. Sie wollte ihm mit den Krallen an die Augen. Manchmal reagiert man einfach nur.«

»Gut, das war mir nicht klar. Ich dachte nur …«

»Ja, klar denkt man über so was nach. Aber ich verlasse mich zu dreihundert Prozent auf ihn, und das kannst du auch ruhig tun.«

Er hatte seine Nudeln aufgegessen, nun lehnte er sich auf dem Stuhl zurück und betrachtete sie vorsichtig.

»Ich dachte gerade, vielleicht hast du ja mal Lust, abends ins Kino zu gehen? Es ist so trist, wenn man jeden Abend allein in einem Hotelzimmer hockt und fernsieht.«

»Ja«, sagte sie überrascht. Und war erleichtert, dass sie für die Abendstunden jetzt Aussicht auf Gesellschaft hatte.

»Jasper hat gesagt, du seist so eine Art Filmfreak, wenn man erst mal die oberste Computerschicht abgekratzt hat. Und ich soll dich fragen, wer gesagt hat … Lass mich kurz nachdenken, vielleicht krieg ich's ja noch zusammen … Äh … *This is a .44 Magnum, probably the most powerful handgun in the world.*«

Sie lachte.

»Der Blödmann kann es einfach nicht lassen. Immerzu muss er mich herausfordern.«

»Weißt du es denn?«

»Selbstverständlich. Bestell ihm schöne Grüße von Dirty Harry. Da muss er sich schon was Schwereres ausdenken.«

»Haha, er hat schon gemeint, dass du das sagen würdest.«

Jacobs Handy klingelte. Während er sprach, sah er sie die ganze Zeit an. Der Wind zerzauste sein kurzes Haar, und er fröstelte ein wenig. Schließlich klappte er das Telefon zu und war wieder voll konzentriert.

»Wir sollen zu dieser Sekte rausfahren. Einer von diesen Typen behauptet, er weiß, wer unser Mörder ist.«

27

»Was ist denn jetzt schon wieder?« Hanishka schaute die beiden Beamten grimmig an und runzelte die Stirn. »Haben Sie nichts Besseres zu tun? Heute Vormittag habe ich doch diesem Daniel-Kommissar schon gesagt, dass hier nichts zu holen ist.«

»Einer von Ihren … äh … Anhängern hat uns wegen einiger Angaben angerufen«, sagte Jacob.

»Das glaube ich kaum.«

»Verschwenden Sie nicht unsere Zeit. Der Anruf kam von Ihrem Telefonanschluss.«

Der Sektenführer betrachtete sie und seufzte dann.

»Na gut. Warten Sie hier, ich erkundige mich.«

Zwei Minuten später war er wieder da.

»Hier weiß niemand etwas von der Sache.«

»Sind alle anwesend?«

»Ja.«

»Dann müssen wir Sie bitten, uns ins Haus zu lassen. Es ist wichtig. Es geht hier um ein schwerwiegendes Verbrechen.«

»Na gut«, sagte der Sektenführer mit missbilligender Miene und öffnete die Tür.

Sie traten ins Wohnzimmer, das als Versammlungsraum diente. Auf dem Fußboden lag ein alter gelber Teppich, vor den großen Fenstern standen ein paar Blumentöpfe. Aber keine Möbel. Lisa schlang die Arme fester um sich und schaute sich aufmerksam um. Auf dem Boden saß eine Gruppe, insgesamt etwa zwanzig Personen mit glattrasierten Schädeln. Obwohl sie unterschiedliche Kleidung trugen, hatte Lisa das Gefühl, dass sie irgendwie alle gleich aussahen.

Hanishka klatschte in die Hände, und das dumpfe Stimmengewirr verstummte jäh.

»Irgendjemand hier hat Informationen für die Polizei. Ich weiß nicht, wer es ist, aber ich möchte, dass der Betreffende mitkommt, damit wir das klären können.«

Nichts rührte sich. Kein Laut war zu hören. Einige guckten auf den Boden, andere starrten die Kriminalbeamten unverhohlen an. Ein Mann hustete, und ein paar andere wirkten fast schon verschreckt. Lisa betrachtete sie eingehend und achtete auf jede Bewegung. Nichts. Gar nichts.

»Was sagst du dazu?«, fragte sie, als sie mit Jacob zum Auto ging.

»Wir könnten sie alle zur Vernehmung bestellen, einen nach dem anderen.«

»Aufwendig. Aber höchstwahrscheinlich bleibt uns gar nichts anderes übrig. Trokic soll entscheiden, ob an der Sache etwas dran ist.«

Lisa drehte sich auf dem Beifahrersitz etwas zur Seite, so dass sie Jacob ansehen konnte.

»Seltsamer Ort. Glaubst du, die sind glücklich?«

»Bestimmt«, sagte Jacob versonnen. »Laut Sartre sind wir ja dazu verdammt, frei zu sein. Wenn man sich also in eine Lage bringt, in der es für alles Regeln gibt, dann hat man wahrscheinlich das Gefühl, dass einem diese ganzen lästigen Entscheidungen abgenommen werden.«

»Wie meinst du das?«

»Na ja, Freiheit bringt Verantwortung mit sich, und Verantwortung kann eben große Ängste auslösen. Oder, wie es jemand anders formuliert hat, der Mensch fühlt sich gefangen, obwohl sein Leben aus freien Handlungen besteht. Aber die Sektenmitglieder da drinnen sind nicht in dem Umfang zum Freisein verdammt, denn jemand anders schreibt ihnen vor, was sie tun sollen. Damit entgeht man doch so manchem Dilemma, und schon ist das Dasein viel unproblematischer.«

»Opium fürs Volk, meinst du also?«

»Ich glaube, sie leben in Frieden mit sich selbst. Das kann man durchaus als eine Art Glück begreifen. Die belasten die Statistik über Depressionen jedenfalls nicht. Das machen wir anderen.«

Als Lisa an ihren Arbeitsplatz zurückkam, war sie froh, trotz allem die Einladung zum Mittagessen angenommen zu haben. Nachdem der Blutzucker wieder ins Lot gekommen war, ging es ihr wesentlich besser. Außerdem hatte ihr das kurze Zusammensein mit Jacob gutgetan, und sie freute sich schon darauf, bei Gelegenheit einen Abend mit ihm zu verbringen. Sie lächelte unwillkürlich.

Der Streifenpolizist, den sie losgeschickt hatte, um Elise Holm zu holen, war bei seiner Rückkehr richtig sauer.

»Bitte sehr. Und nächstes Mal macht ihr euren Kram vielleicht mal selbst. Die Angelegenheiten der Kriminalpolizei sind ja nicht unbedingt wichtiger als unsere.«

»Tut mir furchtbar leid. Befehl von höherer Stelle.«

Lisa wusste, dass es auf der Autobahn an der Nordausfahrt eine Massenkarambolage gegeben hatte und dass auch die Verkehrspolizei nicht über genug Leute verfügte.

Sie hatte sich gerade hingesetzt, als ihre Nichte anrief.

»Kann ich heute Abend zu dir kommen, Tante Lisa?«, schluchzte sie.

»Was ist denn los?«

»Ich halt's hier einfach nicht mehr aus. Die peilt überhaupt nichts, dieser Dinosaurier, die lebt doch noch voll in den Sechzigern. Erst verspricht sie mir Kohle fürs Kino heute Abend mit Line und Oliver, also stell ich mich hin und brezel mich auf, und jetzt darf ich plötzlich doch nicht gehen. Scheiße.«

Das Mädchen schluchzte dramatisch.

Lisa zögerte. Nanna benutzte sie etwas zu oft als Zufluchtsort, und obwohl sie ihre Gesellschaft eigentlich genoss, war sie nicht sicher, ob diese Auszeiten dem Verhältnis zwischen Mutter und Tochter wirklich zuträglich waren. Außerdem konnte es sich auch um ein Ablenkungsmanöver von Nanna handeln, um den Kinobesuch doch noch durchzudrücken.

In letzter Zeit hatte sie das düstere Gefühl, dass das Mädchen ein wenig labil wurde. Ihre früheren Interessen waren in den Hintergrund getreten, und sie begann ihre Umwelt mit Kleidung und Verhalten zu provozieren. Aber gehörte das nicht dazu, wenn man Teenager war? Hatte sie sich nicht auch ihre Haare in allen möglichen Farben gefärbt und alles ganz anders als ihre Eltern machen müssen? Sie hätte nicht mehr genau sagen können, wo eigentlich die Grenze verlief.

»Ich weiß nicht, Nanna. Heute Abend muss ich Überstunden machen.«

Im nächsten Moment tönte eine andere entnervte Stimme aus dem Telefon: »Du kannst sie gerne haben, ich wäre entzückt, wenn ich sie loswerden könnte. Das Gör soll nicht glauben, dass mich hier hinsetze und mir diese Tiraden anhöre, um ihr dann hinterher auch noch ihre Ausflüge zu finanzieren. Außerdem solltest du mal sehen, mit was für einer feinen Gesellschaft sie da ausgehen will. Man kann auf sie einreden, soviel man will, sie will einfach kein bisschen Vernunft annehmen. Aussichtslos. Kino ist heute Abend gestrichen, basta. Vielleicht lernt sie ja endlich mal was draus.«

»Ich mach heute Überstunden«, sagte Lisa zu ihrer Schwester. Doch dann fügte sie rasch hinzu: »Aber ich kann mir auch Arbeit mit nach Hause nehmen. Wenn sie früher da ist, weiß sie ja, wo der Schlüssel liegt.«

»Ich zieh zu Tante Lisa«, schrie das Mädchen im Hintergrund.

Es klopfte an der Bürotür.

»Augenblick«, sagte sie in den Hörer.

Elise Holm machte die Tür auf und nahm gegenüber von Lisa Platz. Sie war kreideweiß im Gesicht.

»Hier stimmt was nicht«, sagte die Frau kopfschüttelnd.

»Also von mir aus schick sie her«, beendete Lisa ihr Telefongespräch. Dann wendete sie sich der Frau auf dem Stuhl zu.

28

Irene fühlte sich in die Enge getrieben. Ihre Pupillen waren erweitert, ihre Muskeln angespannt. Diesem Kommissar zwischen Tür und Angel ein nicht ganz wahres Wort hinzuwerfen war ihr noch ganz leichtgefallen. Aber es war schon eine andere Geschichte, plötzlich mit zwei Polizisten auf dem Revier zu sitzen, die Anstalten zu einem ernsthaften Wortwechsel machten, der durchaus unangenehme Folgen für sie haben könnte. Trokic hatte ihr gegenüber am Tisch Platz genommen, Jasper lehnte an der Wand.

»Heute früh«, begann Trokic langsam, »haben Sie behauptet, Christoffer Holm nicht persönlich zu kennen. Von einer Verbindung zwischen dem Opfer und Christoffer Holm war Ihnen nichts bekannt. Mittlerweile haben wir aber erfahren, dass Sie sehr wohl davon wussten.«

»Ich fand nur nicht …«

»Was fanden Sie nicht? Dass es wichtig war? Dass es Sie besonders gut dastehen lässt? Tja, gut dastehen tun Sie wirklich nicht. Sie waren mit Christoffer Holm liiert, und jetzt stellt sich heraus, dass Ihre ermordete Freundin ein Kind von ihm erwartete.«

»Ich war nicht mit ihm liiert.«

»Nein? Wie würden Sie es denn nennen?«

»Wir sind ein paarmal zusammen ausgegangen. Weiter sind wir nicht gekommen.«

»Weiter?«

»Wir haben es nur einmal getan, wenn Sie es genau wissen wollen.«

»Aber Sie waren in ihn verliebt?«

»Ja, das schon.«

Sie zog ein Gesicht, als hätte man sie bei etwas Verbotenem ertappt, und schaute weg.

»Was ist dann passiert? Hat Anna Ihnen den Mann ausgespannt?«

»Ja, so könnte man das wohl nennen. Obwohl ich den Ausdruck hasse.«

»Wie lange waren die beiden zusammen?«

»Seit meinem Geburtstag im Frühsommer. Da haben sie sich kennengelernt«, seufzte sie. »Ich hatte Freunde zu einer Party eingeladen, und die beiden sind ins Gespräch gekommen. Und hörten nicht wieder auf. Sie haben sich in die Küche verzogen und waren so fasziniert voneinander, dass sie alles andere um sich herum vergaßen. Sie haben sich nicht geküsst oder so. Nur geredet. So intensiv, so eifrig, ohne Punkt und Komma, als ob wir anderen überhaupt nicht mehr existierten.«

Trokic warf Jasper einen Blick zu.

»C und I«, sagte er und dachte an den Zettel, den sie in Anna Kiehls Wohnung gefunden hatten.

Irene schluckte und sah ihn an. Er hätte Mitleid mit ihr haben müssen, doch das Gefühl wollte sich nicht einstellen. Ihre Verliebtheit hatte etwas Selbstsüchtiges, fand er. Auch wenn sie von anderen redete, sprach sie in Wirklichkeit immer nur über sich selbst.

»Sie wusste genau, was ich für ihn empfand, deshalb hat sie mir gegenüber nie erwähnt, dass sie anfingen, sich zu treffen. Aber dann war er eines Tages plötzlich verschwunden. Anna war total fertig, das sah man. Jetzt verstehe ich natürlich, warum. Sie war ja schwanger.«

Sie biss sich auf die Lippe, und eine gewisse Befriedigung schwang in ihrer Stimme mit, als sie fortfuhr: »Vielleicht hat sie es ihm gesagt, und er hat sich daraufhin aus dem Staub gemacht.«

»Nun spekulieren Sie aber. Wir wollen uns hier lieber an die Tatsachen halten«, sagte Trokic. »Waren Sie denn nicht wütend auf Anna, als sie von Ihrem Geliebten schwanger wurde?«

»Ich hab es ja nicht gewusst.«

Ihre Worte kamen rau und schnarrend.

»Und Sie wüssten auch niemand, der mit dem Mord an Anna zu tun haben könnte?«

»Nein«, fauchte sie. »Und jetzt will ich nach Hause.«

»Immer mit der Ruhe. Wir unterhalten uns doch nur.«

Trokic wippte mit seinem Stuhl und versuchte die Aussage der Frau einzuschätzen.

Sie nahm einen Schluck aus ihrem Wasserglas.

Trokics Handy klingelte. Erst wollte er es ignorieren, aber dann holte er es doch heraus und warf einen Blick aufs Display. Es war Agersund.

»Ja?«

»Was zum Teufel treibst du eigentlich den ganzen Nachmittag?«

»Wir sind gerade mitten in einem Verhör …«

Agersunds Stimme bekam einen bedeutungsschweren Klang, und Trokic wusste, dass das Gespräch mit Annas Freundin hiermit beendet war.

»Am See ist irgendwas im Gange. Am besten fährst du hin, je eher, desto besser.«

»Die Mordwaffe?«, fragte Trokic mit hochgezogenen Augenbrauen.

»Nach der suchen wir immer noch. Aber wir haben Christoffer Holm gefunden, und – Scheiße, der sieht echt nicht gut aus.«

29

Einmal hatte Trokic eine Wasserleiche gesehen, die im Spätherbst vor ein paar Jahren über drei Wochen in der Bucht gelegen hatte. Als der Mann am Strand angespült wurde, hatten ihn zwei Schulkinder gefunden. Dieses Bild hatte sich Trokic für lange Zeit ins Gedächtnis gebrannt.

Aber das hier übertraf alles, was er bisher gesehen hatte. Der Wald schien über ihnen zusammenzuwachsen, die Dunkelheit umschloss sie bereits von allen Seiten. Es war ein grauenerregender Anblick.

Man hatte den blonden Mann mit äußerster Vorsicht behandelt, um Beschädigungen zu vermeiden. Die braune Haut hatte sich größtenteils vom Körper abgelöst, der nur noch von der Kleidung zusammengehalten wurde, einem wohl ehemals weißen Hemd und einer blauen Jeans. Von den Haaren, der Nase und den Augenlidern war kaum noch etwas übrig, auch der untere Teil des Gesichtes, von den Lippen bis zum Kinn, war weg, und am Kiefer war ein breiter Streifen weißer Knochen freigelegt. Die Zähne waren zu einer weißen Marmorreihe entblößt. Schlamm und Entengrütze bedeckten die Beine, und überall hatten sich die kleinen Insekten des Teichs eingenistet.

Die Umgebung des Wasserlochs war eine Bühne, auf der man einen grellbeleuchteten OP eingerichtet hatte. Der süßliche Geruch breitete sich langsam in alle Richtungen aus, und Trokic hielt automatisch die Luft an, um ihn nicht einzuatmen. Gleichzeitig bemühte er sich, den Kriminaltechnikern nicht im Weg zu stehen. Der Geruch einer verwesenden Leiche war schlimmer als alles andere. Hatte ein Toter beispielsweise in einem Auto gelegen und seine Ausdünstungen in Bezüge und Polster abgegeben – sei es auch nur für kurze Zeit –, war das Fahrzeug nicht mehr wert als ein paar Kanister Benzin und ein Streichholz.

Der Rechtsmediziner Torben Bach war wieder einmal gerufen worden, um die Fundstelle zu untersuchen. Gedämpft sprach er in sein Diktiergerät.

»Seid ihr sicher, dass es Christoffer Holm ist?«, fragte Trokic einen Techniker.

»Sein Führerschein steckte in der Innentasche. Bis jetzt der einzige Hinweis auf seine Identität. Vielleicht finden wir da unten noch mehr«, sagte er. »Ich vermute, dass er seit Montreal nirgendwo mehr gewesen ist. Er sieht nicht so aus, als hätte er weniger als acht Wochen in diesem Sumpf gelegen. Er war im südwestlichen Teil des Sees versteckt. Eigentlich ist es da nicht besonders tief. Etwa drei, vier Meter. Verdammt noch mal, der stinkt ja vielleicht. Igitt.«

»Warum haben wir ihn nicht früher gefunden? Kommen Wasserleichen normalerweise nicht irgendwann wieder an die Oberfläche?«

»Schon, nach ein oder zwei Wochen ist er sicher wieder hochgekommen, da hatte der Verwesungsprozess seinen Höhepunkt erreicht. Das liegt an den Gasen, die treiben die Leiche an die Oberfläche. Aber nach einiger Zeit ist er eben wieder auf den Grund gesunken. Als die Luft aus ihm raus war, wenn ich das mal so formulieren darf.«

Der Kommissar schüttelte sich, als er an den Taucher dachte, der unten im See auf diesen Fund gestoßen war. Was für eine grauenvolle Vorstellung – mit den Händen oder gar mit dem Kopf an so etwas Ekelerregendes zu stoßen!

»Hat ein bisschen was von 'ner Moorleiche. Wie dieser Grauballe-Mann«, war der Kommentar des Technikers.

»Kann sein.«

Die historische Umgebung und die Symbolik konnten ihn nicht blenden. Er war weiterhin der Überzeugung, dass es sich um einen ganz gewöhnlichen Mord handelte. Wahrscheinlich war Christoffer Holm bei einem letzten Stopp auf seinem Heimweg von der Montrealreise ermordet worden. Und knapp acht Wochen später war die Mutter seines ungeborenen Kindes denselben Weg gegangen. Er wollte alle vorladen, die mit dem Wissenschaftler zusammengearbeitet hatten, Nachbarn, Freunde, frühere Geliebte. Er wollte einen vollständigen Überblick über die finanziellen Transaktionen des Mannes, über seine Geschäftsverbindungen und juristischen Verhältnisse. Möglicherweise hatte er mehr als nur eine Person vor den Kopf gestoßen. Und Menschen waren imstande, schon für ein Gramm Heroin oder eine falsche Bemerkung zu töten. Aber hier handelte es sich um etwas Bösartiges. Etwas richtig Verkorkstes. Eine Person, die völlig verkehrt tickte.

Er rief Lisa an, die bereits Bescheid wusste und sich gerade um die schwer geschockte Schwester kümmerte.

»Ich möchte, dass du mit Jacob den Arbeitsbereich des Mannes unter die Lupe nimmst. Seine Projekte, Rezensionen von *Die chemische Zone*, seine Reputation im Fachbereich, alles, was ihr national und international über ihn finden könnt.«

Lisa willigte widerspruchslos ein. Trokic schwitzte, obwohl es im dichten Wald eher kühl war. Er hätte jetzt gern ein Glas Rotwein gehabt. In seinem Gesicht fing es an zu zucken, ein Überarbeitungssymptom, das ihm nur zu bekannt war. Nach einem letzten Blick auf die zerfallenden Überreste von Christoffer Holm drehte er sich um und verließ den Schauplatz.

»Können wir das bei einer Tasse Kaffee besprechen?«, seufzte Trokic, als Jasper die letzten Abschriften der Zeugenaussagen auf seinen Tisch warf. Er rieb sich die Augen. »Ich will gern hören, was du darüber denkst.«

»Hier oder woanders?«, fragte Jasper.

Trokic machte eine verlegene Geste.

»Wie wär's bei mir zu Hause? Ich fahr dich danach heim, oder du schläfst auf dem Sofa. Aber ich muss vorher noch kurz zu Lisa und ihr ein paar Berichte vorbeibringen. Sagen wir, in einer Stunde?«

»No problem«, sagte Jasper. Er hatte keine häuslichen Verpflichtungen. Ehrlich gesagt, Trokic bezweifelte, dass er je eine Freundin gehabt hatte. Das vereinfachte einiges.

30

Lisa stieß die Tür mit dem einen Arm auf, während sie mit dem anderen eine viel zu schwere Netto-Einkaufstüte hinter sich her ins Treppenhaus schleifte. Sie wollte ein gemütliches mexikanisches Abendessen zubereiten und mit ihrer Nichte ein Gespräch unter Erwachsenen führen, ehe sie sich wieder auf die Arbeit stürzte. Der Schulterriemen ihrer mit Papieren vollgestopften Tasche schnitt ihr tief ins Fleisch, als sie sich seufzend die Treppe hochschleppte. Dieser ganze Nachmittag lag ihr noch immer schwer im Magen. Die Beschreibung von Christoffer Holms Leiche war so genau gewesen, dass sie ebenso gut selbst am Fundort hätte sein können. Sie konnte sich den Anblick lebhaft vorstellen.

Ein paar Stufen nach dem ersten Stock riss die Plastiktüte, und der Griff ging ab. Eine kleine Packung Cherrytomaten, die aus strategischen Gründen zuoberst lag, fiel heraus, und die roten Früchte kullerten wie kleine Bälle die Stufen hinunter. Eine Flasche Balsamico schloss sich ihnen an.

»Scheißtüte!«, fluchte sie.

Sie stellte Tüte und Tasche ab und begann die kleinen Ausreißer einzusammeln, während sich der Duft von Rotweinessig im Treppenhaus verbreitete. Ein Stockwerk unter ihr fiel die Tür ins Schloss. Nanna! Wenn es an diesem Abend etwas zu essen geben sollte, konnte sie Hilfe gebrauchen.

Aber es war gar nicht ihre Nichte. Stattdessen tauchte ihr neuer Kollege aus Kopenhagen mit verblüfftem Gesicht auf. Der junge Kriminalassistent lachte laut auf, als er sie so im Chaos stehen sah.

»Wie beliebt macht es mich auf einer Skala von 1 bis 10, wenn ich dir beim Aufsammeln helfe?«

»Dafür gibt es zweifellos Extrapunkte. Besonders wenn du die Sachen dann auch noch hochschleppst. Und dir dein Lachen verkneifst.«

Sie erwiderte sein Lächeln und reichte ihm die Tüte.

»Ich wollte dich eigentlich zum Essen einladen«, sagte er.

»Heute kann ich nicht. Meine Nichte kommt gleich, und ich habe Trokic versprochen, Hausaufgaben zu machen. Genauer gesagt, mich in Christoffer Holms Umfeld einzuarbeiten.«

Sie sah ihn an und überlegte kurz.

»Aber willst du vielleicht mitessen?«, schlug sie vor. »Und mitarbeiten?«

»Störe ich denn nicht?«

»Überhaupt nicht.«

»Was gibt es denn?«

»Mexikanisch.«

»Ich bin dabei. Ich mach die Soße«, beschloss Jacob.

»Für mexikanisches Essen braucht man doch keine Soße.«

»Nee, dann sind wir uns ja einig.«

Sie lachten, bis sie oben angekommen waren.

»Ist aber ein bisschen unordentlich«, gab sie vor der Wohnungstür zu.

Unordentlich war geschmeichelt. Bombay in der Hochsaison wäre wohl die korrektere Bezeichnung gewesen. Verlegen ließ sie ihren Blick über das verheerende Chaos aus Akten, überquellenden Aschenbechern und Apfelsinenschalen auf dem Wohnzimmertisch schweifen. Gläser und Teller stapelten sich neben einer halb geleerten Weinflasche in der Küche. Und dann auch noch Flossys: »Fuck! Gut, dass du kommst.«

»Ha!«, machte Jacob. »Sprechendes Federvieh hast du auch noch.«

Dann schaute er sich im Zimmer um.

»Mannomann. Du hattest in letzter Zeit viel um die Ohren, oder?«

»Das kann man wohl sagen«, murmelte Lisa.

Sie stellten die Einkäufe ab, und sie musterte ihn verstohlen, um zu sehen, wie er reagierte. Aber er beschäftigte sich schon mit dem Inhalt der Einkaufstüte.

»Das wird richtig lecker. Warte, ich lauf mal eben runter und hol ein paar Flaschen Wein.«

»Das ist doch nicht nötig.«

»O doch.«

Ihr Blick folgte ihm, bis er zur Tür hinaus war. Dann wendete sie sich dem Schlachtfeld zu. Wie schnell konnte sie hier Ordnung schaffen?

31

»Konnte sich jemand um Elise Holm kümmern?«, fragte Trokic eine Stunde später. Sie hatten Nescafé aufgegossen und im Schrank noch eine Packung Erdnüsse und eine Biskuitrolle gefunden. Im Hintergrund liefen die Spätnachrichten auf TV 2. Morgen würde man Berichte über den Wissenschaftler und seine Freundin bringen, aber offensichtlich war es ihnen nicht gelungen, die Information über den Leichenfund noch rechtzeitig vor der Sendung aufzuschnappen. Er verspürte eine gewisse Schadenfreude.

»Ihre Eltern leben nicht mehr, aber Lisa hat eine Freundin aufstöbern können«, sagte Jasper. »Sag mal, ist das eine Pflanze, die du da stehen hast? Eine waschechte, lebendige Pflanze, Daniel? Wie lange trotzt die denn schon dem Dürretod unter diesen wenig vertrauenerweckenden Bedingungen?«

»Die hab ich vor ein paar Wochen von meiner Nachbarin bekommen, weil ich im Urlaub ihr Meerschweinchen gehütet habe«, sagte Trokic.

Jasper hatte immer einen Kommentar zu Trokics häuslichen Verhältnissen parat. Seiner Meinung nach war es auch »wenig vertrauenerweckend«, dass die Wände ausgerechnet dunkelgrau gestrichen waren. Obwohl Trokic ihn darauf aufmerksam gemacht hatte, dass dem Grau schließlich auch Grün beigemischt war. Ebenfalls »wenig vertrauenerweckend« waren Trokics beständig leerer Kühlschrank und seine Katze, die nichts von Jasper wissen wollte.

Trokic blätterte den Stapel Zeugenaussagen nach dem Vernehmungsprotokoll von Anna Kiehls Freundin Irene durch.

»Was hältst du von der Reaktion der Freundin auf die ganze Sache?«, fragte er.

»Ich glaub, sie stand einfach unter Schock.«

»Ich weiß nicht recht«, erwiderte Trokic skeptisch.

»Mir kam ihre Reaktion echt vor«, meinte Jasper. »Sag mal, du hast nicht zufällig was Hochprozentigeres als Kaffee?«

»Wein?«

»Ja, zum Beispiel.«

Trokic ging in die Küche, holte eine Flasche aus dem Weinregal und zwei Gläser.

»Als wir sie vor ein paar Tagen besucht haben, wirkte sie wesentlich angespannter«, sagte Jasper.

Der Kommissar schenkte zwei Gläser ein und leerte seines fast in einem Zug. Sein Lieblingswein. Ein chilenischer Cabernet Sauvignon. Nicht teuer, aber er ging über die Zunge wie ein Marshmallow.

»Ehrlich gesagt – es sieht nicht besonders gut aus, dass sie zu beiden ein so enges Verhältnis gehabt hat. Sie kann eine Rolle in der Sache gespielt haben.«

Trokic blätterte weiter in dem Papierstapel. Morgen würde er alles genauer lesen.

Als er endlich von seinen Papieren aufschaute, war der junge Assistent eingeschlafen. Trokic seufzte und leerte die Weinflasche allein. Warum die chilenischen Trauben vor die Hunde gehen lassen? Dösend saß er da, als einen Meter von ihm entfernt das Telefon losschrillte.

»Bach«, meldete sich die Person am anderen Ende der Leitung.

»Was gibt's?«

»Wir fangen morgen früh an. Gegen sieben.«

»Okay. Wäre allerdings gelogen, wenn ich behaupten würde, dass ich mich drauf freue.«

Er kratzte ein Stück Kaugummi vom Wohnzimmertisch. Jasper schnarchte laut auf dem Sofa. Etwas Schlaf würde mir jetzt auch guttun, dachte Trokic.

»Ich glaube schon, dass es interessant wird«, sagte der Rechtsmediziner. »Es gibt Anhaltspunkte dafür, dass er nicht am See getötet wurde.«

»Was soll das heißen?«

»Ehe Christoffer Holm im Wasser landete, ist noch etwas anderes mit ihm passiert. So viel kann ich bereits sagen.«

»Wie kommst du darauf?«

»Das musst du dir selber ansehen. Wir treffen uns dann morgen früh, Daniel.«

32

Mittlerweile schlief die Nichte mit angezogenen Beinen in Lisas Bett. Ihren Kinobesuch hatten sie abgewendet, obwohl das Mädchen wie erwartet versucht hatte, die Unternehmung doch noch durchzusetzen. Aber schon kurz darauf hatte sie laut und mädchenhaft über Jacobs Bemerkungen und seine Erzählungen von der Arbeit gekichert – Line und Oliver waren offensichtlich vergessen. Alles in allem ein Erfolg, das mexikanische Essen inklusive. Blieb nur noch die Arbeit. Jeder bekam ein Sofa und seinen Anteil Lektüre zugeteilt. Lisa fing an, *Die chemische Zone* zu lesen, und Jacob blätterte verschiedene Artikel durch. Eine sanfte Frauenstimme tönte leise von der Stereoanlage.

»Viel kapier ich ja nicht davon«, sagte er nach einer guten Stunde und griff nach seinem Weinglas. »Das ist eindeutig was für Fortgeschrittene.«

»Das hier ist ganz in Ordnung«, sagte sie und wedelte mit dem Buch. Sie war ein gutes Stück vorangekommen mit der 323 Seiten langen populärwissenschaftlichen Abhandlung über das Pro und Kontra von Antidepressiva.

Zu Anfang hatte sie Schwierigkeiten gehabt mit der etwas umständlichen Ausdrucksweise des Autors. Außerdem kam sie immer wieder durcheinander mit den verschiedenen Neurotransmittern wie Serotonin, Noradrenalin, Dopamin, Glutamat und einem ganz neuen, Stickoxid. Doch mittlerweile ging es zügig voran. Mit der Zeit begann sie Respekt für den jungen Wissenschaftler zu empfinden, dem die psychisch Kranken offenbar sehr am Herzen lagen, während er gleichzeitig die langfristigen gesellschaftlichen Risiken und Missbrauchsmöglichkeiten im Blick behielt. Das Buch gewann durch den persönlichen Stil sowie die Fallstudien, die er im Labor, den psychiatrischen und neurologischen Abteilungen der Krankenhäuser durchgeführt hatte. Eingeschobene Abschnitte mit Statistiken veranschaulichten seine Erkenntnisse.

»Irgendwie komisch, wenn man bedenkt, dass es in unserer Stadt solche Leute gibt. Dass mitten unter uns Menschen leben, die zumindest teilweise über die Lösungen zu den größten Rätseln verfügen, die der menschliche Geist aufgibt. Und die sagen können, was eigentlich Glück ist.«

»Wovon handelt das Buch denn?«

»Es ist eine Art Abrechnung mit dem verzerrten, sagenumwobenen Bild von der biologischen Psychiatrie und Psychopharmakologie. Ein Versuch, das Wissen, das wir haben, in eine aktuelle Perspektive zu setzen. Eigentlich zieht er sich ganz gut aus der Affäre. Man merkt, dass er gern den Glücksbegriff an sich diskutieren möchte.«

Jacob streckte die Beine unter dem Tisch aus und wirkte recht zufrieden.

»Glück bedeutet, sich frei zu machen vom Blick der anderen und aufzuhören, Dingen nachzujagen.«

Das ließ er eine Weile im Raum stehen.

»Was hören wir da eigentlich für Musik?«, fragte er. »Ich bin ja froh, dass du in dieser Hinsicht nicht den kranken Geschmack unseres gemeinsamen Kollegen teilst.«

»Das ist Aztrid, eine Band, die ich neulich Abend in der Stadt gehört habe. Ein Demotape. Nanna hat es für mich aufgetrieben. Ich mag die ganz gern.«

»Gefällt mir. Ungewöhnliche Stimme.«

Sie legte das Buch hin.

»Wenn ich doch wüsste, ob irgendwas davon für den Fall von Bedeutung ist oder ob wir uns mit dieser Fachliteratur nur müde machen.«

»Und, was glaubst du?«, wollte er wissen.

»Er war ja ein hohes Tier, so wie's aussieht. Da gibt es immer welche, die einem was anhaben wollen. So was kann das Schlimmste in den Menschen zum Vorschein bringen.«

»An dem Gedanken könnte was dran sein. Ich sollte mich jetzt mal nach Hause verziehen. Wenn man dieses fiese Hotelzimmer Zuhause nennen will.«

Sie brachte ihn zur Tür und schaltete das Licht im Treppenhaus an.

»Schlaf gut!«, sagte er.

Sie nickte. »Du auch.«

Er winkte zum Abschied. Als er weg war, konnte sie sich ein heimliches Lächeln nicht verkneifen.

Es war halb zwei, als sie sich endlich eine Decke aufs Sofa holte. Fünfeinhalb Stunden Schlaf konnte sie noch schaffen, ehe sie aufstehen und ihre Nichte in die Schule scheuchen musste.

Donnerstag, 25. September

33

Wie immer klang Bach völlig nüchtern, als er im Laufe der Obduktion seine Beobachtungen mit wenigen Worten beschrieb. Sie hatten sich wieder um den Tisch versammelt, und mehrere der Anwesenden pressten sich Taschentücher vors Gesicht, um den süßlichen Leichengeruch nicht einatmen zu müssen. Lisa stand mit gerunzelter Stirn in der einen Ecke. Nachdenklich, doch offenbar konnte nicht mal so etwas sie umwerfen. Dabei war es wirklich übel.

»Die Krankenversicherung hat seinen Zahnarzt ausfindig gemacht, von dem bekomme ich heute Nachmittag Holms Unterlagen. Unser Kollege sieht sie sich dann an. Die Beschreibung trifft auf Christoffer Holm zu. Ende dreißig, ein Meter fünfundachtzig groß, mittelblondes Haar. Er weist keine besonderen Kennzeichen in Form von Ringen, Tätowierungen oder alten Brücken auf, nur eine ältere Narbe in der Leiste. Der Zustand der Leiche stimmt überein mit dem, was man nach acht Wochen in einem Wasserloch erwarten kann, das heißt, sie ist bereits stark verwest und teilweise skelettiert.«

Er rückte seine Brille zurecht und fing Trokics Blick auf.

»Ab jetzt wird es interessanter. An drei Rippen und

dem rechten Bein sind Frakturen festzustellen. Ebenso am rechten Kieferknochen. An einem Ohr habe ich im verbliebenen Gewebe Glaspartikel gefunden. Die schicke ich später in die Kriminaltechnische Abteilung nach Kopenhagen.«

»Wie ist es zu den Verletzungen gekommen?«

Der Rechtsmediziner zögerte.

»Schwer zu sagen, aber ich vermute, er war in einen Autounfall verwickelt. Das Glas ist auf eine bestimmte Art gesplittert, das könnte von einem Seitenfenster stammen.«

»Bist du sicher?«, fragte Agersund.

»Das Ganze erinnert an Verletzungen, wie sie entstehen, wenn es zu einem Unfall mit seitlichem Aufprall auf das Fahrzeug des Opfers kommt. Aber das ist vermutlich nicht die alleinige Todesursache.«

Er zeigte auf einen Bereich des freiliegenden Schädelknochens. »Hier haben wir einen schönen großen, länglichen Bruch mit scharfem Rand. Die Verletzung geht etwa fünf Zentimeter ins Gehirn hinein. Im Gegensatz zu allen übrigen Schäden befindet sich der Bruch auf der linken Seite. Und ich habe rötliche Farbpartikel gefunden.«

»Aber warum …«

»Lass mich das kurz zu Ende erklären.«

Er lächelte und trat ein wenig näher an die Leiche heran, während er den Bereich vorsichtig mit der behandschuhten Hand berührte. Mehrere der Umstehenden sahen aus, als würde sich ihnen gleich der Magen umdrehen.

»Darüber hinaus steckten ein paar Lacksplitter in der Wunde. Natürlich kann ich es nicht mit hundertprozentiger Sicherheit sagen, aber es sieht so aus, als hätte ihm jemand mit voller Wucht ein Beil auf den Kopf geschlagen.«

Nachdem Trokic das Institut verlassen hatte, kehrte er in sein Büro zurück, um sich durch die letzten Berichte zu quälen.

Auf dem Revier war es für einen Donnerstagmorgen ausgesprochen hektisch. Die neue Designerdroge hatte für weitere Zwischenfälle gesorgt: Eine Vierzehnjährige lag nach Konsum der Droge am Wochenende noch immer im Koma, ein Siebzehnjähriger hatte zwei Tage nach einem Kamikaze-Rausch versucht, seine Mutter zu erdrosseln. Ein Beamtenteam hatte vier Dänen mit Migrationshintergrund wegen einer Messerstecherei festgenommen. Einem davon war Trokic auf seinem Weg ins Gebäude begegnet, einem großen, mageren Bengel von etwa fünfzehn Jahren mit rotem Stirnband und Daunenjacke, der sich ein blutgetränktes Tuch gegen den Arm drückte. Er hatte eine Platzwunde an der Augenbraue, sein rechtes Auge war angeschwollen und das Gesicht blutverschmiert. Obwohl er ziemliche Schmerzen haben musste, verzog er keine Miene. Ab und zu versuchte er sich loszureißen und beschimpfte sowohl die Polizei als auch die anderen Festgenommenen auf Arabisch und Dänisch. Neben ihnen beobachtete ein schmutzstarrender Säufer, der gerade aus der Arrestzelle geholt worden war, grinsend das Geschehen.

Trokic konzentrierte sich auf die Zeugenaussagen über Christoffer Holm. Laufend trafen neue Berichte ein von den Beamten, die das gesamte Umfeld des Wissenschaftlers unter die Lupe nahmen. War es möglich, dass der Neurochemiker das primäre Ziel gewesen war und Anna Kiehl nur eine Zeugin, die aus dem Weg geräumt werden musste? Oder war hier Eifersucht im Spiel gewesen? Im einen wie im anderen Fall bedeutete es, dass sie sich auf den Hintergrund des Wissenschaftlers konzentrieren mussten. Vom Motiv hing alles ab. Und Christoffer Holm war in jeder Hinsicht ein begehrter Mann gewesen.

Trokic griff zum Hörer und rief Bach an. Er wollte wissen, ob sich Rückschlüsse auf den Körperbau des Mörders ziehen ließen. Die meisten Beamten waren sich bei der Morgenbesprechung einig gewesen, dass es sich um eine sehr kräftige Person handeln musste.

»Wie du weißt, kann man den größten Riesen mit einer Schleuder zu Fall bringen. Aber das setzt einen gewissen Überraschungseffekt voraus«, meinte Bach.

»Anna war kein Opferlamm, sie war durchtrainiert und bestimmt auch schnell.«

»Tja, und irgendjemand war dann noch schneller als sie. Wut ist auch immer ein entscheidender Faktor.«

»Aber der Wissenschaftler«, wandte Trokic ein. »Den konnte man doch nicht so leicht überwältigen.«

»Ich glaube ja auch nicht, dass ihr nach einem besonders kleinen Menschen suchen müsst. Aber ausschließen solltest du nichts. In diesem Fall können noch jede Menge Überraschungen auf dich warten.«

Trokic seufzte und legte auf. Deshalb galt Bach ja als so gut. Ganz gleich, wie sehr man ihm zusetzte, er ließ immer alle Möglichkeiten offen. Trokic nahm seine Jacke von der Stuhllehne. Es wurde Zeit, dass er Christoffer Holms altem Arbeitsplatz einen Besuch abstattete.

34.

»Das hier war mal eins von vier psychiatrischen Krankenhäusern in Dänemark«, sagte Lisa. »Es hat einige wahnsinnig schöne Gebäude, aber auch eine lange Geschichte. Diese Wände haben die ganze Entwicklung der Psychiatrie miterlebt, angefangen bei den Zeiten, in denen noch Zwangsmaßnahmen mit Folterwerkzeugen verwendet wurden. In dieser Anstalt sitzen übrigens auch ein paar Leute, die weltweit einmal von bahnbrechender Bedeutung gewesen sind. Hab ich mal beim Arzt in einem Buch gelesen. Cool, oder?«

Trokic hielt ihr die Eingangstür auf.

»Vielleicht sollten wir einfach hierbleiben. Es wirkt so ruhig und friedlich«, murmelte er.

»Ja. Stimmt«, sagte Lisa. »Es sind auch Gerüchte in Umlauf, dass die Grundstückspreise in der Gegend gestiegen sind, seit Mitte des letzten Jahrhunderts Psychopharmaka eingeführt wurden. Danach liefen hier nämlich nicht mehr so viele Irre durch die Straßen.«

»Was Frauen sich so alles merken.«

Sie starrte ihn an. Sein Haarwirbel folgte wieder seiner natürlichen Bestimmung, und eine Strähne ragte kühn in die Luft.

»Wie meinst du das?«

»So wie ich es sage. Suchen wir jetzt unseren Oberarzt?«

Christoffer Holms ehemaliger Vorgesetzter, Jan Albrecht, war ein weißhaariger, bärtiger Mann Ende fünfzig mit einem entgegenkommenden Lächeln. Seine Augen waren verhältnismäßig groß und oval und lagen weit auseinander. Irgendwie verlieh ihm das etwas Sanftes, fand Lisa. Sein graugrüner Pullover mit dem V-Ausschnitt wirkte ein wenig zu groß, als hätte er vor kurzem abgenommen. Hinter seiner freundlichen Fassade spürte sie allerdings etwas Kummervolles.

»Ich bin mir gar nicht sicher, ob ich so furchtbar viel zu Ihren Nachforschungen beitragen kann«, sagte er, nachdem er Lisa und Trokic in einem kleinen, länglichen Büro in der Psychiatrischen Abteilung eine Tasse Kaffee angeboten hatte.

»Wir interessieren uns für alles, was Sie uns über ihn erzählen können«, erklärte Trokic. »Warum hat er gekündigt? Mit wem arbeitete er zusammen und so weiter? Man kann nie wissen, was davon später irgendwie von Bedeutung sein könnte.«

»Vielleicht sollten Sie sich lieber mit unserem Doktoranden unterhalten, Søren Mikkelsen. Der kann Ihnen sicher am detailliertesten erzählen, woran Christoffer gearbeitet hat. Es gibt gewisse Überschneidungen in ihren Forschungsgebieten. Christoffer hat uns vor ein paar Monaten verlassen. Er hat keinen richtigen Grund angegeben, aber wir dachten, er brauchte eine Pause.«

»Wieso eine Pause?«, fragte Lisa.

»Christoffer war ein unglaublich begabter Mensch. Zu begabt, konnte man manchmal schon meinen. Er hat den größten Teil seines Lebens in den Mauern der Ausbildungsinstitute verbracht. Angetrieben von Lehrern, die sich seiner Möglichkeiten bewusst waren. Das letzte Jahr wirkte er sehr erschöpft, und ich hatte die Befürchtung, dass er nicht mehr so recht an das glaubte, was er machte.

Die Bedeutung seiner Forschungsergebnisse stand außer Frage, er hatte auch international Anerkennung gefunden. Aber er war eben gleichzeitig ein lebendiger Mensch, der das Bedürfnis hatte, etwas von der Welt außerhalb der Mauern zu sehen.«

Er lächelte vor sich hin.

»Er war ein Mann ohne viel Schliff. Einige der Alten hier am Institut – ich gehörte nicht dazu – hielten nicht viel von seinem Stil, mit den abgetragenen Jeans, den weiten Hemden und dem langen, ungekämmten Haar, aber er hatte etwas ungemein Gewinnendes, wenn man ihn näher kennenlernte. Als er plötzlich ohne Vorwarnung kündigte, war das gar keine so große Überraschung, obwohl viele von uns natürlich sehr traurig waren.«

Lisa nickte. Das stimmte genau mit dem Eindruck überein, den Christoffer Holms Buch ihr vermittelt hatte.

»Dann wurde er also sehr geschätzt?«

»Ganz bestimmt. Ich finde, er war wirklich sympathisch. Er nahm sich Zeit für andere Menschen. Das ist ja nicht selbstverständlich in unserem Alltag.«

Der Arzt schaute weg. Als er weitersprach, hörte man ihm die Bewegung in der Stimme an: »Ich kann noch gar nicht richtig begreifen, dass er jetzt weg ist. Dass ihm jemand einen so ungeheuerlichen Tod wünschen konnte. Das ist wirklich ein Verlust.«

»Worin bestand sein Forschungsgebiet denn nun genau? Ging es nur um Stimmungsaufheller?«

»SSRI-Präparate«, korrigierte der Psychiater automatisch. »Ja, aber viel spezieller. Er forschte im Bereich der Stickoxide. Søren Mikkelsen kann Ihnen das, glaube ich, genauer erklären.«

Er lächelte.

»Ich befasse mich hier hauptsächlich mit den Patienten. Das habe ich mir so ausgesucht, deshalb habe ich die Nase nicht mehr so sehr in der Forschung wie früher. Menschlicher Kontakt liegt mir nun mal mehr.«

Trokic mischte sich ein.

»Seine Forschungsergebnisse ... Wäre es wohl möglich, eine Kopie davon zu bekommen? Wir haben sein Buch und die Artikel, die wir im Internet gefunden haben, aber wir hätten gern etwas Vollständigeres.«

Albrecht reichte ihnen einen großen Papierstapel.

»Ich hab das schon mal vorbereitet. Hier haben Sie die Veröffentlichungen, die er selbst verfasst oder an denen er mitgearbeitet hat, Kopien von Artikeln für Zeitschriften und so weiter. Das sollte eigentlich alle veröffentlichten Forschungsergebnisse abdecken, auf die er Einfluss hatte. Damit dürften Sie ein wenig Einsicht in die Materie bekommen.«

»Danke. Und sein PC, CDs und so weiter?«, sagte Lisa.

»Da muss ich Sie enttäuschen. Seinen Computer hat er selbst aufgeräumt, ehe er uns verlassen hat. Das betreffende Gerät ist inzwischen von einem Techniker aus dem Verkehr gezogen worden, es entsprach wohl nicht mehr den Anforderungen. Wahrscheinlich ist es einfach entsorgt worden.«

»Und wie sieht es mit Laptops, alternativen Arbeitsstationen oder anderen Orten aus, an denen möglicherweise noch Informationen zu finden sein könnten? Fachlicher als auch persönlicher Art?«, erkundigte sie sich.

Er schüttelte den Kopf. »Nein, da ist auch nichts. Er legte alles nur an einer Stelle ab.«

Er zuckte bedauernd die Schultern. »Wir konnten ja

nicht ahnen, dass der Computer noch so eine Bedeutung bekommen würde.«

»Nein, natürlich nicht.«

Lisa nippte am Kaffee. Er schmeckte grauenhaft nach Thermoskanne und Anstalt. Aber wenn man verzweifelt genug war …

»Wir hätten am liebsten eine Liste von allen Ihnen bekannten Personen, die bei der Arbeit in engerem Kontakt mit ihm standen. Gern mit einer kurzen Bemerkung, inwiefern er mit diesen Leuten zu tun hatte.«

Sie gab ihm einen Zettel mit ihrer E-Mail-Adresse.

»Wäre das möglich?«

»Ich schicke Ihnen die Liste heute noch zu.«

»Dürfen wir nun mit Søren Mikkelsen reden?«, fragte Trokic.

»Er ist im Keller. Ich begleite Sie nach unten.«

Er führte sie aus dem Büro, über einen langen Flur und ein paar Treppen.

»Ja, es ist viel Zeit vergangen, seit man glaubte, Geisteskrankheit wäre ein Ungleichgewicht der Körperflüssigkeiten«, sagte der Oberarzt.

»Wer hat das denn gesagt?«, fragte Trokic.

»Die alten Griechen. Damals hat man die Kranken mit warmen Bädern, Kräutern und solchen Sachen behandelt. Aber in Wirklichkeit war das vernünftiger als die Heilkunde des Mittelalters, die auf Teufelsaustreibungen und Hexenverbrennungen setzte oder die Kranken in Tollhäuser sperrte.«

»Im Namen des Christentums sind viele draufgegangen«, sagte Trokic.

»Vielleicht ist das ein wenig scharf formuliert«, wandte Albrecht ein. »Aber es ist auf alle Fälle viel Zeit vergangen, bis man sich wieder auf eine humanere Behandlung Gemütskranker besann. Und wir hier können uns damit brüsten, dazu beigetragen zu haben.«

Der kleine Raum war voller Rattenkäfige. In jedem Käfig saß ein weißer Nager und beobachtete sie misstrauisch aus roten Augen. Lisa konnte sie und die Käfigstreu riechen. Die Tiere in den Käfigen auf der rechten Seite der Wand trugen etwa vier Zentimeter lange Nähte auf dem Rücken, es sah aus, als wäre ihnen ein ovaler Gegenstand implantiert worden. Der Anblick des Raums und der Versuchstiere löste Übelkeit bei ihr aus. Sie hatte Mitleid mit den Ratten.

Søren Mikkelsen selbst konnte kaum über dreißig sein, viel jünger, als sie ihn sich vorgestellt hatte. Seine Augen waren ein wenig gerötet, seine Haut fahl, als ob er nicht genug Sonnenlicht bekäme. Er trug einen weißen, bis oben zugeknöpften Kittel, eine Hornbrille, schwarze Clogs und ein liebenswürdiges Lächeln.

»Ich hab den Swim-Test durchgeführt«, sagte er zum Oberarzt. »Sah vielversprechend aus.«

»Hat Christoffer hier gearbeitet?«, fragte Trokic.

Er schüttelte den Kopf. »Der hatte seine eigenen Tiere, ein Stück weiter den Flur runter. – Ich habe heute Nacht nicht geschlafen«, entschuldigte er sich dann. »Zu viel Arbeit. Und ich bin immer noch ganz erschüttert, ich habe erst vor ein paar Stunden von Christoffers Tod erfahren. Gibt es denn schon Verdächtige?«

»Wir haben ein paar im Auge«, wich Trokic aus.

Søren Mikkelsen schickte sie hinaus auf den Flur und schloss die Tür ab. Sein Blick ging zwischen den beiden Beamten hin und her.

»Also, wie kann ich Ihnen helfen?«

Trokic wiederholte, an welchen Informationen sie interessiert waren und was sie bereits wussten.

»Forschen Sie auf demselben Gebiet wie Christoffer Holm?«

»Nein, meine Doktorarbeit behandelt die Auswirkungen von Gewebeschäden im Gehirn auf psychische Erkrankungen. Christoffer interessierte sich dafür, die Nebenwirkungen neuer Antidepressiva zu eliminieren.«

Der Wissenschaftler ließ sich lang und breit über serotonerge Rezeptoren, Tiermodelle und Stickoxid aus.

»Schon gut«, sagte Trokic, ohne ein Wort verstanden zu haben. Mit einem Blick versuchte er festzustellen, ob Lisa dem Forscher noch folgen konnte.

»Wie weit war er mit seinem Projekt? Hatte er bereits Forschungsergebnisse veröffentlicht?«, fragte sie.

»Nein, seit letztem Sommer nicht mehr, da verfasste er einen Artikel für das ›Journal of Psychopharmacology‹.«

Er zeigte auf den Papierstapel, den Trokic festhielt.

»Den finden Sie in diesem Haufen da. Auf seinem Gebiet gibt es ja seit einigen Jahren erhebliche Konkurrenz.«

»Sagt Ihnen der Name Procticon irgendetwas?«, fragte Lisa, die an den Zettel aus Anna Kiehls Wohnung dachte.

»Das ist eine britische Pharmafirma. Ein Neuling in der Branche mit jeder Menge Geld im Rücken.«

Er machte eine kleine Pause.

»Die brüsten sich damit, als erste Pink Viagra zu produzieren. Darüber hinaus sind sie auf dem Glückspillen-Sektor die neuen Konkurrenten solcher Schwergewichte wie Lundbeck und Co.«

»Haben Sie eine Ahnung, ob Christoffer und Procticon durch irgendeine Form der Zusammenarbeit in Verbindung waren?«

Der Wissenschaftler lachte.

»Sie wären nicht die Ersten gewesen, die ihm eine Anstellung angeboten hätten. Er machte sich immer ein wenig lustig darüber, was für ein hohes Kopfgeld in der Pharmabranche auf ihn ausgesetzt war.«

»Könnte das nicht der Grund für seine Kündigung gewesen sein?«, wollte Trokic wissen. »Vielleicht hatte er ein Angebot bekommen, das er nicht ablehnen konnte.«

Søren Mikkelsen schüttelte den Kopf.

»Das glaube ich wirklich nicht. Christoffer zog eine Arbeitsstelle vor, auf der man ihm sein Forschungsgebiet nicht vorschrieb. Er lebte ziemlich asketisch – Geld interessierte ihn nicht. Außerdem war er gern hier in der Stadt. Hier ist alles recht bodenständig. Aber ausschließen kann ich natürlich nichts. Er könnte seine Gründe gehabt haben.«

Seine Worte überzeugten Lisa nicht. Dass ein Zettel mit dem Namen einer Pharmafirma in der Wohnung der toten Freundin aufgetaucht war, konnte in ihren Augen kein Zufall sein. Eines der beiden Opfer musste eine Verbindung zu diesem Unternehmen gehabt haben. Sie fing Trokics fragenden Blick auf.

»Möglicherweise wenden wir uns mit weiteren Fragen an Sie, wenn wir uns das Material näher angesehen haben«, sagte sie dann.

»Wie war Ihr persönliches Verhältnis zu Christoffer Holm?«, fragte Trokic.

»Wir kamen gut miteinander aus.«

»Waren Sie Freunde?«

»Kollegen, die die Gesellschaft des anderen schätzten.«

»Außerhalb der Arbeitszeit haben Sie sich nicht getroffen?«

»Selten. Wenn, dann meistens, um über die Arbeit zu reden oder über einen Artikel.«

»Standen Sie in einem Konkurrenzverhältnis?«

»Überhaupt nicht. Im Gegenteil, er war ein Vorbild für mich. Warum? Werde ich verdächtigt?«

Sein Ton war ein wenig zurückhaltender geworden.

»Im Augenblick ist jeder ein potentieller Verdächtiger«, beschwichtigte ihn Trokic. »Wissen Sie etwas über sein Privatleben? Wer seine Freunde waren? Oder seine Freundinnen?«

»Ja, aber darüber haben wir nicht so viel geredet. Er machte zwar kein Geheimnis aus solchen Sachen, aber wenn ich ehrlich sein soll, war es nicht ganz einfach, den Überblick über seine Frauen zu behalten.«

Lisa meinte, einen missbilligenden Unterton in seiner Stimme wahrzunehmen.

»War Anna Kiehl eine von ihnen?«

»Ja, ich erinnere mich gut an sie. Im Frühsommer ist sie ab und zu hier vorbeigekommen.«

»Hatten Sie einen Eindruck davon, wie ihr Verhältnis war?«

»Ich habe keine Ahnung«, erwiderte der Wissenschaftler. »Ich habe nicht in seinem Privatleben herumgeschnüffelt.«

»Erinnern Sie sich an andere?«, fragte Trokic.

»Da waren viele, so detailliert erinnere ich mich nicht.«

Er dachte kurz nach.

»Vielleicht fehlte es ihnen auch an Verständnis dafür, dass er sich so stark für seine Arbeit engagierte und so viel gereist ist. Und so kamen und gingen sie. Aber in der Regel waren sie blond, so viel kann ich sagen. Kurz vor Anna war noch eine, die hab ich nie gesehen, aber die rief dauernd an. Meldete sich nie mit Namen und sagte immer nur: ›Kann ich mit Christoffer sprechen?‹ Verdammt unhöflich. Mir kam es so vor, als wären sie ziemlich viel zusammen. Mit der Zeit ging ihm das aber auch immer mehr auf die Nerven, und schließlich hörte es auf. Ich erinnere mich noch, dass er eines Tages sagte: ›Du bist echt krank, ehrlich. Richtig krank.‹ – Völlig verständnislos, beinahe angeekelt. Und dann legte er auf.«

Das war vielleicht Irene, dachte Lisa. Sie hatten noch nicht ganz ausgeschlossen, dass sie eine Rolle in diesem Fall spielen könnte.

»Können Sie uns sagen, was Sie Samstagabend gemacht haben?«

»Ich habe ferngesehen, mit meinem Bruder.«

»Wissen Sie noch, was Sie sich angeschaut haben?«

»Nein, weiß ich nicht mehr. Ich sehe jeden Abend fern. Wenn Sie mir das Programm geben, dann sage ich Ihnen, was es war. Haben Sie schon mit seiner Schwester geredet?«, fragte der Wissenschaftler.

»Mit Elise Holm haben wir gesprochen«, bestätigte Lisa. »Gibt es einen besonderen Grund, warum wir das tun sollten?«

»Ich dachte nur … Sie dürfte jetzt eine sehr wohlhabende Frau werden. Alleinerbin. Die Eltern sind bei einem Autounfall ums Leben gekommen. Die Versicherungssumme muss ziemlich hoch gewesen sein. Nun wird sie ja seine Hälfte auch noch bekommen. Und das Kleingeld.«

Søren Mikkelsen starrte sie an.

»Eine reiche Frau«, fügte er hinzu.

35

Sie stürzten sofort in die Kantine im zweiten Stock, als sie ins Polizeigebäude zurückkamen. Ihre neue Kantinenfrau hatte es innerhalb kürzester Zeit zu ungeheurer Popularität gebracht. Gutes Essen – und alle waren glücklich.

»Das war ja ein fürchterlicher Kaffee«, murmelte Lisa. »Wollen wir uns schnell was anderes holen?«

Trokic nickte.

»Kein Wunder, dass die Leute da so schnell wie möglich wieder wegwollen. Mit dem Gebräu kann man bestimmt die hartnäckigste Psychose kurieren. Apropos, diese verdammten Glückspillen sind mittlerweile ja ein Wahnsinnsgeschäft«, bemerkte er und schenkte zwei Becher Kaffee für sie ein.

»Wenn man der Statistik Glauben schenkt, leben wir in einem Land, in dem lauter zugedopte Zombies rumrennen.«

»Der Bedarf ist offenbar da«, sagte Lisa. »Liegt wohl an der Zeit. An unserer Lebensweise.«

Sie fühlte sich auf den Schlips getreten, wegen ihrer Schwester, die in den letzten Jahren nach einem Nervenzusammenbruch durchgehend Antidepressiva genommen hatte. Was immer Lisa auch davon hielt, es stand außer

Frage, dass Anitas Zustand sich grundlegend gebessert hatte und es in der Familie jetzt deutlich glatter lief als vorher.

Trokic zuckte die Schultern und steckte eine Hand in die Gesäßtasche seiner verwaschenen Jeans.

»Das ist ein künstlicher Zustand. So als würde man Fieber mit Paracetamol unterdrücken. Dadurch wird kein Problem gelöst. Es ist doch unglaublich, dass …«

»Dann ändere eben die Gesellschaft«, gab Lisa zurück.

»Ist das nicht ein bisschen billig?«, antwortete er. Man konnte ihm anhören, dass ihre Sturheit ihn ärgerte. »Der Einzelne muss selbst Verantwortung für sein Leben übernehmen. Es ist dumm, alles auf die Umgebung zu schieben. Oder zu sagen, dass es nur an der modernen Zeit liegt. Die Menschen haben schon immer unter Stress gelebt. Wenn kein Krieg war, dann gab es die Pest oder Wirtschaftskrisen. Das Problem ist wohl eher, dass die Leute mit nichts anderem beschäftigt sind, als hinter ihrem eigenen Schwanz herzujagen. Oder hinter dem Geld, sollte ich vielleicht lieber sagen.«

Lisa kniff die Augen zusammen.

»Tatsache ist nun mal, dass es vielen nicht gutgeht. Das kannst du meinetwegen nennen, wie du willst. Aber es wird sich sicher keiner das Leben nehmen, weil er alles zum Brüllen komisch findet.«

»Behaupte ich ja auch gar nicht«, sagte Trokic und fuhr sich mit der Hand durchs schwarze Haar. »Ich meine nur, dass die Leute ihr Leben verkehrt anpacken. Und damit wären wir wieder bei der Eigenverantwortlichkeit. Es steht jedem frei, Haus und Auto zu verkaufen und einen weniger stressigen Job anzunehmen oder meinetwegen auch nach Indien zu ziehen.«

»Du meinst also, dass die Leute im Grunde selbst schuld sind?«, fragte Lisa.

»Musst du das unbedingt so schwarz-weiß darstellen?«

»Ja, muss ich.«

Wütend stellte sie den Kaffeebecher hin. Wofür hielt dieser arrogante Arsch sich eigentlich, dass er sich anmaßte, über den Gemütszustand anderer Leute zu urteilen?

»Was ist das denn für eine Einstellung?« Sie ließ nicht locker. »Vielleicht solltest du mal das Buch des verstorbenen Herrn Holm lesen, Daniel. Du könntest daraus lernen, dein Urteil über Dinge zurückzuhalten, von denen du eindeutig keine Ahnung hast.«

Zu ihrer Überraschung lachte er. Sie war nicht sicher, ob sie dieses Geräusch schon mal von ihm gehört hatte, aber in diesem Zusammenhang klang es eher wie eine Beleidigung.

»Sie überraschen, Fräulein Kornelius. Du hast ja richtig Temperament.«

Seine Worte machten sie nur noch wütender.

»Ach, halt doch die Klappe.«

Verblüfft starrte er sie an, als sie demonstrativ den Kaffee von sich schob. Ihr war klar, dass sie zu weit gegangen war, aber seine Intoleranz hatte das Fass zum Überlaufen gebracht. Und ehe ihr Chef etwas erwidern konnte, hatte sie den Raum verlassen.

Auf dem Flur begegnete ihr Jacob. Die Wut brodelte immer noch in ihr, aber er war sicher nicht derjenige, mit dem sie dieses Gefühl teilen sollte.

»Hast du später Lust auf ein Glas Wein?«, fragte sie stattdessen, nachdem sie einmal tief durchgeatmet hatte. Ihr Mut überraschte sie selbst.

Ihre Stimme war weiblicher geworden, das hörte sie. Mehr Lisa, weniger Kriminalassistentin.

»Ich habe Trokic versprochen, heute Abend ein Bier mit ihm zu trinken«, sagte er.

»Okay«, sagte sie zuckersüß und versuchte ihre Enttäuschung zu verbergen. Am Morgen, nachdem sie ihre Nichte in die Schule gescheucht hatte, war ihr Blick auf eine staubige Flasche '95er Saint Emilion gefallen, die sie vor zwei Jahren zu ihrem dreißigsten Geburtstag bekommen hatte. Und sie hatte sich gedacht, dass sie die gern mit ihm teilen würde. Nur sie zwei allein. Ob irgendetwas mit ihr nicht in Ordnung war? Sie widerstand der Versuchung, auf die Toilette zu stürzen und den Zustand ihrer Frisur zu überprüfen. Vielleicht war es Zeit für eine Veränderung.

»Na dann ...«, murmelte sie und fummelte an einem Knopf ihrer Jackentasche.

»Ein andermal, Lisa«, sagte er und sah ihr in die Augen. »Ich sag Bescheid. Und zwar bald, darauf kannst du dich verlassen.«

Er drückte ihren Arm, und eine Wärmewelle durchflutete sie. Sie blieb stehen und schaute ihm nach, bis er um die Ecke verschwand.

36

Kriminalkommissar Daniel Trokic fuhr zu schnell. Ein Kollege von der Verkehrspolizei hätte ihm das garantiert nicht so durchgehen lassen, aber neben ihm saß Jasper, und der sagte nichts. Zu Ehren des Kollegen hatte Trokic

Rammstein zugunsten einer lokalen Band beiseitegelegt. In seinem Bekanntenkreis war die deutsche Band nicht beliebt. »Eine musikalische Geschmacksverirrung« hatte Jasper die Musik genannt. Jetzt hatten sie Spleen United aufgelegt. Gierig sog er den finsteren elektronischen Rock in sich auf. Synthesizerschwere in endlosem gedämpftem Moll. Er lächelte in sich hinein. *Live the dream, stay in bed, with heroin unlimited.*

Im Augenblick ging es um Drogen. Ein junges Mädchen hatte wegen des Falls angerufen und eine ernsthafte Anschuldigung erhoben. Wegen Drogen.

Er selbst hatte in seinem Leben schon genug Pillen und Pulver gesehen. Als Jugendlicher ebenso wie während seiner Zeit im mobilen Einsatzkommando. Drogen, die sich wie Perlen von Nichts auf einer langen Schnur aneinanderreihten. Oft dachte er darüber nach, wie viel ihn von den Ausgestoßenen unterschied. Die Dunkelheit des Ghettos haftete an seinem Körper wie eine Klette, daher konnte er die Jugendlichen nicht verurteilen, wenn er sie in ihrem warmen Rausch sah. Die Leere, die sie in ihrem Inneren spürten, war ihm selbst nur zu gut bekannt.

»Da vorne rechts«, sagte Jasper und zeigte auf eine Seitenstraße.

Das Mädchen, das vor ihnen stand, wohnte in einer Unordnung, die fast schon Selbstzweck zu sein schien. Die neongrünen Wände bildeten einen schönen Kontrast zu den Wäschehaufen auf dem Fußboden, den herumliegenden Plastiktüten, Kosmetika, Zeitschriften und CD-Hüllen. Auf dem Fensterbrett trockneten drei Kakteen einträchtig neben einigen abgegessenen Äpfeln und einer Zitrone vor sich hin.

Sie war nur eine von unzähligen Anrufern gewesen, aber aus irgendeinem Grund wollte Jasper unbedingt mit ihr sprechen, obwohl Trokic das Ganze für Zeitverschwendung hielt. Er hatte noch nie einen Menschen mit derartig vielen Piercings gesehen. Sie war von Kopf bis Fuß durchlöchert. Ganze Reihen an den Ohren, in den Augenbrauen, der Zunge, den Lippen. Über dem bleichen Gesicht prangte ein Hahnenkamm aus schwarzem Haar mit roten Wurzeln. Und er hatte gedacht, das wäre schon seit fünfzehn Jahren aus der Mode. Randi hieß sie.

»Ich versteh nicht ganz«, sagte er und versuchte dabei, nicht auf den schwarzen Vinyldildo auf dem Fußboden zu schauen, »wie Sie darauf kommen, dass Ihr Drogenkonsum etwas mit unserem Fall zu tun haben könnte. Soviel ich weiß …«

»Heute Morgen stand in der Zeitung, dass dieser Tote über Glückspillen geforscht hat, und ich hab für jemand was getestet, das war auch so was in der Art. Im Frühling. Ich hab ihn auf einer privaten Fete getroffen. Die Pillen kursieren jetzt in der Szene. Vielleicht war er das.«

Trokic zog eine Augenbraue hoch. Neben ihm spielte Jasper gedankenverloren an zwei heruntergebrannten Teelichtern herum.

»Behaupten Sie, Christoffer Holm habe etwas mit dem Verkauf illegaler Substanzen zu tun gehabt? Das wäre eine ziemlich schwerwiegende Beschuldigung, der Mann war nämlich ein angesehener Wissenschaftler.«

Randi heftete den Blick auf ein Poster von Ozzy Osbourne.

»Ja, aber ich hab das Zeug ja nicht gekauft, sondern umsonst gekriegt. Seinen Namen hat er mir allerdings nicht verraten.«

Sie zündete sich eine selbstgedrehte Zigarette an, und ein beißender Geruch breitete sich in dem engen Zimmer aus. Jasper zog ein Foto aus der Innentasche seiner Jacke.

»Ist er das?«

»Nee.«

Die beiden seufzten auf.

»Ich hab genug Pillen für ein paar Wochen gekriegt. Ich sollte die Qualität testen, hat er gesagt. Mir ging's echt beschissen, also hab ich's gemacht.«

Jasper schaute auf und bedeutete seinem Kollegen mit einer unauffälligen Kopfbewegung, dass sie von ihm aus wieder gehen konnten.

»Die Qualität testen?«, sagte Trokic.

»Ja, ich sollte jeden Morgen eine Tablette nehmen.«

»Und das haben Sie gemacht?«

»Klar. Mann, hören Sie doch zu. Ich hatte das volle Tief. Ist doch logisch, dass ich das Zeug eingeworfen hab.«

»Und wie war die Wirkung?«, wollte er hauptsächlich aus Neugier wissen.

Sie schürzte die gepiercten Lippen und dachte nach.

»Also, am Anfang hab ich nichts gemerkt. Aber nach ein paar Tagen ging es mir richtig geil.«

»Wie das?«

»Na ja, wissen Sie … Hier ist es doch schon ein bisschen unordentlich, oder?«

Sie nickten.

»Ich hab alles aufgeräumt. Bin jeden Abend laufen gegangen. Hab Sex gehabt wie nie zuvor und das Ganze mit drei Stunden Schlaf pro Tag.«

»Eine Art Ecstasy?«

»Ja, aber eine neue Sorte, so was hatte ich noch nie erlebt. Es hielt viel länger an und baute sich irgendwie langsamer auf. Das ist richtig Scheiße. Ich hab gelesen, dass Laboraffen von einer einzigen Ecstasypille Hirnschäden davongetragen haben. Das Zeug zerstört die Fähigkeit des Gehirns, selbst Glückshormone zu produzieren.«

Sie starrte auf ihre abgekauten Nägel und fuhr tonlos fort: »Er hat gesagt, es sei das reinste Kamikaze.«

Sie starrten sich an. Diese Geschichte würde die Kollegen von der Drogenfahndung begeistern.

»Glauben Sie mir, ich hab wirklich schon alles ausprobiert«, sagte sie nicht ohne Stolz. »Aber dann ...«

»Was dann?«

»Ja, dann waren sie alle.«

»Und die Unordnung kehrte zurück?«

»Noch schlimmer. Ich wurde total komisch. Das war nicht mehr ich. Das war plötzlich eine ganz andere Person, die da in meinem Körper wohnte. Und ich konnte sie nicht ausstehen.«

»Wie? War Ihnen schlecht? Waren Sie deprimiert?«

»Sehen Sie den Käfig da drüben?«

Sie zeigte auf einen kleinen vergitterten Käfig, der aussah wie ein Vogelbauer. Er war leer. Trokic nickte.

»Ich hab meine Wüstenratte umgebracht.«

Sie hatte Tränen in den Augen.

»Haben Sie ihn wiedergesehen?«

Sie schüttelte den Kopf und sah Trokic nachdenklich an.

»Haben Sie jemals sieben Sonnen gesehen?«

»Nein ...?«

Sie schaute weg.

»Die sind alle schwarz. Jetzt nehme ich normale Stimmungsaufheller. Aber die kriegen mich nicht zum Aufräumen.«

»Was hältst du davon?«, fragte Jasper, als Trokic ihn zehn Minuten später nach Hause fuhr.

»Nach allem, was wir über Christoffer Holm wissen? Ich glaub nicht, dass er was mit der Sache zu tun hat. Und sie hat ihn auf dem Foto ja auch nicht wiedererkannt. Im Übrigen gibt es doch jede Menge junge Leute, die in ihrem Heimlabor neue Drogen zusammenpanschen. Vielleicht brauchte sie auch nur etwas Aufmerksamkeit. Ziemlich trauriges Schicksal.«

»Aber es sind doch wirklich neue Drogen in Umlauf«, beharrte Jasper.

»Ja, wir geben ihre Aussage morgen weiter.«

Trokic hielt vor Jaspers rotem Haus. Für den jungen Kriminalassistenten und für viele andere war der Arbeitstag vorbei. Er selbst wollte Anna Kiehls Wohnung einen weiteren Besuch abstatten. Da musste noch irgendetwas sein, was er übersehen hatte.

37

Es war schon spät, als er vor Anna Kiehls Wohnung parkte und das Auto abschloss. Als er die Haustür aufmachte, überkam ihn ein nervöses Gefühl, und er lief die paar Schritte bis zur Wohnungstür, wo aus dem Gefühl Gewissheit wurde.

Er erstarrte. Ein Schauer durchrieselte ihn. Das Siegel von Anna Kiehls Wohnung war aufgebrochen worden. Waren seine eigenen Leute in der Wohnung gewesen? Wohl kaum. Niemand, den er kannte, würde so verantwortungslos sein, die Wohnung für die Öffentlichkeit zugänglich zu hinterlassen. Trokic legte automatisch die Hand an die Dienstwaffe und drückte vorsichtig die Klinke herunter. Die Tür war nicht verschlossen und ging lautlos auf. Er zog die Pistole und glitt mit dem Rücken zur Wand langsam in die Wohnung, wobei er sich wachsam nach allen Seiten umschaute. Nichts zu sehen. Er warf einen Blick in die Küche, die so dunkel und leer dalag wie beim letzten Mal. Plötzlich wirkte alles ganz kalt und verändert. Seit ihrem letzten Besuch war die Temperatur in der Wohnung um mehrere Grad gefallen, und andere Gerüche machten sich bemerkbar. Plötzlich durchbrach hinter ihm ein laut schepperndes Geräusch die Stille. Er fuhr herum, aber es waren nur die Metallknöpfe seiner Jacke gewesen, die an einem Heizkörper entlanggeschrammt waren. Er atmete aus und umklammerte seine Waffe.

Mit geschärften Sinnen bewegte er sich weiter durch den Flur. Er spürte, dass ein anderer Mensch in der Wohnung war. In der Luft lag eine Mischung aus menschlichem Körpergeruch und einem schwachen, geschlechtslosen Parfumduft, den er nicht einordnen konnte. Vielleicht kam er aus dem Badezimmer, wo Anna Kiehls zahlreiche Parfumflakons standen. Doch Trokic kam der Duft seltsam bekannt vor. Wo hatte er ihn nur schon mal gerochen?

Er stieß die Badezimmertür ganz auf. Ihr lautes Quietschen ließ ihn zusammenfahren, und er spürte förmlich den Adrenalinstoß in seinen Adern. Doch auch das Bad war leer, nichts deutete darauf hin, dass hier jemand eingedrungen war. Als er sich umdrehte, sah er auf einmal ein schwaches Licht im Wohnzimmer. Einen kaltblauen Schein über dem kleinen, runden Tisch.

»Hallo!«, rief er. »Polizei!«

Keine Antwort. Lautlos schlich er zum Wohnzimmer und stieß die Tür auf. Ohne seinen Griff um die Waffe zu lockern, streckte er vorsichtig den Kopf vor, um sich einen Überblick über den Raum und seine Winkel zu verschaffen. Er blinzelte. Hier war etwas faul. Mehr als faul.

Im selben Augenblick, in dem ihn das Grauen packte, erschütterte ein Donnerschlag seinen Kopf. Irgendetwas hatte ihn mit voller Wucht am Hinterkopf getroffen. Im Fallen riss Trokic eine Lampe mit sich. Es krachte, als er den gefalteten Kunststoffschirm mit seinem Gewicht zerdrückte. Ihm wurde schwarz vor Augen. Gleichzeitig fühlte er, wie ihm etwas durchs Haar rieselte und irgendetwas Druck auf seine Halswirbel ausübte. Geblendet vom plötzlichen Schmerz, wälzte er sich auf die Seite und tastete den Boden panisch nach seiner Waffe ab. Für einen kurzen Moment wurde sein Blick wieder klar. Gerade lange genug, um eine Silhouette in der Tür auszumachen, eine Gestalt mit Kapuze, die ihn im Dämmerlicht betrachtete. In ihrer rechten Hand hielt die Person seine Pistole und machte eine kalte, wutentbrannte Bewegung. Doch dann schleuderte sie die Waffe von sich und flüchtete aus der Wohnung. Trokic sank auf dem Boden zusammen und verlor das Bewusstsein.

Den Lichtverhältnissen nach zu urteilen war er höchstens wenige Minuten weggetreten gewesen, bevor ihn der Schmerz ihn in die Wirklichkeit zurückkatapultierte. Panisch ließ Trokic den Blick durch den Raum gleiten, denn ihm war klar, dass er in seinem momentanen Zustand völlig schutzlos war. Aber jetzt herrschte wieder Stille in der Wohnung. Er kroch unter den Couchtisch und nahm seine Waffe an sich. Als er sich an den Hinterkopf fasste, war das Haar nass und blutverklebt, aber der Knochen war offensichtlich unverletzt. Ohne aufzustehen, kramte er in der Tasche nach seinem Handy, und nach einigem Gefummel gelang es ihm, Jasper anzurufen. Er bat ihn, sofort zu kommen und einen Kriminaltechniker mitzubringen.

Langsam hievte er sich in eine sitzende Position und sah sich um. Neben ihm lag die Stehlampe, die kleinen Glassplitter der geplatzten Birne waren überall verstreut. Ein Stück weiter sah er den plattgedrückten Lampenschirm und eine kleine Blutlache. Als er auf die Beine gekommen war, fiel sein Blick auf den Gegenstand, der ihn getroffen hatte. Eine etwa vierzig Zentimeter große afrikanische Statuette. Ein Massaikrieger aus Ebenholz mit einem Speer in der Hand, einer von Anna Kiehls Dekorationsgegenständen. Benommen ging er ins Bad. Irgendwo musste ein Medizinschrank oder ein Erste-Hilfe-Kasten sein. In einer Schublade neben dem Waschbecken fand er Verbandszeug. Er wickelte sich eine Mullbinde um den Kopf, um die Blutung zum Stillstand zu bringen, und ging zurück ins Wohnzimmer.

Er sah es im selben Augenblick, in dem er das Zimmer wieder betrat. Es lag unter der Lampe, die auf dem Beistelltisch in der Ecke stand. Ratlos starrte er darauf und versuchte, sich einen Reim auf diesen Gegenstand zu machen. Bemüht, nicht in die Glasscherben zu treten, ging er auf den kleinen Tisch zu, um seine Entdeckung näher in Augenschein zu nehmen. Im Lampenlicht sah es beinahe aus wie ein Museumsgegenstand. Ein Ausstellungsstück. Trokic sah sich um, um sich zu vergewissern, dass er allein war.

Es war eine Hand. Eine vertrocknete Hand, knotig und verdreht. Er stieß sie an. Von Anatomie hatte er zwar keinen Schimmer, aber das war in diesem Fall wohl auch nicht unbedingt notwendig. Es handelte sich zweifellos um eine abgehackte Menschenhand.

»Das ist ja Wahnsinn. So was hab ich noch nie gesehen.« Entsetzt starrte Jasper auf den bizarren Gegenstand.

»Wer zum Teufel hat das da hingelegt? Hast du ihn nicht gesehen?«

»Nein.«

»Du musst genäht werden«, sagte Jasper, nachdem er Trokics Wunde versorgt hatte. »Mein Gott, kann ich denn nicht auch mal Feierabend haben? Ich hatte gerade Wasser in die Wanne gelassen. Und dann hat Agersund mich angerufen, weil du dein Handy abgestellt hattest. Wozu hast du eigentlich ein Mobiltelefon, wenn du es nicht anschaltest?«

»Der Akku war leer«, verteidigte Trokic sich. »Die Batterien halten nicht mehr so lange. Und mit der Verletzung guck ich später beim Notdienst vorbei.«

Hinter ihnen steckte ein Kriminaltechniker die vertrocknete Hand in eine kleine Plastiktüte. Die beiden Neuankömmlinge hatten über deren Herkunft diskutiert, aber eigentlich war eindeutig, woher sie stammte.

»Also dann, ab zur Unfallstation«, bestimmte Jasper. Er klopfte seinem Kollegen auf die Schulter und nahm dann die einzelnen Zimmer in Augenschein.

Trokic wollte gerade die Wohnung verlassen, als der Kriminaltechniker laut ausrief:

»Verdammt noch mal, da steht ja was auf der anderen Seite. Eingeritzt in die Haut.« Er buchstabierte sich durch das Wort.

»Eudaimonia«, half Trokic.

Er schwieg und ließ die Information auf sich wirken.

Das war nicht nur ein Spiel. Das war tödlicher Ernst. Dann wendete er sich dem jungen Beamten zu und sah ihn an.

»Das ist das griechische Wort für Glück. Genauer gesagt, eine bestimmte Form von Glück.«

Es war fast dunkel, als Trokic das Auto auf dem kleinen Rastplatz abstellte und eine starke Taschenlampe aus dem Kofferraum holte. In einer halben Stunde würde er nicht mal mehr einen Meter weit sehen können. Jasper hatte darauf bestanden, dass er zur Unfallstation fuhr. Vielleicht würde er das noch tun. Vielleicht auch nicht.

Er schlug den Weg zum Teich ein. Konnte es sein, dass hier noch mehr Leichen begraben lagen? Er musste nachsehen, ob in der Nähe der Stelle, an der man Anna Kiehl gefunden hatte, gegraben worden war. Seine Wunde pochte bei jedem Schritt. In den letzten Tagen war hier draußen ein Beamter postiert gewesen, doch man hatte ihn mittlerweile wieder abgezogen. Hie und da standen im Wald kalte Nebelbänke in der Luft. Ein junger Typ auf einem Mountainbike überholte Trokic mit rasender Geschwindigkeit, schlidderte in einem halsbrecherischen Manöver durch die Kurve und verschwand Richtung Osten.

Am Tatort hing das gestreifte Absperrband jetzt schlaff zwischen den Bäumen, stellenweise war es eingerissen, und die losen Enden flatterten im Wind. Mit Hilfe der Taschenlampe untersuchte er im rasch schwindenden Licht den Boden, aber auf den ersten Blick sah die Stelle so aus, wie die Polizei sie hinterlassen hatte.

Schließlich setzte er sich etwas abseits vom Weg auf einen Baumstumpf und zündete sich eine Zigarette an. Hatte der Mörder eine emotionale Verbindung zu diesem Ort? Er kannte dieses Gefühl. Wenn zum Beispiel Seeluft und ein heulender Sturm eine Stimmung schaffen, die einen Menschen prägt. Orte konnten die Wahrnehmung verändern.

Er schaute sich um. Zwei Menschen waren hier tot aufgefunden worden. Gab es noch einen dritten? Morgen würde ein kleiner Trupp Beamter angewiesen werden, das Gelände noch einmal gründlich zu untersuchen.

Eudaimonia. Noch eine geheimnisvolle Botschaft, die auf die griechische Antike Bezug nahm. Aber wie hing sie mit diesem Fall zusammen? Eudaimonia war kein privates Glück. Es war ein Glück, bei dem es um Respekt, Anerkennung und Stärke ging. Es war ein Status. Für einige, dachte er, war das vielleicht die einzige Art von Glück. Eine innere Stimme sagte ihm, dass es das war, was dem Mörder versagt geblieben war: Glück in der einen oder anderen Form. Es hatte etwas Melancholisches und Bedrückendes an sich, ohne dass er präzise sagen konnte, warum. Das gehörte zu den Themen, über die Jacob und er so oft in den Cafés von Zagreb gesprochen hatten. Die Definition von Glück und was Menschen in den Krieg trieb. Verschiedene Auffassungen von Glück, für die man sogar bereit war zu töten.

Im selben Moment hörte er aus dem Wald das Knacken eines Zweiges. Sofort war er wieder auf den Füßen und versuchte sich in der Dunkelheit zu orientieren. Auf dem Rückweg zum Auto sah er sich immer wieder nervös um. Vielleicht war die Unfallstation doch keine so schlechte Idee.

Als er vom Parkplatz fahren wollte, fiel ihm auf, dass sein Wagen stark zur einen Seite hin zog. Mit bösen Vorahnungen stieg er wieder aus und leuchtete die Räder mit der Taschenlampe an. Auf der rechten Seite waren beide Reifen platt. Er sah sich im Dunkeln um, während sich seine Gedanken nur so überschlugen. Irgendwo rechts von ihm hörte er ein klapperndes metallisches Geräusch. Hinter dem Mülleimer auf dem Rastplatz. Er kauerte sich nieder und fischte sein Handy aus der Tasche. Der Akku reichte gerade noch für einen Anruf, im Abstand von fünf Sekunden piepte bereits der Warnton.

»Ja?«

Die Stimme am anderen Ende der Leitung klang ein wenig überrascht. Trokic flüsterte so leise wie möglich in sein Telefon. Dann legte er wieder auf, nur unwesentlich erleichtert. Jacob war unterwegs. Aber sollte er nun lieber beim Auto bleiben oder auf dem asphaltierten Waldweg weitergehen? Wieder raschelte es am zwanzig Meter entfernten Abfalleimer. Wenn ihm jemand nach dem Leben trachtete, warum griff er dann nicht an? War ihm jemand gefolgt, nachdem er Anna Kiehls Wohnung verlassen hatte? Zack. Ein Stein landete vor seinen Füßen. Hier war wirklich jemand, der ihn beobachtete. Er zog die Dienstwaffe.

38

Die Minuten vergingen. Eine, zwei, fünf … Nun war er ganz vom Dunkel eingeschlossen. Die Karosserie des Autos gab ihm Rückendeckung, nach vorne schützte er sich mit seiner 9mm Heckler & Koch. Wo zum Teufel blieb der Kriminalassistent nur? Es war schon eine Weile her, seit er die letzte Bewegung wahrgenommen hatte. Er atmete ganz leise, denn er war sich nicht sicher, ob er allein war, ob er immer noch unter Beobachtung stand oder ob ein Angriff unmittelbar bevorstand.

Als Jacobs weißer Ford auf den Rastplatz bog, war Trokic so erschöpft von der Anspannung und dem Schmerz im Kopf, dass er vor seinem Auto zusammensank.

»Was zum Teufel geht hier denn ab?«, fragte Jacob, als sie in Sicherheit waren.

Trokic fasste schnell zusammen, was passiert war.

»Die Falck-Leute kommen und holen dein Auto ab. Hier stimmt irgendwas nicht.«

Er schwieg einen Moment und dachte über seine eigenen Worte nach.

»Es geht hier um Kontrolle«, fuhr der Kriminalassistent fort.

»Um Macht. Darum, dich zu brechen. Das ist eine ganz gewöhnliche militärische Technik. Du sollst den Überblick verlieren und von deinem eigentlichen Ziel abgelenkt werden. Man hat es auf dich abgesehen.«

Neuerliche Pause.

»Es ist deine Haltung.«

»Wie meinst du das?«

»Du hinterfragst alles. Das provoziert Leute, die es gewohnt sind, die Kontrolle zu haben.«

Trokic lehnte den Kopf gegen das Fenster und betrachtete Jacob. Sie hatten dieselbe Frau geliebt. Auf ganz verschiedene Weise zwar, aber sie war Teil ihres Lebens gewesen. Klein, zierlich, mit grünen Augen und einem bemerkenswerten sozialen Engagement. Sie war Trokics Cousine, Sinka, die kleine Schwester seines Vetters, bei dem er während des Krieges in Kroatien zwei Jahre gewohnt hatte. In dieser Zeit hatten Trokic und Jacob ein tiefes Vertrauen aufgebaut, eine gemeinsame Vergangenheit, an die sie gerne zurückdachten. Jacob hatte Sinka mit nach Dänemark nehmen wollen, und alle hatten sich für die beiden gefreut. Doch so weit war es nie gekommen. Sinka fuhr zum Baden auf die Insel Krk und kehrte nie zurück. Wie unzählige andere Frauen verschwand auch sie im Krieg, und alle Nachforschungen blieben ergebnislos. Ein furchtbarer Verlust für sie beide. Der Gedanke daran, was Sinka passiert war und wem sie in die Hände gefallen war, versetzte ihn noch heute in eine schreckliche Wut. Doch es war zu schmerzlich, darüber zu reden. Die Freundschaft zwischen den beiden Männern hatte jedoch Bestand gehabt, und sie waren in Verbindung geblieben.

Sie erreichten jetzt die südliche Umgehungsstraße.

»Wohin fährst du?«

»Zur Unfallstation.«

»Wollen wir nicht lieber ein Bier trinken?« Er kam schon ins Schwitzen, wenn er nur an weiße Kittel dachte. Und Spritzen. »Ich hatte ja eigentlich Gulasch für uns kochen wollen. Mit Ajvar. Ich hab ein wenig am Rezept gearbeitet.«

»Am Ajvar-Rezept?«, fragte Jacob.

»Ja. Das hat jetzt etwas mehr Schärfe. Und Fülle. Ich hab rote Paprika reingetan, Auberginen, Knoblauch, Chili, Apfelessig, Olivenöl, Rohrzucker, Salz und Pfeffer. War schon alles vorbereitet fürs Gulasch. Aber jetzt ist es zu spät.«

Jacob stand die Enttäuschung ins Gesicht geschrieben.

»Na ja, dann fahren wir eben ins Krankenhaus und holen uns auf dem Heimweg eine Pizza. Und dann machen wir Ajvar drauf.«

Freitag, 26. September

39

Lisa betrachtete sich in jedem Spiegel und jeder blanken Oberfläche, an der sie an diesem Morgen vorbeikam. Sie konnte sich immer noch nicht daran gewöhnen. Der fransige Look war durch einen Pagenschnitt mit goldenen Strähnchen ersetzt worden. Eine drastische Veränderung, denn in dem neuen Rahmen wirkten ihre Gesichtszüge viel harmonischer. Außerdem war sie mit Anita noch auf einen Sprung in die Stadt gegangen und hatte sich neu eingekleidet. Früher hatte sie nie gewollt, dass ihre Schwester sich in ihr persönliches Styling einmischte, denn für Lisas Geschmack war Anita zu sehr Mainstream. Doch nach den zahlreichen Niederlagen, die sie mittlerweile hinter sich hatte, war es wahrscheinlich Zeit, etwas Neues zu versuchen. Man soll den Vogel nicht verjagen, ehe er gelandet ist, hatte ihre Schwester gemeint. Und vielleicht war Anitas Geschmack ja doch nicht so ohne, denn auf ihrem Weg durchs Revier zum Gemeinschaftsbüro wurde Lisa mit Komplimenten überschüttet.

Auf der Treppe begegnete sie Trokic. Der Kommissar sah aus, als hätte ihn ein Bus überrollt: Über dem linken Jochbein schillerte die blasse Haut gelbgrün, das Gesicht wirkte gedunsen und fleckig, und sein Kopf war mit einem Verband umwickelt.

»Was ist denn mit dir passiert?«, fragte sie überrascht.

Er fasste die Geschehnisse kurz zusammen. »Den Rest erledigen wir in meinem Büro. Mir fehlt noch ein Briefing über eure Verhöre gestern.«

»Meine Fresse, du siehst ja vielleicht aus!«

Trokic fasste sich unwillkürlich an die empfindliche Stelle am Hinterkopf.

»Zwölf Stiche. Sie mussten ziemlich viel Haar abrasieren, um ranzukommen und Infektionen zu vermeiden. Aber sie haben versprochen, dass es wieder nachwächst.«

Er seufzte tief.

»Ich war so dicht dran. Ich hätte ihn schnappen können.«

Trokics Telefon klingelte. Er nahm ab und reichte den Hörer gleich an Lisa weiter.

»Ist für dich.«

»Kaare Storm. Ich war mit Christoffer Holm befreundet. Ich habe in der Zeitung von dem Mord gelesen.«

Er machte eine Pause. Dann fuhr er mit bewegter Stimme fort: »Ich weiß nicht ... Wir haben uns ja viel geschrieben.«

»Ja?«, sagte Lisa.

»Gestern Abend habe ich unsere Mailkorrespondenz vom gesamten letzten Jahr durchgeblättert, in der Hoffnung, dass vielleicht etwas Interessantes für Sie dabei ist. Ich hab keine Ahnung, ob irgendwas davon Bedeutung hat, aber da war eine ganze Reihe Mails im Frühjahr, in denen er von seiner Forschungsarbeit erzählte.«

»Worum ging es?«, fragte Lisa alarmiert.

Sie bemerkte Trokics Blick und schaltete auf Lautsprecher.

»Sehen Sie sich die Mails lieber selbst an. Ich kann sie

an Sie weiterleiten. Aber ich kann mich doch auf Ihre Verschwiegenheit hinsichtlich der privaten Seiten der Korrespondenz verlassen?«

»Selbstverständlich.«

Sie spürte, dass sich hier neue Perspektiven auftaten. Beim Gespräch mit Søren Mikkelsen in der Psychiatrie hatte sie noch spekuliert, ob Holms Arbeit für den Fall wirklich relevant war. Den vergangenen Abend hatte sie darauf verwendet, sich einen genaueren Überblick über seine Forschung zu verschaffen, aber sie stieß ständig an ihre Grenzen, weil ihr das Fachwissen fehlte. Und wenn Christoffer wirklich berufliche Geheimnisse gehabt hatte, dann würden sie sich wohl kaum in dem Stapel Papier verbergen, den sie in der Klinik bekommen hatte.

»Ich interessiere mich auch für Korrespondenz über eventuelle Freundinnen und Geliebte.«

»Ich schicke Ihnen sofort rüber, was ich habe«, sagte Kaare Storm.

»Da könnte durchaus was Interessantes für uns dabei sein«, sagte Lisa, als sie aufgelegt hatte.

»Geh dem mal nach«, sagte Trokic. »Und unterhalte dich auch mit jemandem von Procticon. Nimm Jacob mit. Aber ich würde vorschlagen, dass wir unsere Ermittlungen bis auf weiteres vor der Klinik geheim halten.«

»Ich würde gern seine Wohnung sehen«, sagte Lisa, »sobald ich gelesen habe, was Storm schickt.«

»Ich sorge dafür, dass du den Schlüssel bekommst.«

Jasper und der Kriminaltechniker Kurt hatten die kleine Wohnung am Rande der Innenstadt tags zuvor durchsucht. Anders als bei Anna Kiehl war es dort sehr unordentlich gewesen, als wäre Holm in aller Eile aufgebrochen. Sie hatten Haare gefunden, die vermutlich von Frauen stammten, sowie eine Reihe von Fingerabdrücken. Das gesamte Material wurde gerade analysiert. Sollte man tatsächlich wissenschaftliches Material übersehen haben, konnte es nichts wirklich Umfangreiches gewesen sein.

40

Er hatte keinen Kommentar zu ihrem Haar oder ihrer Kleidung abgegeben, und die Stimmung zwischen ihnen war seltsam angespannt. Als ob plötzlich ein Raum für Möglichkeiten entstanden wäre.

»Wonach suchen wir denn genau?«, fragte Jacob. Sie standen in der Wohnung im vierten Stock, von der man Aussicht über den größten Teil der Stadt hatte.

»Ich weiß nicht genau. Vielleicht eine CD, die die anderen übersehen haben, Forschungsmaterial, Berichte. Irgendwas in der Richtung.«

Jacob schnitt eine Grimasse und schaute sich um.

»Hatte der denn keinen Computer zu Hause? Mann, wie kann man bloß ohne leben?«

»Wir haben jedenfalls keinen gefunden. Er hat sicher den PC in der Psychiatrie benutzt. Wir müssen alles durchsehen.«

Sie packte ihren Laptop aus und schaltete ihn an. Der Mailaustausch zwischen den beiden Freunden war sporadisch gewesen, zeitweise aber ziemlich intensiv.

Heute Morgen habe ich noch mal den Swim-Test gemacht. Phänomenal. Diese Ratten toppen alles. Ich muss irgendwas übersehen haben. Arbeite Tag und Nacht und habe eine Probe vom Altromin zur Analyse geschickt.

Vielleicht irrte sie sich ja und sie verschwendeten nur ihre Zeit. Andererseits gab es zum jetzigen Zeitpunkt nicht besonders viele Anhaltspunkte, da musste jeder Stein umgedreht werden.

Mittags wollten sie einen Mitarbeiter von Procticon in Kopenhagen aufsuchen. Eine lange Fahrt, aber sie konnten sich ja am Steuer abwechseln und unterwegs arbeiten. Ein ermüdender Tag lag vor ihnen, denn nach dem Treffen mussten sie den langen Weg am Spätnachmittag wieder zurückfahren.

Schweigend und systematisch arbeiteten sie sich durch die Wohnung. Es sah nicht so aus, als hätte Christoffer Holm viel für elektronische Medien übriggehabt, aber dann fanden sie in einem Regal doch einen kleineren Stapel CDs.

»Überprüf die doch mal kurz«, sagte Jacob und reichte ihr den Stapel. Als sich ihre Hände kurz berührten, durchzuckte es sie.

Sie setzte sich und schob die erste CD ins Laufwerk.

»Nichts Besonderes«, sagte sie enttäuscht, nachdem sie alle Datenträger durchgesehen hatte.

»Die Fische sind tot«, stellte er fest, während er sämtliche Schubladen des Mahagonischranks aufzog, auf dem das Aquarium stand. »Oder was auch immer das für traurige Reste da auf dem Grund sein mögen. Ich hatte als Kind mal schwarze Guppys«, sagte er. »Die Anzahl schwankte, weil die sich immer gegenseitig auffressen.«

Er nahm eine Schublade ganz heraus und schaute dahinter.

»Hier ist nichts. Überhaupt gar nichts.«

»Lass uns den Gedanken doch mal weiterverfolgen«, sagte Lisa. »Angenommen, er ist wirklich über was gestolpert, was einen so richtig aus den Socken haut. Wer könnte sich dafür interessieren?«

»Die Pharmaindustrie vermutlich.«

»Das liegt auf der Hand. Und wie vielen Leuten kann er davon erzählt haben?«, fuhr sie fort.

»Allen Leuten, die ihm nahestanden. Der Familie, der Freundin, vielleicht Freunden.«

»Kollegen?«

»Möglich, aber das sind potentielle Konkurrenten«, sagte er.

»Und wo würde er das Material aufbewahren?«

»Im Schließfach?«

Sie kniff die Augen zusammen.

»Ich hab das Gefühl, er war nicht der Typ, der ein Schließfach benutzen würde. Das Material ist bestimmt bei jemandem, auf den er sich hundertpro verlassen konnte. Bei dem er wusste, dass es in guten Händen war.«

»Anna Kiehl?«

Sie schauten sich an, und ihr lief es kalt den Rücken hinunter.

»Bei seiner Schwester«, flüsterte sie.

Er schaute auf die Uhr.

»Schaffen wir das?«

»Wir flitzen einfach gleich auf dem Rückweg bei ihr vorbei.«

»Okay, dann setzen wir uns jetzt mal in Bewegung und sehen, was sie so hat.«

41

Trokic hatte gerade ein düsteres Telefongespräch mit dem Rechtsmediziner beendet, als er einer plötzlichen Eingebung folgte und sich auf den Weg zu Isa Nielsens Wohnung machte. Vielleicht konnte sie Informationen zu dem bizarren Fund in Anna Kiehls Wohnung beitragen. Trokic hatte gelernt, an allen verfügbaren Fäden zu ziehen.

»Womit genau kann ich denn helfen?«, fragte sie, als sie Platz genommen hatten. Er im Sessel, sie auf dem Sofa.

»Ich würde gern Ihre professionelle Meinung zu unserem Fall hören.«

»Was ist denn bloß mit Ihrem Kopf passiert?«

Einen Moment zuckte es in ihrem Arm, als ob sie die Hand ausstrecken und die Verletzung an seinem Kopf berühren wollte, aber dann hatte sie den Impuls auch schon wieder unterdrückt.

»Ich stand jemandem im Weg.«

»Das muss ja ganz schön weh getan haben«, meinte sie. »Sagen Sie, möchten Sie vielleicht ein Glas Wein? Ich hab einen phantastischen Chardonnay kalt gestellt. Sie sehen aus, als könnte Ihnen so was ganz guttun.«

»Nein danke. Im Dienst und so weiter.«

»Vielleicht einen Cappuccino?«

»Das wäre schön.«

Sie verschwand in der Kochnische und fing an zu werkeln. Trokic lehnte sich in dem bequemen Möbelstück zurück. Es roch beinahe süß in der Wohnung. Er schaute sich ein paar farbige Marionetten an, die in der einen Ecke hingen. Seine Mutter hatte so ähnliche, aus Rumänien. Er hatte die Dinger nie gemocht.

»Wie kommen Sie darauf, dass ich Ihnen helfen könnte?«, fragte sie einen Augenblick später mit einem hintergründigen Lächeln und reichte ihm eine dampfende Tasse. Sie trug eine leichte cremefarbene Bluse mit Seidenapplikationen auf den Ärmeln und eine helle Jeans. Casual. Und gleichzeitig exklusiv. Es fiel ihm schwer, das Aussehen der Frau mit ihrer überladenen Wohnung in Einklang zu bringen.

»Sie studieren menschliches Verhalten.«

»Deshalb bin ich noch lange keine Expertin auf dem Gebiet. Wie ich letztes Mal bereits sagte, arbeite ich meistens mit politologischen Modellen. Alles Übrige ist rein persönliches Interesse.«

»Was interessiert Sie denn so?«, erkundigte er sich.

»Gibt es etwas Bestimmtes, wobei Sie Hilfe brauchen?«, wich sie aus.

Er nickte und richtete sich im Sessel auf, wodurch er ihr ein wenig näher kam.

»Gestern war ich in Anna Kiehls Wohnung und habe dort eine mumifizierte Hand gefunden. Unser Rechtsmediziner hat sie sich heute Morgen genauer angeschaut. Es ist eine Menschenhand. Die eines Mannes.«

Isa Nielsen schien das nicht zu schockieren, ihr Gesicht legte sich nur in professionelle Falten. Sie stützte das Kinn auf die gefalteten Hände.

»Ja, das ist zweifellos interessant. Könnte es sein, dass der Täter Ihnen etwas mitteilen möchte? Dass er von der Hand eines anderen gelenkt wird?«

»Aber wessen Hand?«

Sie zog die Schultern hoch.

»Keine Ahnung. Ist mir nur so eingefallen. Es wirkt sehr … ausgeklügelt.«

Sie nestelte an ihrer Uhr, der nüchterne Gesichtsausdruck verschwand wieder, und an seine Stelle trat eine Mischung aus Anmut und Verletzlichkeit.

»Ich weiß nicht recht«, sagte Trokic skeptisch.

»Sie haben nach meiner Meinung gefragt. Ich habe Ihnen nur gesagt, was mir spontan einfiel.«

Er sah sich in der Wohnung um. Es entstand eine längere Pause, während der sie sich anstarrten.

»Wohnen Sie allein?«, fragte er schließlich. Sie benetzte ihre Lippen mit der Zungenspitze. Ihre Nase war lang und gerade, und an der Lippe hatte sie eine kleine Narbe.

»Ich hab doch Europa.«

Ihm fiel ein, dass sie gesagt hatte, der Hund sei alles, was sie habe. Das Tier hob den Kopf, als es seinen Namen hörte.

»Und Ihre Familie? Wo wohnt die?«

»Ich habe keine Familie.«

»Keinen Freund?«

»Zurzeit nicht. Das ist nicht so meine Stärke«, sagte sie mit entschuldigendem Lächeln. »Ich bin eine Einzelgängerin, deshalb nimmt es meistens ein ungutes Ende. Aber Ihnen kann ich doch helfen, oder?«

»Ja.«

»Erzählen Sie mir mehr. Vielleicht kann ich mich dann besser auf ihn einschwingen.«

Trokic zögerte einen Moment zu lange, da die Gedanken in seinem Kopf ein Muster zu bilden versuchten. Sie lehnte sich entspannt auf dem Sofa zurück, balancierte ihre Tasse auf dem Oberschenkel und schaute ihn fragend an. Er wühlte vergeblich nach seinen Zigaretten, bis sie ihm eine gelbe Schachtel über den Tisch schob.

»Sie haben doch nichts dagegen, wenn ich rauche?«, fragte er schließlich und sah sich nach einem Aschenbecher um.

»Überhaupt nicht. Rauchen Sie, so viel Sie können. Dann rauche ich mit.«

Sie stand auf, holte ihm einen Aschenbecher, und er zündete sich eine Zigarette an. Dann schilderte er ihr in Grundzügen die parallelen Fälle.

Isa Nielsen zeigte demonstrativ auf ihre Armbanduhr.

»Es ist schon eins. Mittag. Möchten Sie etwas essen?«

»Nein danke. Das ist nett von Ihnen, aber ich muss gleich los.«

Freitags kochte er immer kroatisch. So scharf, wie er es gern mochte. Da aß er den ganzen Tag nichts, um sich den Appetit nicht zu verderben. Sie lächelte ihn an und zog die Füße unter sich aufs Sofa.

»Sind Sie verheiratet?«, fragte sie.

»Nein.«

Er wartete auf das obligatorische »Warum nicht?«, aber es blieb aus. Die Soziologin tippte die Asche von ihrer Zigarette. Sie hatte lange, schlanke Finger.

»Was halten Sie von der Schrift auf der Hand?«, fragte er.

Sie kniff die Augen ein wenig zusammen.

»Träumen Sie manchmal?«

Erstaunt sah er sie an und fragte sich, ob man ihm ansah, wie unruhig er nachts schlief.

»Das tun wir doch alle.«

»Ich meine, haben Sie Alpträume?«

»Ja«, sagte er.

»Worum geht es da?«

»Kaninchen.«

»Kaninchen?«

Die Andeutung eines Lächelns zeigte sich auf ihren Lippen. Aber es war nicht herablassend, eher neugierig. Trotzdem fühlte er, dass sie bohrte, ihn aushorchte.

»Wo kommen die Kaninchen her?«

»Aus Kroatien.«

»Was bedeuten sie?«

»Sie bedeuten nichts«, sagte er, um das Thema abzuschließen.

»Alles hat eine Bedeutung. Ich träume vom Wald«, sagte sie. »Vom Wald bei Nacht. Vielleicht wegen all dieser Schlagzeilen in den Zeitungen. Was ist mit der Sekte, von der Sie gesprochen haben? Sie haben doch gesagt, Sie haben da ein Symbol gefunden. Da muss doch was dahinterstecken?«

»Aus denen kriegen wir nicht viel raus. Tja, jetzt sollte ich aber langsam sehen, dass ich weiterkomme«, sagte er und nahm den letzten Schluck Cappuccino.

»Weiter«, wiederholte Isa Nielsen und starrte mit leerem Blick auf irgendeinen Punkt an der Wand. Plötzlich war es merklich kühler im Raum geworden. Als hätte er irgendetwas Schlimmes gesagt.

»Vielen Dank für den Kaffee und das Gespräch.«

»Keine Ursache.«

Agersunds Büro war leer. Der Chef pflegte dieser Tage nicht weit wegzurennen. Trokic ging in sein eigenes Büro zurück. Das rote Lämpchen an seinem Telefon blinkte, und ihm fiel ein, dass er sein Handy bei Isa Nielsen ausgestellt hatte. Er hatte nicht gestört werden wollen. Die Nachricht auf dem Anrufbeantworter war noch keine Viertelstunde alt. Sie stammte von Agersund.

»Verdammt noch mal, wo bist du denn?«, begann sein Chef wie immer. Dann ein langer Seufzer. »Unsere Kollegen von der uniformierten Polizei haben uns benachrichtigt. Einer von der Sekte ist tot.«

42

Das junge Sektenmitglied lag in unnatürlicher Stellung auf dem Bett in dem sparsam möblierten Raum. Der nackte, bleiche Körper war in fortgeschrittener Leichenstarre, und die hervorquellenden Augen sahen so aus, als würden sie gleich aus den Höhlen treten. Die Laken unter dem Mann waren von Urin durchtränkt. Der Rechtsmediziner Torben Bach fuhr sich mit der Hand durchs ergrauende Haar und schnaufte.

»Woran ist er gestorben?«, fragte Trokic. »Hat er irgendwelche Betäubungsmittel genommen oder Schlaftabletten?«

Bach schüttelte den Kopf.

»Weiß ich nicht. Irgendwas stimmt hier nicht. Es sieht mir fast so aus, als wäre er erwürgt worden, aber es sind keine Würgemale zu sehen.«

Trokic atmete tief durch. War dies wohl der Mann, der angerufen und behauptet hatte, er kenne den Mörder? Wenn er etwas gewusst hatte, warum hatte er es ihnen nicht mitgeteilt? Und warum hatten sie es noch immer nicht geschafft, die ganze Bande zum Verhör zu bestellen?

Warum hatten sie die Sache nicht ernster genommen? Ein Gefühl von Machtlosigkeit schnürte ihm den Hals zu. Er schluckte. Es ging alles nicht schnell genug. Zu viele Verhöre. Zu viele Anrufe von Leuten, die etwas zu wissen meinten und dann doch nichts wussten.

»Armageddon naht«, flüsterte der Sektenführer. »Aber das hier hat er nicht verdient.«

»Haben Sie ihn gefunden?«, fragte Agersund.

Hanishka holte mit großer Armbewegung zu einer Erklärung aus.

»Palle ist nicht zur Morgenversammlung gekommen. Eine von den Frauen ist hochgegangen und hat geklopft und ihn ein paarmal gerufen. Da dachte sie, er schläft einfach nur fest. So etwas wie das hier hätten wir uns ja in unserer wildesten Phantasie nicht vorstellen können. Als er dann nach einer halben Stunde immer noch nicht unten war, bin ich selbst gegangen, um ihn zu holen. Da war er schon kalt. Ich war völlig schockiert.«

»Wer hat denn als Letzter mit ihm gesprochen?«, fragte Agersund.

Hanishka überlegte.

»Das war wohl ich. Gestern Abend, etwa gegen zehn Uhr.«

Agersund wendete sich an Trokic.

»Das muss nach dem Überfall auf dich gewesen sein.«

Trokic nickte.

»Wir werden Ihre Schäfchen allesamt mit aufs Revier nehmen und verhören, Hanishka«, erklärte Agersund.

»Von uns ist niemand schuld an diesem Vorfall.«

»Hören Sie mal, hier liegt immerhin ein toter Mann in Ihrem Haus! Wann ist er überhaupt gefunden worden? Außerdem würden wir gern von Ihnen wissen, ob Palle …«

Trokic zuckte zusammen, als plötzlich Cembalomusik aus einem Lautsprecher in der Decke dröhnte. In seinen Ohren klang sie merkwürdig naiv.

»Was zum Teufel ist das denn?«, unterbrach Agersund sich selbst.

»Der Aufruf zum Gebet.«

»Können Sie das nicht abstellen? Das ist ja ein abscheulicher Krach. Himmel, hier müssen Leute arbeiten!«

»Es hört gleich von selbst auf.« Hanishka hatte mittlerweile einen leicht verkniffenen Zug um die Mundwinkel. »Es war etwa gegen neun Uhr heute Morgen«, sagte er.

»Was?«

»Das war die Antwort auf Ihre Frage. Wann er gefunden wurde.«

»Um neun, sagen Sie?«

Agersund schaute demonstrativ auf seine Uhr und tippte mit dem Fingernagel gegen das Glas.

»Jetzt ist es halb drei. Und was haben Sie in der Zwischenzeit gemacht? Ein bisschen mit dem Mann gefeiert?«

»Wir haben mit Palle gebetet.«

Wie viele andere aus dem Kreis um Hanishka hatte auch Palle psychische Probleme gehabt, bis er eines Tages eines der Sektenmitglieder am Strand traf und mit in dieses Haus zog. »Die Liebe zu Gott ist das Allerwichtigste«, hatte Hanishka kurz zuvor in der Küche Trokic erklärt. »Palle litt an Liebeskummer wegen einer irdischen Frau, einer Distel, und nur Gottes Liebe konnte ihn retten.«

Trokic zog die Gardine auf, um mehr Licht in den Raum zu lassen. Dabei fiel ein weißes Stück Papier herunter. Er konnte es auffangen, ehe es den Boden berührte. Schon bevor er den Zettel gelesen hatte, wusste er, dass es ein

Abschiedsbrief war. Mit wenigen Worten entschuldigte Palle sich bei seinen Eltern für seine Tat. Nachdem er den kurzen Text gelesen hatte, reichteTrokic das Papier weiter an Agersund.

»Ja, dann ist zu dem Fall wohl nichts mehr zu sagen. Ganz gleich, was er genommen hat, es sieht überzeugend aus«, meinte Agersund. »Unterhaltet euch aber trotzdem noch mit den übrigen Bewohnern. Vielleicht hat er mit jemandem geredet. Und dann nehmen wir eine DNA-Probe. Im Prinzip könnte er unser Mann sein, selbst wenn wir auf den ersten Blick keine Verbindung sehen und er offenbar ein frommer Mann gewesen ist. Mehr können wir hier wohl nicht machen.«

Bach nahm ein Glas von einem Regal links neben dem Bett und betrachtete den Inhalt mit gerunzelter Stirn. Dann steckte er die Nase hinein und schnupperte. Ein verblüffter Ausdruck ging über sein Gesicht.

»Was ist?«, fragte Trokic.

Bach sah vom einen zum anderen.

»Das ist der Geruch von den Blumen auf Anna Kiehls Leiche. Wenn ich mich nicht sehr irre, dann hat unser Freund sich mit Schierlingssaft das Leben genommen.«

43

»Ich kannte ihn von den Konferenzen, sowohl hier als auch im Ausland. Feiner Kerl«, sagte Abrahamsen, als Lisa und Jacob in dem großen Wohnzimmer Platz genommen hatten. Sie befanden sich in einer gemütlichen Wohnung nicht weit vom Trianglen-Platz.

»Wie lange arbeiten Sie schon für Procticon?«, fragte Jacob.

»Ich war vorher für zwei dänische Pharmafirmen tätig, aber seit letztem Jahr arbeite ich für die britische Firma Procticon.«

»Worin besteht Ihre Tätigkeit?«

»Wir sind ein Team, eine Reihe von Wissenschaftlern mit unterschiedlichem Hintergrund. Unser Geschäftssitz ist Birmingham. Sie haben Glück, mich zu Hause anzutreffen. Normalerweise arbeite ich in England. Ich bin nur zu Hause, weil meine kleine Schwester ihr erstes Kind bekommen hat, da musste ich natürlich rüberkommen.«

Zwischen zwei Sätzen steckte er sich eine Zigarre an und paffte große, präzise Rauchringe in die Luft.

»Ich reise heute Abend wieder ab. Worum es bei meiner Arbeit genau geht, kann ich Ihnen leider nicht erzählen, aber um es kurz zu umreißen – es handelt sich um ein Produkt, das den weiblichen Sexualtrieb stimuliert. Wir rechnen damit, als Erste ein wirklich gutes Produkt auf den Markt zu bringen.«

»Kannten Sie Christoffer Holms Forschungsgebiet?«, fragte Jacob.

»Ja. Wir kennen uns schon seit Jahren. Er war ein guter Freund, und wenn wir Zeit hatten, haben wir uns auch getroffen. Das letzte Mal habe ich mit ihm auf der Konferenz in Montreal geredet. Wir wohnten im selben Hotel und waren einen Abend zusammen unterwegs.«

Seine Stimme zitterte ein wenig.

»Ich bin wirklich traurig, dass er nicht mehr ist.«

»Sie wussten also, dass er seine Arbeit in der Psychiatrischen Abteilung gekündigt hatte?«

»Ja, das hat er erzählt. Er sagte, er brauche etwas Luft

und werde vielleicht für ein halbes Jahr mit einer Frau verreisen, die er kennengelernt hatte. War ein bisschen kompliziert, das Ganze. Wenn ich das richtig verstanden habe, war da auch noch ein Kind mit im Spiel.«

Lisa runzelte die Stirn. Diese Reisepläne waren ihnen neu. Aber natürlich hatte die Polizei nichts davon erfahren, weil Peter Abrahamsen in einem Labor in England saß und an der weiblichen Sexualität herumbastelte.

»Davon hat er anderen Leuten in seiner Umgebung aber nichts erzählt«, sagte sie.

Abrahamsen zog die Schultern hoch.

»Tja, mir hat er das jedenfalls bei einem Drink in einem kanadischen Pub so erzählt.«

»Hat er erwähnt, wo es hingehen sollte?«

»Nein, nicht genau, die Sache war wohl immer noch in der Planung. Aber wie ich das verstanden habe, arbeitete seine Freundin an ihrer Examensarbeit, und er wollte sie nach Afrika begleiten und eventuell unterwegs an einem neuen Buch arbeiten.«

Lisa ließ sich diese Informationen durch den Kopf gehen.

»Es heißt, er sei auf seinem Gebiet sehr gut gewesen?«

»Ja, Christoffer war verdammt gut. Deshalb kam es für mich auch ganz unerwartet, dass er sozusagen abgesprungen ist. Es dürfte auf unserem Forschungsgebiet kaum jemand geben, der seinen Namen nicht kennt. Wir haben oft darüber geredet, welchen Einfluss unsere Kultur, dieser ganze Stress und der gehetzte Alltag, auf unseren Glücksbegriff hat. Und inwieweit durch unsere westliche Lebensweise ein Ungleichgewicht im Gehirn entsteht. Er sprach immer von ›Serotoninfressern‹. Damit meinte er, dass Stressfaktoren wie kleine Egel sind, die von den

Glücksbotenstoffen im Gehirn leben und uns nach immer neuen Erlebnissen und Stimulanzien gieren lassen, weil die kleinen Ungeheuer Nachschub verlangen. Und wenn man dann am Ende ist, lässt sich das Gleichgewicht chemisch mit Glückspillen wiederherstellen. Gegen dieses System hatte er was.«

»Eigentlich hatte ich den Eindruck, dass er im Wesentlichen Anhänger von SSRI-Präparaten war«, warf Lisa ein.

»Sie dürfen mich nicht missverstehen. Christoffer hat auf einer der wohl wichtigsten Stellen innerhalb der Psychiatrie gearbeitet. Er hat dort seine Dissertation verfasst. Für ihn stand außer Frage, dass das Zusammenwirken von Neurotransmittern im Gehirn in vielen Fällen erblich und biologisch begründet ist. Und ihm lag viel daran, solchen Menschen zu helfen und ihnen ihr Leiden so weit wie möglich zu erleichtern.«

Zu Lisas großer Erleichterung legte er endlich seine widerlich stinkende Zigarre aus der Hand. Ehe er fortfuhr, streckte er die Beine aus.

»Aber gleichzeitig war er der Meinung, dass auch die kleinen Ungeheuer Einfluss auf die Verfassung gemütskranker Patienten haben und dass man so viele wie möglich eliminieren müsste, um das Bedürfnis nach Medizin zu reduzieren. Banaler ausgedrückt ist es das, was wir das Diathese-Stress-Modell nennen. Christoffer interessierte sich sehr für die Auswirkungen gesellschaftlicher und politischer Faktoren auf den Alltag des einzelnen Menschen.«

Lisa sprach endlich die Frage aus, die sie in den letzten Tagen beschäftigt hatte.

»Wäre es möglich, dass er etwas Neues entdeckt hat?«

Es wurde still. Der Wissenschaftler rutschte auf seinem Sessel herum.

»Gibt es etwas, das Sie uns gern mitteilen möchten?«, fragte Jacob.

»Das sind aber wirklich vertrauliche Informationen, die ich Ihnen hier gebe.«

»Das ist uns klar.«

»Es hätte ernsthafte Konsequenzen für mich, wenn meine Firma davon erfahren würde.«

»Wir sind nur daran interessiert zu erfahren, ob hier das Motiv für einen Mord liegen könnte.«

»Ja, das verstehe ich.«

Er seufzte.

»Christoffer und ich haben oft Informationen ausgetauscht. So etwas dürfen wir natürlich nicht, aber wir forschten ja auf unterschiedlichen Gebieten. Selbst wenn wir gewollt hätten, hätten wir uns das Wissen des anderen nicht zunutze machen können.«

»Beruhte das auf Gegenseitigkeit? Dieses Vertrauen?«

»Ganz bestimmt.«

Er schwieg einen Moment, dann fuhr er etwas leiser fort: »Christoffer erzählte mir, er habe vielleicht die Grundlage für eine neue Generation von Stimmungsaufhellern gefunden. Er forschte an einem der kürzlich entdeckten Neurotransmitter, Stickoxid. Da es Einfluss auf den serotonergen Kreislauf nimmt, ist man lange Zeit davon ausgegangen, dass ein Stickoxid-Hemmer antidepressive Wirkung hat.«

»Diese Ausdrücke sind uns nicht so geläufig«, sagte Jacob.

»Nein, natürlich nicht. Also, Serotonin ist der Stoff im Gehirn, dessen Niveau man durch das Einnehmen von

Stimmungsaufhellern anzuheben versucht. Er hat Einfluss auf eine Reihe von Faktoren: Stimmung, Schlaf, Sexualität, Impulskontrolle, Erinnerungsvermögen, Lernfähigkeit und so weiter.«

Er holte ein Notizbuch und einen Kugelschreiber hervor und zeichnete einen Kreis. Daneben machte er ein Kreuz. »Stark vereinfacht funktioniert das ungefähr so: Die Nervenzellen senden das Serotonin an einen Rezeptor. Im Bereich zwischen diesen beiden Elementen ist ein Raum, der synaptische Spalt. Hier wird das Serotonin auf seinem Weg von Enzymen abgebaut. Stimmungsaufheller dringen nun auf verschiedene Weise in dieses System ein und sorgen dafür, dass so viel Serotonin wie möglich die Rezeptoren erreicht. Zum Beispiel, indem sie die Enzyme abbauen, die das Serotonin abbauen.«

Er sah die beiden Kriminalassistenten an, um sich zu vergewissern, dass sie ihm noch folgen konnten.

»Das große Problem sind die Nebenwirkungen der Stimmungsaufheller. Man nimmt an, das hat mit den Rezeptoren zu tun. Es gibt viele verschiedene Arten, und alle haben ihre spezielle Funktion. Unter anderem war es das, was Christoffer erforschte. Aber in den letzten Jahren hat er sich auf das Stickoxid konzentriert, das indirekt auf dieses System wirkt.«

»Wie viel hat er Ihnen denn erzählt?«

»Eine Menge und doch gar nichts. Sind Sie ganz sicher, dass dieses Gespräch unter uns bleiben wird?«

Sie nickten.

»Er sagte, er könne neue Medikamente entwickeln, die mit den bereits existierenden nicht zu vergleichen seien. Neue Antidepressiva mit schnellerer Wirkung, aber ohne die vielen Nebenwirkungen.«

»Aber ich dachte, auf diesem Gebiet würde man zusammenarbeiten?«, sagte Lisa.

Ihr Gastgeber lächelte.

»Normalerweise macht man das auch. Aber das hier war purer Zufall. Er erzählte mir, mehrere seiner Ratten hätten während des Versuchs ein unglaublich günstiges Verhalten gezeigt, über das er sich sehr wunderte. Sein Institut lässt sich das Futter für die Laborratten aus Deutschland liefern. Im letzten Winter hatte Christoffer eine Fehllieferung bekommen – mit der Proteinzusammensetzung des Futters war irgendetwas nicht in Ordnung. Zur selben Zeit testete Christoffer ein von ihm entwickeltes Mittel an den Tieren. Bis zu diesem Zeitpunkt hatte es keine Wirkung gezeigt. Und plötzlich zeigte eine Schar Ratten ganz phantastische Fortschritte. Es lag an der Kombination aus den Aminosäuren in der Futtermischung und seinem Produkt.«

»Und dieses Geheimnis haben Sie nicht gestohlen?«

»Wenn ich nicht präzise weiß, welches Produkt und welche Aminosäuren er verwendet hat, kann ich damit nichts anfangen. Das muss in seinen Aufzeichnungen stehen. Aber die wird er ja wohl irgendwo aufbewahrt haben.«

Lisa und Jacob schauten sich an.

»Wir wissen nicht, wo sie sind. Aber wir suchen danach«, sagte Lisa.

»Sind sie etwa verschwunden? Das ist doch hoffentlich nicht wahr? Es wäre schrecklich, wenn sie verloren gegangen wären.«

»Aber wenn diese Entdeckung so bahnbrechend war, warum wurde sie dann nicht veröffentlicht?«

»Ich weiß nicht. Ich könnte mir vorstellen, dass er

eine Denkpause brauchte. Einmal hat er gesagt, dass wir an dem Tag, an dem wir das Rezept für eine Glückspille ganz ohne Nebenwirkungen in den Händen haben, in ein Dilemma geraten würden. Ich meine … Man könnte es so formulieren: Unsere derzeitigen Präparate haben Nebenwirkungen, die verhindern, dass man sie grundlos anwendet. Es muss einem schon wirklich schlecht gehen, damit man sich mit ihnen abfindet. Aber wie würde es mit einem Stoff aussehen, der einen in gute Stimmung versetzt und offenbar keine unmittelbaren Nebenwirkungen hat? Ein Wundermittel? So eine Entdeckung darf nicht in die falschen Hände geraten.«

Lisa schaute ihrem Gastgeber in die braunen Augen.

»Können Sie sich vorstellen, warum der Name Procticon in Verbindung mit Holm auftauchen könnte?«

»Nein«, antwortete Abrahamsen aufrichtig erstaunt. »Er hätte es mir erzählt, wenn er erwogen hätte, sich bei uns zu bewerben. Da bin ich ganz sicher. Er wusste schließlich, dass ich in Birmingham arbeite.«

»Hatte seine Forschung irgendeine Verbindung zu Procticon?«, fragte Jacob. »Ich meine, konnte sie für die Firma von Bedeutung gewesen sein?«

»Auf jeden Fall. Wie Sie vielleicht wissen, ist Procticon bereits recht stark auf diesem Gebiet und arbeitet konstant an der Verbesserung der Produkte. Sich einen Wissenschaftler von Christoffers Format und Renommee zu sichern, wäre für den Konzern zweifellos ein enormer Coup gewesen. Das habe ich ihm auch gesagt, aber er hat mich nur ausgelacht. Damit hatte ich allerdings schon gerechnet.«

»Sie kannten ihn – was meinen Sie also, was er mit wertvollen Forschungsergebnissen getan hätte?«

»Das ethisch Korrekte. Er hätte nie Kapital aus so etwas geschlagen. Er hatte ein bisschen was von einem Hippie. Friede und Flowerpower.«

Er lachte.

»Und wenn andere in den Besitz seiner Forschungsergebnisse gekommen wären?«, fragte Lisa.

»Bedenken Sie, wie viel Geld die Pharmaindustrie in die Forschung steckt. Was es kostet, ein großes Team hochbezahlter Wissenschaftler jahrelang zu beschäftigen. Ein Vorsprung kann enorme Summen wert sein.«

Er kniff die Augen zusammen.

»Also, wenn andere seine Unterlagen in die Hände bekommen haben sollten, hätten sie damit etwas sehr, sehr Wertvolles.«

44.

Der Hof sah noch düsterer und einsamer aus, als sie ihn in Erinnerung hatte. Die Birken am Weg ließen nach einem heftigen Regenguss die Köpfe noch tiefer hängen, und der Hofplatz war matschig und voller Schlaglöcher. Sogar die Katze lief im Zickzack über den Hof, um den Pfützen auszuweichen. Vom Misthaufen hinter dem Stall stieg ein beißender Gestank auf.

Elise Holm empfing sie in der Scheunentür, in Reitstiefeln, Reithose und einer zerschlissenen blauen Arbeitsjacke. Sie führte sie in die Futterkammer.

»Sie wissen also nicht genau, was er Ihnen gegeben hat?«

Lisa sah sich in dem kleinen, kühlen Raum um. Er war staubig und ein wenig feucht. Auf dem Fußboden lagen überall Strohhalme und kleine Krümel, die aussahen wie Rattenkot, möglicherweise aber Bestandteil einer Futtermischung waren. Über allem lag ein scharfer Geruch, und der Staub kitzelte einen in der Nase. Durch das kleine Fenster hatte man Aussicht auf die Weide mit den vielen grasenden Islandpferden.

Elise Holm schüttelte den Kopf und wirkte verängstigt. Sie war sichtlich gealtert, seit die Kriminalassistenten sie zuletzt gesehen hatten. Lisa wusste, dass Christoffer Holms Schwester etwa eine Million Kronen erben würde und dass das wahrscheinlich die Rettung für das kleine Gestüt war.

»Ich wusste sofort, was Sie meinten, als Sie anriefen. Es stimmt, er hat mir ein Kuvert gegeben. Genauer gesagt, er hat mich eines Tages angerufen und gefragt, ob er es bei mir hinterlegen dürfte. Er sagte, es seien wichtige und vertrauliche Dokumente. Also haben wir sie in meinen Aktenschrank gelegt.«

»Aber normalerweise ist das Büro doch abgeschlossen?«

»Nein, man kann es ja nur durchs Haus betreten, Abschließen habe ich also nie für nötig gehalten.«

»Wann hat er Ihnen die Unterlagen gegeben?«

»Vor circa zweieinhalb Monaten. Ein paar Wochen vor Montreal. Aber gehen wir doch rein, dann suche ich es Ihnen heraus.«

Sie gingen durchs Haus und von dort aus in ein Nebengebäude, in dem sich ein kleines Büro befand. Klein, aber gemütlich. Es roch ein wenig nach Pferd. Elise Holm ging in die hinterste Ecke, zog eine blaugrüne Aktenschublade auf und wühlte darin herum. Auf einmal wurde sie ganz blass.

»Das Kuvert ist nicht hier.«

»Vielleicht liegt es in einer der anderen Schubladen«, meinte Jacob.

»Nein, ich bin mir ganz sicher, dass ich es hier reingelegt habe.«

»Lassen Sie uns trotzdem nachschauen.«

Elise zog jede der vier Schubladen heraus und durchsuchte sie sorgfältig.

»Es ist weg.«

»Könnte es sein, dass er den Umschlag selbst wieder abgeholt hat?«, fragte Jacob.

»Nein. Er ist seitdem nicht mehr zu Besuch gekommen. Und er hätte Bescheid gesagt, wenn er vorbeikommen wollte. Immerhin fährt man ja fast eine Stunde.«

Plötzlich zeigte sich Entsetzen auf ihrem Gesicht.

»Du meine Güte! Der Einbruch!«

»Wovon sprechen Sie?«, fragte Lisa.

»Letztes Wochenende. Ein Fenster war zerbrochen, und es muss jemand im Haus gewesen sein, denn auf dem Wohnzimmerfußboden lag Erde. Ich habe mich noch gewundert, weil offensichtlich nichts gestohlen worden war. Natürlich hab ich den Vorfall gemeldet, hab dann aber nichts weiter gehört. Was hat das denn bloß alles zu bedeuten?«

»Es ist auf jeden Fall seltsam, wenn Sie sich ganz sicher sind, dass der Umschlag hier war und er ihn in der Zwischenzeit nicht wieder abgeholt hat.«

»Aber da bin ich hundertfünfzig Prozent sicher.«

»Haben Sie mal in den Umschlag geschaut?«, fragte Lisa.

Die Schwester des Ermordeten wirkte peinlich berührt. »Ja, schon. Sah aus wie irgendeine wissenschaftliche Abhandlung. Lauter lose Blätter. Ein Haufen Zahlen und Graphiken, ich hab es nicht wirklich verstanden. Und er hat ja auch immer auf Englisch geschrieben.«

»Wir müssen jetzt los«, sagte Lisa, »aber wir kommen wieder.«

»Sie glauben also nicht, dass der Dieb noch einmal zurückkehrt? Ich kann nachts vor Angst kein Auge mehr zutun. Ich wohne ja völlig abgelegen hier.«

»Nein, wir gehen nicht davon aus«, sagte Jacob zum Abschluss. »Ich glaube, Sie können jetzt ganz beruhigt sein.«

Jacob sah müde aus. Er saß neben Lisa im Auto.

»Ich bin mir absolut sicher, dass sie beide von jemandem umgebracht wurden, der seine Forschungsarbeit kannte«, sagte er. Darin waren sie sich einig. »Ich glaube, seine Arbeit ist das Motiv. Christoffer Holm ist der Schlüssel zu allem«, sagte Jacob.

»Søren Mikkelsen wäre naheliegend, aber der hat ein Alibi für den Abend, an dem Anna Kiehl starb«, erinnerte Lisa ihren Kollegen. »Er hat gesagt, er sei mit seinem Bruder zusammen gewesen.«

»Ist das überprüft worden?«

»Ja.«

»Eigentlich nicht das beste Alibi«, meinte Jacob. »Aber selbst wenn wir annehmen, dass es falsch ist – warum sollte er Anna Kiehl umbringen? Christoffer Holm würde doch reichen.«

»Sie könnte doch irgendwie Verdacht geschöpft haben. Daher auch der Zettel im Badezimmer.«

Jacob nickte.

»Es könnten auch mehrere Täter gewesen sein«, gab er zu bedenken. »Aber sag mal, wollen wir das nicht mal alles vergessen und heute Abend zusammen essen gehen? Dann überprüfen wir ihn morgen gründlich.«

Lisa lächelte.

»Das wäre schön.«

Ihr Blick ging über die Stoppelfelder, die am Autofenster vorüberglitten. Im Augenblick fiel ihr nichts ein, was sie lieber wollte, als mit Jacob essen zu gehen.

45

Das kleine Restaurant war bis zum letzten Platz besetzt, sie hatten gerade noch einen kleinen, runden Tisch ergattert. Durchs Fenster sah man die Leute vorbeihasten, auf dem Weg ins Kino, ins Theater, zum Bahnhof, in eins der vielen Restaurants der Stadt. Die Straße war nass, die vielen Farben und Muster der Regenschirme tanzten in der Luft.

Lisa dachte an den Mailwechsel zwischen den Freunden Kaare Storm und Christoffer Holm. Eine aufrichtige, auf gegenseitigem Verständnis beruhende Korrespondenz, die von einer jahrelangen Freundschaft zeugte. Dennoch wirkten Christoffers Briefe manchmal nebulös und zweideutig, und oft musste sie mit dem Lesen aufhören und überlegen, was er eigentlich meinte.

Als ob er gefürchtet hatte, dass ihm jemand über die Schulter guckte, während er schrieb.

Und dann war da die Frau, auf die er wiederholt angespielt hatte. Ob das die Frau war, die ihn, wie sein Kollege erzählte, andauernd angerufen hatte und dann eines Tages von der Bildfläche verschwunden war?

Zurzeit treffe ich mich mit einer Frau. Noch so eine Sackgasse. Eine Kamikazefrau, wie Woody Allen diesen Typus nennt: Erst fliegt sie hoch, und dann stürzt sie ab und reißt dich mit in die Tiefe. Das kann nur böse ausgehen.

Indessen zog sich durch die Korrespondenz eines Jahres eine ansehnliche Zahl von Anspielungen auf Frauen in seinem Umfeld, mit entsprechenden Lobeshymnen, und es war schwer zu beurteilen, wer hier wer war und was sich konkret daraus ergeben hatte. Lisa hatte Kaare Storm noch einmal angerufen und ihm verschiedene Passagen vorgelesen, um die Sache zu vertiefen, aber er war selbst nicht mehr sicher gewesen, wann die verschiedenen Frauen im Leben seines Freundes eine Rolle gespielt hatten.

Sie bestellten sich Tintenfisch als Vorspeise, dazu einen französischen Weißwein. Jacob saß da und starrte nachdenklich auf den Bürgersteig, wo ein dunkel gekleideter, langhaariger Typ mit einer großen blauen Emaillekanne versuchte, Münzen zu erbetteln.

»Ich bin hundemüde«, sagte er. »Und du?«

»In nächster Zeit will ich nicht mehr nach Kopenhagen. So eine Fahrt macht einen völlig fertig. Dann lieber Klinken putzen.«

Er zeigte aufs Fenster und den Bettler davor.

»Kann nicht schwer sein, ein Mobiltelefon und eine Kreditkarte loszuwerden«, sagte er. »Wahrscheinlich gibt es einen Haufen Leute, die so was gut gebrauchen könnten, um die nächsten Tage zu überleben. Drück beides einem Obdachlosen in Kopenhagen in die Hand, und schwups sieht es so aus, als wäre der charmante Christoffer unterwegs und ginge in Geschäften shoppen, die bei der Bezahlung mit Karte keinen PIN-Code verlangen. Er hat sie ja wohl nicht selbst sperren lassen.«

»Meinst du, dass es so gewesen ist?«

»Auf so was in der Art würde ich zumindest tippen. Ich glaube kaum, dass derjenige, der ihn aus dem Weg geschafft hat, Handy und Portemonnaie lange behalten hat. Und nachdem er die Sachen an jemand weitergegeben hatte, der sie benutzen würde, sah es so aus, als lebe Holm noch. Damit hat der Täter sich Zeit verschafft und unsere Aufmerksamkeit abgelenkt.«

»Die Gegenstände tauchen bestimmt nicht wieder auf«, sagte sie. »Wir haben uns ja bei der Telefongesellschaft erkundigt: kein einziges Signal mehr nach der Ankunft in Dänemark. Das Telefon ist also mit Sicherheit nicht benutzt worden.«

Er nickte langsam. Sie konnte ihre Augen nicht von ihm losreißen. Sie glitten über die Konturen seines Armes, die Muskeln unter der samtweichen Haut. Ob er wohl Tattoos unter dem Hemd hatte? Das würde ihr nichts ausmachen. Ob es wohl Narben gab, Geschichten, die ihre Finger verfolgen konnten? Sie begegnete seinem Blick, der eine geradezu übermächtige Anziehungskraft auf sie ausübte, und sie musste schnell wieder wegsehen.

»Wie lange warst du bei der IT-Abteilung in Kopenhagen?«, fragte er.

»Drei Jahre.«

»Das muss interessant gewesen sein.«

»War es eigentlich auch. Aber ich war trotzdem drauf und dran zu kündigen, als Agersund mir das Angebot machte, hierher in die Stadt zu kommen.«

»Warum?«

Sie zuckte die Achseln und beobachtete, wie ein älteres Ehepaar dem Obdachlosen vor dem Fenster ein Geldstück gab.

»So langsam zehrte es an mir. Diese irrwitzigen Arbeitszeiten. Man könnte echt glauben, dass diese Hacker niemals schlafen. Und schon gar nicht, wenn man an Fällen arbeitet, die quer über den ganzen Globus vernetzt sind. Aber das war noch nicht das Schlimmste.«

»Sondern? Was war das Schlimmste?«

Aufrichtig interessiert sah Jacob sie mit diesem leicht schüchternen Blick an, der bei ihr so ein schmelzendes Gefühl im Bauch verursachte.

»Das waren Pädophilie und Kinderpornos«, sagte sie zögernd, denn sie war sich nicht sicher, ob sie beim Essen auf dieses Gesprächsthema Lust hatte.

»Damit hatte ich einfach zu viel zu tun. Am Anfang bin ich eigentlich ganz gut damit zurechtgekommen. Es war grauenhaft, schmierig, und ich begann an Schlafstörungen zu leiden, aber das war es irgendwie wert, solange wir sie schnappen konnten. Aber dann häuften sich die Fälle, und wir mussten mit ansehen, wie die Täter mit lachhaften Strafen davonkamen. Manchmal machten sie hinterher genauso weiter. Man darf ihre technischen Fähigkeiten nicht unterschätzen. Dieses Geschmeiß ist technologisch auf einem ziemlich hohen Stand, und wir mussten uns anstrengen, mit ihnen Schritt zu halten. Wenn man nicht schnell genug ist, sind die Beweise weg. Die wissen genau, dass man Sachen nicht von der Festplatte löschen kann, indem man den Papierkorb vom Computer leert. Sie verwenden Programme, mit denen garantiert alle Daten für immer und ewig verschwinden.«

»Aber ihr habt irre viel Lob eingeheimst«, meinte Jacob. »Im internationalen Vergleich müssen wir doch ziemlich gut abschneiden.«

Lisa nickte und pikte mit der Gabel in den Tintenfisch auf ihrem Teller. Ganz kurz spürte sie die Übelkeit wieder, die früher eine Konstante in ihrem Leben gewesen war. Sie redete weiter:

»Wir haben enorm viel Zeit darauf verwendet, diese Netzwerke Stück für Stück aufzudröseln. Und dann bekommen die Pädophilen teilweise Strafen, die kürzer sind als die Zeit, die wir gebraucht haben, um sie zu fangen. Kurz bevor ich hierhergekommen bin, hatten wir den schlimmsten Fall, mit dem ich je beschäftigt war.«

»Der Selandia-Fall?«

»Nein, nicht der. Im Vergleich zu vielen anderen war es gar kein so großer Fall. Aber für mich persönlich war es der Tropfen, der das Fass zum Überlaufen brachte.«

Er nippte am Wein und behielt den vertraulichen Augenkontakt bci.

»Aber hast du nicht immer noch mit solchen Fällen zu tun?«

Sie lächelte sarkastisch.

»Da ich schon so lange dabei bin, bin ich quasi eine Kapazität auf dem Gebiet. Wir haben ja alle viele teure Weiterbildungen und Seminare durchlaufen. Sind immer wieder auf Computerforensikkursen in den USA gewesen. Diesen Job hier habe ich nur gekriegt, weil ich mit Kündigung gedroht hab. Agersund weiß, dass es mir bis Oberkante Unterlippe steht und er ein bisschen vorsichtig sein muss. Jetzt nehmen solche Fälle also nur noch ein Zehntel meiner Zeit ein.«

»Lass uns doch lieber von was anderem reden. Du darfst jetzt über folgendes Filmzitat nachdenken ...«

»Ja?«, fragte sie.

»Nine million terrorists in the world and I gotta kill one with feet smaller than my sister.«

»Fängst du jetzt auch an?«

»Vielleicht weißt du es ja nicht«, neckte er.

»Doch. Ich muss nur drauf kommen.«

Lisa und Jacob aßen Kalbsfilet und eine leckere Mousse au Chocolat, wobei er sie mit Geschichten über seine Teenagerneffen und ihre Eskapaden unterhielt, bis sie laut lachte. Sie erzählte von ihrem ersten Jahr bei der Polizei, von ihrer Zeit bei der Bereitschaft und ihrer längeren Beziehung zu einem Kollegen dort.

»Bist du eigentlich nach dem Krieg noch mal in Kroatien gewesen?«, fragte sie.

»Ja, letztes Jahr war ich unten. Ich hab das Auto genommen und bin ein paar Wochen durch die Gegend gefahren. Hab mir einiges angesehen, was ich früher nie geschafft hab.«

»Und, wie war's?«

»Seltsam. Ich hatte ein farbloses Straßenbild in Erinnerung, über dem der Kommunismus wie eine Smogwolke hing. Jetzt sind die Straßen voller neuer, toller Autos, die Straßenbahnen sind vollgekleistert mit Handyreklame, und die Internetcafés florieren. Was der Krieg zerstört hatte, ist fast überall extrem schnell wieder aufgebaut worden. Als ob sie alle Erinnerungen auslöschen wollten.«

»Das ist doch eigentlich ganz natürlich, oder?«

»Ja, schon«, sagte Jacob. »Aber es wirkt unnatürlich, wenn man sich mit den Leuten darüber unterhält. Als ob sie total verdrängt hätten, was sie selbst für eine Rolle darin gespielt haben. Als sie das Gebiet 1995 bei der Operation Sturm zurückerobert haben, kannten sie überhaupt keine Gnade. Ich habe selbst gesehen, wie kroatische Soldaten flüchtende serbische Zivilisten abschlachteten und ihre Häuser niederbrannten. Deshalb wollten sie danach nur ungern jemanden an den Internationalen Gerichtshof in Den Haag ausliefern. In ihrer Welt gibt es keine Kriegsverbrecher. Nur Helden. Denn sie haben sich ja nur zurückgeholt, was ihnen ihrer Meinung nach immer gehört hat.«

»Aber diese Dinge sind doch im Rahmen der militärischen Auseinandersetzungen geschehen, das kann man doch der kroatischen Zivilbevölkerung nicht zum Vorwurf machen«, sagte Lisa.

»Nein, aber sie haben es eben geschehen lassen. Es fing damit an, dass man mit dem Blumenhändler an der Ecke nicht mehr so wie früher redete, weil der einen anderen ethnischen Hintergrund hatte. Die Feindseligkeit hat sich im Laufe der Jahre über die Medien eingeschlichen. Und eines Tages, so will es die Psychologie des Krieges, ist der Blumenhändler laut Propagandamaschinerie der Böse. Und plötzlich zeigen die Leute ihre Nachbarn an. Es gibt einfach zu viele, die etwas auf dem Gewissen haben, und deshalb hat man keine große Lust, über diese Zeit zu reden.«

»Das klingt nicht so, als wärst du besonders begeistert von Kroatien.«

Jacob schob den Teller von sich und stützte die Ellenbogen auf den Tisch.

»Ganz im Gegenteil. Es ist ein herrliches Land. Ich glaube nicht, dass sie ein Sonderfall waren oder schlimmer sind als andere Europäer.«

»Wie sieht Trokic das?«, fragte Lisa.

»Das Thema ist für ihn emotional zu sehr belastet, weil seine Familie unmittelbar betroffen war. Darüber sollte man also lieber nicht mit ihm diskutieren.«

»Das hatte ich auch gar nicht vor.«

Sie schwiegen eine Weile.

»Das war Bruce Willis«, sagte sie dann.

»Was?«

»Die Hard I. Das Filmzitat.«

Jacob lächelte.

»Okay, du hast gerade ein Bier gewonnen. Komm, wir gehen ins Waxies.«

Sie ließen Geld auf dem Tisch liegen und traten hinaus in den kühlen Abend.

»Im Waxies bin ich noch nie gewesen.«

»Tatsächlich? Ich bin noch keine Woche hier und muss dir die guten Sachen zeigen?«

»Well, take me there«, sagte Lisa.

Er lachte und sah sie neckend an.

»Was willst du damit sagen? Nimm mich mit? Oder einfach: nimm mich?«

Sie spürte, wie sie – zum ersten Mal seit Jahren – rot wurde, und versetzte ihm einen Klaps. Das Lächeln konnte sie trotzdem nicht unterdrücken. Und er nahm schnell ihre Hand, dann ihren Arm, ihren Hals und ihren Mund. Er fasste ihr ins Haar und zauste es liebevoll.

»Ich finde, wir sollten doch nicht mehr ins Waxies gehen.«

Mitten in der Nacht wachte sie auf. Verwirrt. Ihr Hals

war ganz trocken, und automatisch streckte sie die Hand nach dem Glas Wasser auf dem Nachttisch aus. Jacob lag lang ausgestreckt und nackt neben ihr, die Decke hatte er fast weggestrampelt. Beim Anblick des nackten Körpers verspürte sie ein Ziehen im Unterleib. Er war so perfekt, dass sie sich an der Gestalt auf dem Laken gar nicht sattsehen konnte. Er hatte sie genommen. Sie überall geküsst. Lange. Hatte sie mit der Zunge geweckt, sie berührt, wie das seit Jahren niemand mehr getan hatte. Und sie hatte sich hingegeben und gefühlt, wie ein tiefes Verlangen gestillt wurde und endlich zur Ruhe kam.

Sie trank das halbe Glas Wasser und schmiegte sich an den schlafenden Mann neben ihr. Er duftete wunderbar nach einem dezenten Aftershave. Sie ließ die Hand über seine Hüften gleiten und drückte sanft an den richtigen Stellen, bis er im Schlaf kleine zufriedene Laute von sich gab und die Arme nach ihr ausstreckte.

Samstag, 27. September

46

Der Oberarzt goss gerade die Blumen, als Lisa sein Büro betrat.

»Das sind Passionsblumen«, sagte er.

»Die sind wirklich schön.«

»Das waren die Lieblingsblumen meiner Frau. Sie hatte immer ein paar stehen. Setzen Sie sich.«

Lisa lächelte höflich, und Jacob und sie nahmen am Tisch Platz.

»Tut uns leid, dass wir an einem Samstag hereinschneien. Aber gestern haben wir einige Informationen bekommen, die weitere Fragen aufgeworfen haben.«

»Sie brauchen sich nicht zu entschuldigen. Ich bin ja ohnehin hier.«

Lisa zögerte. Wie immer war sie nicht ganz sicher, wie viel von ihren Nachforschungen sie preisgeben durfte.

»Wir haben Grund zu der Annahme, dass ein Teil von Christoffers letzten Forschungen sehr wertvoll gewesen ist. Hinzu kommt, dass offenbar ein wissenschaftlicher Bericht gestohlen worden ist, den er bei seiner Schwester hinterlegt hatte. Wir müssen wissen, wer eingehendere Kenntnis von seinem Arbeitsgebiet hatte«, erklärte Jacob.

»Aber das wäre ja eine Katastrophe!«, rief Albrecht

entsetzt. »Wenn Sie wüssten, wie viel Geld wir in diese Forschung gesteckt haben. Allein die Ratten ... Das sind gestresste Ratten, die wir extra aus den USA importieren lassen, damit wir die Zeit sparen, sie selbst bis zum erforderlichen Niveau zu stressen. Aber derartige Forschungsergebnisse sind für einen Außenstehenden keine leichtverständliche Lektüre. Und man müsste die beschriebenen Experimente ja auch noch mal überprüfen.«

Er rieb sich die Stirn.

»Doch das wäre wahrscheinlich nur eine Formalität. Christoffer war wirklich sehr gründlich in seiner Arbeit.«

»Hängt all das irgendwie mit Søren Mikkelsens Forschung zusammen? Wir wissen, dass er in einer anderen Richtung forscht, aber wäre es denkbar ...«

Albrecht wich zurück.

»Steht Søren unter Verdacht? Also, ich kann wirklich nicht glauben ...«

»Eigentlich nicht. Aber wir müssen die Personen aus dem Umfeld von Anna Kiehl und Christoffer Holm einen nach dem anderen aus dem Kreis der Verdächtigen ausschließen«, log Jacob diplomatisch.

»Tja, ihre Forschungsgebiete sind eng verwandt, er hat selbstverständlich gute Einsicht in das Gebiet.«

»Aber hier am Institut ist niemand, der darüber irgendetwas hätte verlauten lassen?«

»Nein, mir ist nichts zu Ohren gekommen. Ich muss zugeben, dass es mich verblüffen würde, wenn Christoffer etwas entdeckt haben sollte, ohne es uns mitzuteilen. Es wäre kein guter Stil, derartige Resultate für sich zu behalten. Aber er wird wohl seine Gründe gehabt haben.«

Lisa dachte über Anna Kiehl nach, während sie die fliederfarbenen Passionsblumen betrachtete. Konnte die

Liebe zu einer Frau einen Mann derart beeinflussen? Doch der Wissenschaftler hatte ja bereits zu einem früheren Zeitpunkt Vorbehalte gegen den Vormarsch der biologischen Psychiatrie geäußert. Die Anthropologin hatte höchstens seine wachsende Überzeugung unterstützt.

Bo Mikkelsen war nicht nur einfach der Bruder von Søren Mikkelsen, er war sein Zwillingsbruder, das wurde klar, als sie ihn mit einer Mülltüte vor seinem Haus an der Stadion Allé antrafen. Mit Ausnahme der Frisur sahen sich die beiden zum Verwechseln ähnlich. Lisa kam ohne Umschweife zur Sache.

»Können Sie uns sagen, wo Sie letzten Samstag waren?«

»Das habe ich der Polizei doch schon gesagt. Bei meinem Bruder.«

»Und was haben Sie gemacht?«

»Nichts Besonderes. Zusammen gegessen und einen Film geguckt.«

»Wann waren Sie bei ihm?«

»So gegen sechs.«

»Und keiner von Ihnen hat im Laufe des Abends das Haus verlassen?«

»Nein.«

»Erinnern Sie sich, welchen Film Sie gesehen haben?«

Bo Mikkelsen schien nachzudenken. Dann lächelte er.

»Ich weiß nicht mehr, wie er hieß. Aber er lief auf TV3.«

»Wer hat mitgespielt?«

Er blinzelte.

»Das war irgendwas mit Andy Garcia und Richard Gere.«

»Internal Affairs?«

»Kann sein.«

Jacob kniff die Augen zusammen und sagte zu Lisa: »Sekunde, ich lauf mal eben zum Auto.«

Er rannte auf die andere Straßenseite.

»Wohnen Sie allein hier?«, erkundigte sich Lisa.

»Nein, mit meiner Freundin.«

»Was arbeiten Sie?«

»Ich bin Anwalt. Ich bin für Dahl & Laugesen tätig.«

Jacob stellte sich keuchend neben Lisa. In der Hand hielt er eine Zeitschrift.

»Ich hatte die Ausgabe von letzter Woche noch. Irgendwie muss man sich ja die Zeit vertreiben, wenn man jeden Abend auf einem Hotelzimmer rumhängt.«

Er schlug die Zeitschrift auf und ließ den Blick über die Spalten gleiten.

»Hier steht nichts von einem Film mit den beiden Schauspielern, die Sie genannt haben.«

»Vielleicht war es ja doch ein anderer Kanal«, meinte der Zwilling.

»Dieser Film ist auf keinem Programm gelaufen. Und auch kein anderer Film mit diesen Schauspielern.«

»Vielleicht hat es ja eine Programmänderung gegeben.«

Jacob blätterte zurück.

»Aber Freitagabend, da kam Internal Affairs.« Bo Mikkelsen schien sich plötzlich nicht mehr recht wohl zu fühlen in seiner Haut.

»Sie sind sicher, dass Sie am Samstag zusammen ferngesehen haben?«

»Ja, bestimmt. Vielleicht hab ich den Film ja am Freitag gesehen und hinterher gedacht, das wäre am Samstag gewesen.«

Lisa senkte die Stimme.

»Es geht hier um Mord. Das ist eine ziemlich ernste Sache. Also sollten Sie Ihrem Gedächtnis vielleicht ein wenig auf die Sprünge helfen und sich dieses Mal richtig erinnern.«

Er wand sich.

»Vielleicht war es doch Freitag, als wir uns den Film angesehen haben. Wenn Sie mir das Programm jetzt so zeigen.«

Lisa bedachte ihn mit einem triumphierenden Blick.

»Danke. Das wollten wir nur hören.«

»Den schnappen wir uns«, sagte Jacob, als sie wieder im Auto saßen. »Ich kann mir nur einen Grund für seine Lüge vorstellen. Nämlich, dass wir nicht wissen sollen, was er am Samstag gemacht hat.«

47

Das Einfamilienhaus war ein gelber Ziegelbau mit schwarzem Dach. Nicht sonderlich eindrucksvoll, aber das Viertel war teuer, das wusste Lisa, der Wald und das Wasser machten es attraktiv. Wenn man es genau nahm, dann war die Gegend nicht so schrecklich weit weg von dem Teil des Waldes, in dem die ermordete Anna Kiehl gefunden worden war.

In diesem Augenblick ging ihr auf, wie gerissen es wäre, den Mord an Anna Kiehl als aus dem Ruder gelaufene Vergewaltigung zu tarnen. Man nahm allerdings ein großes Risiko in Kauf, wenn man seinen Samen auf dem Körper der ermordeten Frau hinterließ, aber die Polizei würde damit auf eine falsche Fährte gelockt. Der Mörder hatte wohl kaum damit gerechnet, dass sie den See absuchen würden.

Das bleiche Geschöpf, das Lisa gegenübersaß, stand kurz davor, die Fassung zu verlieren. Sein Mund hatte einen aggressiven Zug angenommen, die Muskeln waren angespannt unter dem engen, gestreiften Hemd, und das Haar sah aus, als wäre es unter einer Mütze zusammengedrückt worden.

»Was wollen Sie eigentlich hier? Das kann doch nicht erlaubt sein, dass Sie den Leuten so mir nichts, dir nichts in die Wohnung platzen.«

»Machen Sie doch einfach die Tür auf«, sagte Jacob leicht genervt. »Wir ermitteln in einem Mordfall, wir können also im Handumdrehen einen Durchsuchungsbefehl bekommen. Uns ist aber sehr daran gelegen, dass Sie mit uns zusammenarbeiten. Wir sind auf der Suche nach Christoffer Holms Forschungsergebnissen. Sie können Sie jetzt holen, oder wir suchen selber danach.«

Er trat einen Schritt vor, so dass er zwischen Lisa und dem jungen Wissenschaftler stand.

Nun zeigte sich eine gewisse Resignation in Søren Mikkelsens Augen. Er öffnete die Tür und ließ sie eintreten.

»Mir war gar nicht klar, dass man so gut wohnen kann, wenn man in einem öffentlichen Krankenhaus angestellt ist«, bemerkte Lisa, als sie das große Wohnzimmer betraten. »Was hat dieses Haus gekostet?«

»Finden Sie es doch selbst heraus.«

»Das werden wir auch«, sagte Jacob.

»Ich hab nichts von Christoffers Sachen.«

Sie schaute sich in dem Wohnzimmer mit dem riesigen Panoramafenster um, es sah aus, als wäre er gerade erst eingezogen. Die schweren Designermöbel aus schwarzem Leder wirkten ganz neu, der hölzerne Couchtisch hatte im Gegensatz zu Lisas eigenem weder Rotweinränder noch Kaffeeflecken. Das Zimmer sah nicht so aus, als würde es häufig benutzt. Es hatte etwas von einem Ausstellungsraum. Die Wände waren kahl, abgesehen von einer kleinen Stickerei auf einem schmalen Wandstück, die als der einzige persönliche Gegenstand ins Auge fiel. Systematisch gingen sie alle Zimmer ab und durchsuchten Schränke, Regale und Nischen, während ihre Kollegen den Verdächtigen beaufsichtigten. Der Wissenschaftler hatte sich in die Küche verzogen, wo er sich eine Cola aus dem Kühlschrank geholt hatte. Er trank mit schnellen Schlucken, während er sie im Auge behielt.

Lisa war mit der Hälfte des Büros fertig, als Jacob sie auf der anderen Seite des Hauses rief. Im hinteren Flur stand eine Bodenklappe offen, durch die ihr Kollege nach unten geklettert war.

»Komm mal eben runter … Mann, ist das abgefahren!«

Hohl drang seine Stimme aus dem Loch. Lisa stieg die Holzleiter hinunter und sah sich um. Auch ohne große medizinische Kenntnisse konnte sie sich denken, wozu man die verschiedenen Flaschen und Destillationsapparate gebrauchen konnte. In Wirklichkeit war das Zubehör wohl recht einfach.

»Kein Wunder, dass er uns nicht reinlassen wollte.«

In dem kleinen Kellerlabor herrschte ein scharfer Geruch. Jacob nahm eine der Tüten in die Hand, die auf dem Tisch lagen.

»Erwischt«, murmelte er.

»Was?«

Er reichte ihr eine kleine lila Pille. Auf der einen Seite war ein K eingeprägt. Sie drehte sie zwischen den Fingern.

»K wie Kamikaze«, sagte sie dann. »Ich glaube, wir haben gerade den vielen schlechten Trips in dieser Stadt ein Ende gesetzt. Jedenfalls, bis die nächste Lieferung aus Holland kommt.«

Auf dem Weg ins Revier trafen sie Agersund.

»Wir haben Søren Mikkelsen wegen Herstellung von illegalen Drogen festgenommen. Außerdem haben wir Grund zu der Annahme, dass er der gesuchte Mörder ist. Zwar haben wir Christoffer Holms Forschungsergebnisse nicht gefunden, aber wir bekommen schon noch aus ihm heraus, wo die versteckt sind.«

Agersunds Gesicht nahm einen unergründlichen Ausdruck an.

»Er war es nicht. Ich habe gerade ein Fax bekommen, das ein ganz neues Licht auf die Sache wirft.«

48

Wochenende ist was anderes, dachte Trokic, als er am selben Vormittag aufs Revier kam. Agersund hatte ihn ins Büro bestellt. Nicht weniger als zweiundfünfzig Beamte hatten in der letzten Woche unzählige Personen verhört, die Verbindungen zu dem ermordeten Paar hatten. Nun stand der Fall möglicherweise unmittelbar vor der Aufklärung.

Für den kleinen Kern drehte sich schon lange alles um die Tafel. Sie war mittlerweile randvoll mit Fotos, Gekritzel und Zetteln. Irgendjemand hatte den Namen Palle eingekreist.

»Wir haben einen DNA-Test von Palle angefordert, da wir sowohl bei ihm als auch bei der Leiche Schierling gefunden haben. Zunächst wirkte das ein wenig seltsam, es gab ja kein Motiv. Aber inzwischen hat es sich als gute Investition erwiesen. Das Sperma, das auf Anna Kiehls Körper gefunden wurde, stammt zweifellos von ihm.«

Auf den Gesichtern mehrerer Anwesender zeigte sich Erleichterung.

»Auf den ersten Blick sieht es aus wie eine einfache Vergewaltigung, die aus dem Ruder gelaufen ist. Aber vieles deutet darauf hin, dass er sie gekannt hat. Wir haben ja das Symbol des Goldenen Ordens in ihrem Kalender gefunden. Und aus dem Kreis der Sekte haben wir gehört, dass er vor seiner Ankunft wegen einer Frau einen schweren psychischen Zusammenbruch erlitten hatte. Die Vorstellung liegt also nahe, dass er in Anna Kiehl verliebt war. Hinzu kommt, dass jemand von der Sekte angerufen hat, wahrscheinlich er selbst, und gesagt hat, er kenne den Mörder. Am Ende hat er sich mit Schierlingssaft selbst das Leben genommen.«

»Aber Anna Kiehl war nicht sein erster Mord«, betonte Jasper.

»Nein. Könnte es nicht sogar sein, dass der Mord an Christoffer ein Eifersuchtsdelikt war? Holm kommt aus Montreal zurück und trifft auf dem Heimweg Palle. Es kann viele Gründe dafür gegeben haben, warum er ihn im Auto mitgenommen hat. Unterwegs haben sie einen Unfall. Vielleicht ist die Scheibe von außen zertrümmert worden, oder er hat die Kontrolle über den Wagen verloren. Palle erschlägt ihn jedenfalls und versenkt die Leiche im See. Kurze Zeit später findet einer von der Sekte ihn am Strand, wo er in einem nahezu psychotischen Zustand umherirrt.«

»Bin ich der Einzige in dieser Runde, der findet, dass die Sache mit dem Sperma trotzdem ein wenig aus dem Rahmen fällt?«, fragte Jasper.

»Was willst du damit sagen?«, wollte Agersund wissen.

»Wir haben praktisch keine Spuren gefunden. Der Tatort ist sorgfältig aufgeräumt worden, die beiden Mordopfer wurden in einer nahezu sterilen Umgebung gefunden. Bis auf das Sperma, das wir auf Anna gefunden haben. Das ist doch fast so, als würde man sein DNA-Profil als eine Art Signatur hinterlassen.«

»Ja, schon, aber worauf willst du hinaus?«, fragte Trokic.

»Das weiß ich eigentlich auch nicht. Ich finde es nur auffällig.«

»Ja, vielleicht gibt es hier noch ein paar lose Enden in dem Fall«, kommentierte Agersund, »aber der Mann war ja auch völlig unzurechnungsfähig. Wir gehen dem nach …«

»Was spielt wohl die eingetrocknete Hand für eine Rolle?«, fragte Trokic.

Die braune Hand war seiner Meinung nach in letzter Zeit das Interessanteste gewesen. Es handelte sich um eine Männerhand. Ohne wirklich festmachen zu können, wonach er eigentlich suchte, war Trokic die Fälle der letzten Jahre durchgegangen. In der jüngsten Vergangenheit waren auch keine Fälle von Grabräuberei oder Grabschändung gemeldet worden – woher die Hand kam, blieb also ungewiss. Sie hatten eine Probe zur DNA-Analyse eingeschickt, aber das Resultat lag noch nicht vor.

»Wir können nicht noch mehr Ressourcen darauf verwenden, Daniel. Palle hatte eben eine etwas eigene Art von Humor und hat die Hand in die Wohnung gelegt. In der Nacht darauf hat er sich dann das Leben genommen. Letzten Endes war der Junge eben psychisch krank, und wir werden vielleicht nie herausfinden, wo er die Hand ausgegraben hat und was das sollte. Was im Kopf solcher Leute vorgeht, können bloß sie selbst verstehen.«

Sie waren alle in ihre Büros zurückgegangen, bis auf Jasper und Trokic. Jetzt konnte man wieder atmen in dem kleinen Raum. Der junge Kriminalassistent nahm gegenüber von Trokic Platz und pickte sich die Geleehimbeeren aus der Colorado-Tüte.

»Mich überzeugt das ja gar nicht. Wie siehst du das?« Er kaute.

»Ist jedenfalls ganz schön seltsam. Ich werde rausfinden, zu wem diese Hand gehört. Ist mir egal, ob wir dafür die Mittel haben oder nicht, für dieses Puzzleteil muss ich den richtigen Platz finden. Geh du nach Hause und genieß, was vom Wochenende noch übrig ist.«

Agersund erschien in der Tür.

»Ein Tony Hansen will mit uns reden.«

»Hä?«

Trokic stutzte. War der nicht längst aus dem Kreis der Verdächtigen ausgeschieden?

»Schon gut. Ich frag mal Lisa, ob sie Zeit hat, mit ihm zu reden.«

49

Die Wohnung sah immer noch so verkommen aus wie bei ihrem letzten Besuch. Jetzt war es später Vormittag, und Lisa und Jacob saßen nebeneinander auf den fleckigen schwarzen Möbeln. So dicht beieinander, wie es nur ging.

»Warum haben Sie uns angerufen?«

Sie warteten, während Tony Hansen sich ungeschickt eine Zigarette drehte. Er verteilte den Tabak ungleichmäßig auf dem Paper, und als er die Zigarette anzündete, breitete sich ein scharfer Geruch im Zimmer aus. Offensichtlich war er ziemlich nervös.

»Wir wissen, dass Sie uns angelogen haben«, begann Lisa. »Und unsere Zeit verschwendet haben.«

Sie war es gelinde gesagt müde, aus den verkehrten Gründen belogen zu werden. Wie etwa von Søren Mikkelsen, der verschleiern wollte, dass er am Abend von Anna Kiehls Ermordung unterwegs gewesen war, um seine Drogen zu verkaufen.

»Ich hab ihr nichts getan.«

»Nein, das ist uns klar. Aber Sie haben etwas gesagt, was nicht der Wahrheit entspricht. Die Verkäuferin in der Tankstelle hat sich an Sie erinnert und die Überwachungskamera ebenfalls. Sie haben Ihren Einkauf nicht weit von der Wohnung Ihres Bruders erledigt. Was haben Sie in den übrigen zwanzig Minuten gemacht?«

Wieder wurde es still.

»Ich bin ihr gefolgt«, sagte er schließlich und atmete langsam den Tabakrauch aus.

»Hab ich mir doch gedacht.« Lisa nickte. »Aber sind Sie ihr in den Wald gefolgt?«

»Als ich auf dem Parkplatz zu meinem Auto ging, kam sie gerade in ihren Laufsachen an. Ich wollte ihr nichts tun. Ich wollte sie nur ein bisschen angucken. Okay, ich hatte zu dem Zeitpunkt schon was getrunken, und ich war wohl ein bisschen … Mein Bruder hat nicht lockergelassen, er meinte, ich müsste Ihnen das erzählen. Deshalb hab ich angerufen.«

Seine Augen wurden feucht.

»Sie sah toll aus.«

»Wie weit sind Sie ihr gefolgt?«

»Sie ging hinter den Häusern entlang und dann weiter an der Hecke am Feldrand.«

»Ist sie gelaufen?«, fragte Jacob.

»Nein, gegangen. Ich bin ihr gefolgt.«

»Hat sie Sie gesehen?«

»Nein, sie hat sich nicht umgeguckt, sie ging ganz zielstrebig. Sehr selbstbewusst.«

Er gestattete sich eine schwärmerische Pause, ehe er fortfuhr.

»Solche Frauen gefallen mir.«

»Ja, und dann?«

»Irgendwann waren wir dann am Wald. Es war schon ein bisschen dämmrig, aber man konnte immer noch sehen. Sie bog auf einen Weg ab.«

»Fing sie an zu laufen?«, fragte Jacob weiter.

»Nein, sie ging immer noch. Ihr Laufpartner wartete an den kleinen Brücken auf sie, die ein Stück weiter weg liegen.«

»Laufpartner? Was wollen Sie damit sagen? Hat sie sich mit jemandem getroffen?«

»Das weiß ich nicht. Ich hab das zumindest so aufgefasst. Die Person stand da und wartete, hob die Hand und begrüßte sie. Und als ich das gesehen habe, bin ich umgekehrt. Bis ich wieder zurück war, war so ungefähr eine Viertelstunde vergangen. Dann hab ich die Schlagsahne geholt.«

Er hob den Blick und schaute Lisa fest in die Augen.

»Ich wollte sie nur angucken. Ich wollte ihr nichts tun. Höchstens mit ihr reden.«

»Gewiss doch«, sagte Jacob, aber er hörte sich nicht besonders überzeugt an. »Würden Sie den Mann wiedererkennen, mit dem sie sich getroffen hat?«

»Das war kein Mann.«

Jacob rückte auf die Sofakante vor und runzelte die Stirn.

»Sind Sie sich da ganz sicher? Könnte es nicht ein kleiner Mann gewesen sein?«

»Nein, es war eine Frau. Ganz sicher. Sie war sehr schlank. Und sie hatte einen Pferdeschwanz, der so lang war.«

Er hielt seine Hand auf Schulterhöhe.

»Was für eine Haarfarbe?«

»Das konnte ich nicht so gut erkennen. Sah blond aus.«

»Nicht rot?«

»Nein, ganz bestimmt nicht. Muss ich mit einer Anzeige rechnen wegen Alkohol am Steuer?«

Gedankenverloren schüttelte Lisa den Kopf. Sie dachte an die Laufgruppe, zu der drei Frauen gehört hatten – die eine war tot, die zweite konnten sie ausschließen, weil sie rothaarig war.

»Trokic hat diese Soziologin verhört«, sagte Lisa. »Die letzte Frau aus der Laufgruppe.«

Jacob nahm das Handy und gab die Nummer ein. Er ließ es achtmal klingeln.

»Schon wieder dieser bescheuerte AB«, sagte er dann.

»Wir haben den Bericht beide gelesen«, sagte Lisa, als sie wieder im Auto saßen. »Das könnte die Frau gewesen sein, von der Tony gesprochen hat. Sie hat allerdings nichts davon erwähnt. Warum bloß? Das ist doch verdächtig. Vielleicht hat sie irgendwas mit Palle zu tun. Wir müssen das ganz diskret überprüfen. Wollen wir gleich hinfahren und sie fragen?«

Jacob schnallte sich an und legte den Rückwärtsgang ein.

»Nein, lass uns abwarten und hören, was Trokic dazu sagt. Es macht mir irgendwie ein bisschen Sorgen, dass wir ihn nicht erreichen.«

»Vielleicht braucht er nur etwas Ruhe. Inzwischen können wir uns ja mal die Vergangenheit der Soziologin ansehen.«

50

»Jetzt wohnt da eine alleinerziehende Mutter namens Benedikte, die es von einer älteren Dame gemietet hat«, sagte der Mann und reckte die Nase in die Luft, als ob er Witterung aufnehmen wollte. »Sie hat eine Katze. Eine Langhaarkatze. Ich geb ihr manchmal Krabben und Kaviar.«

Der Mann war klein, etwa ein Meter sechzig groß, und bucklig. Essensreste klebten an seinem selbstgestrickten Pullover, und die großen Ohren waren dreckverkrustet.

»Aber Sie können sich noch gut an die Familie erinnern, die da vor zwanzig Jahren gewohnt hat, oder?«, fragte Lisa und zeigte auf das Haus, das auf der anderen Seite der Hecke stand. Isa Nielsen war kein gewöhnlicher Name. Es war nicht schwierig gewesen, die Adresse im Siriusvej zu ermitteln.

»Weil ich nämlich«, fuhr der Mann in seinem langsamen Tempo fort, »weil ich geträumt habe, dass Katzen die herrschende Rasse der Zukunft sein werden. Ja, ich erinnere mich gut an sie. Er war beim Militär. Ich hab die nie leiden können. Diese Typen, die da Karriere machen. Das hat doch was Perverses.«

Er richtete den Blick auf einen Punkt hinter Lisas Hals und seufzte, als gäbe es da etwas, was sie nicht verstehen könnten.

»Er war wohl ein großes Tier, so wie er jeden Tag die Einfahrt hochmarschierte. Seine Frau war eigentlich sehr nett. Manchmal haben wir uns über die Hecke miteinander unterhalten. Bevor ich krank wurde.«

»Was hat sie gemacht?«

»Sie war Hausfrau. Wahrscheinlich hat sie die Knöpfe von seiner Uniform poliert. Und sie hat getrunken. Ich hab immer gehört, wie sie die Flaschen in die Garage geworfen hat. Von so was bekommt man eine schlechte Haut. Ganz unnatürlich. Aber das ist ja inzwischen auch ganz natürlich in dieser semisynthetischen Wirklichkeit, in der wir leben. Diese PVC-verseuchte, manipulierte Umwelt. Mein Gott, Coca-Cola enthält ja fast schon weniger Säure als das Regenwasser und der …«

»Und die Tochter?«, fragte Lisa.

Der Mann zuckte mit den Schultern.

»Ein stilles Mädchen. Ich hab sie nie mit den anderen Kindern in der Straße spielen sehen. Ich hab ihr oft zugeschaut, wenn sie im Garten gespielt hat. Sie sehen ja, ich habe eine gute Aussicht. Einmal …«

Plötzlich sah er traurig aus, und einen Moment lang dachte Lisa, dass er Mitleid mit dem Mädchen hatte. Aber dann redete er weiter:

»Einmal flog eine Drossel gegen ihr großes Fenster. Sie lag auf der Terrasse, während sie langsam, aber sicher ihr Leben aushauchte. Das Mädchen betrachtete sie – ganz fasziniert. Danach beerdigte sie den Vogel in der Sandkiste.«

»Und?«

»Nach einer Woche grub sie ihn wieder aus. Riss ihm die Federn aus und trug ihn den ganzen Tag mit sich herum. Zum Schluss hab ich beobachtet, wie sie ihn im Wohnzimmer auf den Fußboden warf. Das heißt, ich nehme das zumindest an, ihre Mutter hat jedenfalls ganz grässlich geschrien. Der Vogel muss ja auch schon voller Maden gewesen sein.«

Ein unbehagliches Gefühl beschlich Lisa. Sie starrte ihn an und machte sich ganz klein in ihrer Jacke.

»Sie wissen nicht zufällig, wo sie hingezogen sind?«

»Nein. Ich glaube, das Mädchen kam in eine Pflegefamilie, nachdem der Vater verschwunden war. Angeblich ist er ertrunken. Damals muss sie so ungefähr dreizehn gewesen sein. Die Mutter ist vor ein paar Jahren weggezogen.«

»Wissen Sie wohin?«

Der Mann schüttelte den Kopf.

Lisa betrachtete das gelbe Haus. Es wirkte so friedlich. Beinahe unbewohnt oder als wäre lange niemand zu Hause gewesen. Aus dem Briefkasten an der Wand hing Werbung, und die Jalousien im Küchenfenster waren halb hochgezogen. Hier stand die Zeit still, es hätte genauso gut ein feuchter Septembertag Mitte der achtziger Jahre sein können.

»Vielleicht habe ich irgendwo einen Zettel mit der Adresse«, sagte der Mann. »Eigentlich weiß ich gar nicht, warum sie mir den gegeben hat. Der ist sicher im Sekretär. Aber ins Arbeitszimmer geh ich nicht mehr. Ich hab Angst vor Schlangen.«

»Ich nicht«, sagte Jacob. »Zeigen Sie mir, wo es ist, dann suche ich ihn.«

»Eines Tages wird die Welt untergehen. Dann gibt es keine Schlangen mehr.«

51

Lisa hatte das Gefühl, dass Eile geboten war, als sie am späten Nachmittag auf die Autobahn fuhren. Das war kein ungewohntes Gefühl. Ganz im Gegenteil, es war eher die Regel, dass sie gegen die Zeit arbeiteten, während Spuren erkalteten und verblassten. Aber als sie jetzt in südlicher Richtung fuhren, manifestierte sich dieses Gefühl physisch, wie ein Vakuum in ihrem Bauch, das langsam, aber sicher auch auf ihre Brust übergriff.

Im Treppenhaus roch es nach Pisse und Kohl, und sie hielt unwillkürlich die Luft an. Jacob klingelte indessen an der

Tür im Erdgeschoss. Vielleicht war die Klingel zu leise, denn es kam keine Reaktion, er klopfte also. Jetzt hörte man Schritte im Flur, und wenig später öffnete eine kleine Frau die Tür einen Spaltbreit.

»Wir sind von der Polizei. Jacob Hvid. Ich hatte Sie angerufen«, sagte er. Neben ihm trat Lisa auf der kalten Treppe von einem Fuß auf den anderen.

Das kleine Wesen blinzelte mit den Augen.

»Wo sind Ihre Uniformen?«

»Bei der Kriminalpolizei tragen wir keine Uniform.«

Er zog seine Dienstmarke aus der Innentasche und steckte sie durch die Öffnung.

»Da brauch ich meine Brille. Moment.«

Lisa unterdrückte einen Seufzer. Die Schritte entfernten sich, um gleich darauf wieder zurückzukommen. Die Frau hielt sich die Marke dicht vor die Augen. Schließlich öffnete sie die Tür.

»Hier sind so viele kranke Menschen, die nicht davor zurückschrecken, eine alte Dame zu bestehlen«, sagte sie und starrte sie nach wie vor misstrauisch an.

»Das weiß ich. Aber wir sind ganz harmlos«, versprach Jacob. »Wir sind nur hier, weil wir Ihnen ein paar Fragen zu Ihrer Tochter stellen wollen.«

Sie folgten der Frau in ein kleines, dunkles Zimmer mit braunen Teppichen. Im Fernsehen lief eine Quizsendung mit einem abgehalfterten Moderator. Es gab keine Pflanzen im Raum, und es roch nach Zigarillos.

»Ich habe keine Tochter«, sagte sie. »Möchten Sie Kaffee?«

»Nein danke. Ich hab heute auf dem Revier schon mehr als genug getrunken«, meinte Jacob.

»Ich auch«, erklärte Lisa.

»Na dann.«

Mit zitternden Händen schenkte sie sich eine Tasse ein. Sie hätte gern einen Schluck aus der Schnapsflasche gehabt, die unter dem Tisch versteckt stand, das entging Lisa nicht. Sie merkte nun auch, dass sie das Alter der Frau ganz falsch geschätzt hatte. Sie konnte kaum älter als sechzig sein, aber die gekrümmte Haltung und die aufgedunsene Haut ließen sie älter wirken. Man konnte sich nur schwer vorstellen, wie sie früher einmal ausgesehen hatte.

»Sie haben also keine Tochter?«, fragte Lisa.

»Ich hatte mal eine. Vor vielen Jahren.«

»Was ist aus ihr geworden?«

»Sie ist ausgezogen.«

»In eine Pflegefamilie?«

»Nein, für sich allein. Sie wollte mich nicht mehr sehen. Eines Tages ist sie nach Hause gekommen, hat ihre Sachen genommen und ist ausgezogen. Ich habe sie nie wiedergesehen. Das war, kurz nachdem mein Mann verschwunden war.«

»Wie alt war sie da?«

»Vierzehn.«

»Das ist früh, um von zu Hause auszuziehen. Wie ist das denn gegangen?«

Mary Nielsen verbarg das Gesicht in den Händen. Einen Augenblick befürchtete Lisa, dass sie weinte, und sie sagte sanfter: »Ich weiß, es ist schwer, darüber zu sprechen.«

»Nein. Irgendwas stimmte einfach nicht mit ihr. Ich weiß auch nicht, wie so etwas möglich ist.«

»Könnten Sie Genaueres erzählen?«

»Sie war einfach bösartig. Stellen Sie sich vor, sie hatte ein Katzenbaby, und eines Tages kam ich ins Badezimmer, und da lag es mit zertrümmertem Schädel auf dem Boden. Sie hatte es auf die Fliesen geworfen, weil es angeblich in ihre Schultasche gepinkelt hatte. Mein Mann hat auf jede mögliche Weise versucht, einen anständigen Menschen aus ihr zu machen. Sie war sein kleiner Schatz. Wir hatten ja nur sie, ich konnte keine Kinder mehr bekommen.«

»Und Ihr Mann ist ertrunken?«

»Er ist am 5. August vor siebzehn Jahren verschwunden. Weder die Leiche noch das Boot sind je gefunden worden, und irgendwann wurde er dann für tot erklärt.«

»Ist er allein rausgefahren?«

»Ja, er war oft angeln. Aber er war ein guter Segler. Manchmal hat er Isa mitgenommen, aber an diesem Tag nicht. Aber warum stellen Sie all diese Fragen? Ist sie auch tot? Sind Sie gekommen, um mir das mitzuteilen?«

»Nein, Ihrer Tochter fehlt nichts.«

»Ja dann«, wiederholte sie. »Aber, wie gesagt, ich habe in all den Jahren nichts von ihr gehört, und wenn ich ehrlich sein soll, will ich das eigentlich auch gar nicht. Ich hab nicht mal Lust, irgendwas über ihr heutiges Leben zu erfahren.«

»Das respektieren wir auch«, sagte Jacob.

Eine Pause entstand.

»Was haben die Behörden dazu gesagt, dass sie in diesem Alter bereits allein wohnte? Waren die nicht mit einbezogen?«, fragte Lisa.

»Natürlich müsste man ihnen so was melden«, fuhr die Frau fort. »Das habe ich aber nicht getan. In den ersten Jahren wusste ich, wo sie wohnte. Die Wohnung lief auf meinen Namen. Bis sie achtzehn wurde, habe ich jeden Monat einen Betrag an sie überwiesen, damit sie die Wohnung bezahlen und sich etwas zu essen kaufen konnte.

Ich bekam ja die Lebensversicherung von meinem Mann und konnte mir das leisten. Keine Ahnung, wie sie sonst zurechtgekommen ist, aber sie hat immer einen Weg gefunden. So war sie schon als kleines Mädchen. Sie hat nie gefragt. Immer nur alles selbst herausgefunden.«

»Wie hat sie sich mit ihrem Vater verstanden?«, fragte Jacob.

»Wie ich schon sagte: Sie war widerwärtig. Aber er vergötterte sie. Jede zweite Woche hat er ihr neue Kleider gekauft.«

Ihr Blick verlor sich in der Ferne. Lisa schaute auf die Uhr. Es war spät, heute Abend konnten sie nicht mehr viel ausrichten. Wer war Isa? Die junge, beliebte Soziologin? Oder das Ungeheuer, das ihnen gerade beschrieben worden war?

52

Wie Trokic gehofft hatte, brannte Licht in der alten, weiß verputzten Villa, die ein wenig von der Straße zurückgesetzt lag. Kleine, rund zurechtgestutzte Büsche standen wie pummelige Zwerge Spalier am Weg zum Haus. Hier wohnte der Rechtsmediziner schon all die Jahre, die Trokic ihn kannte. Das Haus, das in einem der besten Viertel der Stadt lag, hatte er von seinem Vater geerbt, ebenso wie den Beruf, den auch schon sein Großvater ausgeübt hatte. Hier konnte keine Rede sein von angelerntem Wissen, es war eher wie eine von Generation zu Generation weitergegebene Glaubensrichtung.

»Setz dich«, sagte Bach, nachdem er ihn in das große Wohnzimmer des Hauses geführt hatte. Er schien nicht im mindesten überrascht zu sein, den Kommissar zu so später Stunde zu sehen. Ein Stapel Papier auf dem kleinen Lesetisch zeugte davon, dass der Rechtsmediziner sich mit einem wissenschaftlichen Bericht über Ballistik beschäftigt hatte.

»Was ist mit deinem Kopf passiert?«

»Ist 'ne längere Geschichte. Zuerst ein paar Fragen«, sagte Trokic.

»Ich nehme an, du willst über die Hand reden? Ich bin erst vor einer halben Stunde nach Hause gekommen. Eigentlich wollte ich dich morgen früh anrufen, aber jetzt bist du mir zuvorgekommen. Cognac?«

Bach öffnete einen Schrank und holte zwei Gläser heraus, ohne die Antwort abzuwarten.

»Ich muss wissen, woher sie stammt«, fuhr Trokic fort.

»Das ist ein ungewöhnliches Exemplar«, sagte sein Gastgeber nachdenklich.

»Kannst du sagen, wie alt sie ist?«

»Nicht genau. Ein Konservator könnte das vielleicht.«

Trokic lehnte sich im Sessel zurück und streckte die Beine aus.

»Okay, was kannst du mir sonst noch sagen?«

»Ich bin einer plötzlichen Eingebung gefolgt und hab sie auf Pulverrückstände getestet. Positiv.«

Trokics Hirn arbeitete auf Hochtouren. Lag da irgendwo noch eine dritte Leiche? Aber das Gebiet um die beiden Leichen war doch schon gründlich abgesucht worden. War es möglich, dass sie an einer Stelle vergraben lag, die nicht mehr ins Auge fiel?

Der Rechtsmediziner fuhr fort, als habe er seine Gedanken gelesen.

»Unter den Fingernägeln habe ich Sandkörner gefunden. Das muss nicht unbedingt mehr bedeuten, als dass der Besitzer irgendwo gewesen ist, wo es sandig ist.«

»Ein Strand«, sagte Trokic nachdenklich. »Und Pulverreste? Hat er die Waffe selbst abgefeuert?«

»Ganz bestimmt. Es war immer noch ein Muster zu erkennen.«

»Ein Kampf«, sagte Trokic wie zu sich selbst. »Es hat ein Kampf stattgefunden.«

»Das ist nicht gesagt«, wandte Bach ein. »Es gibt haufenweise Menschen, die zum Schießtraining gehen. Oder bei ihrer Arbeit mit Waffen zu tun haben. Du zum Beispiel.«

»Stimmt.«

Trokic dachte an den Wald. Den stillen Wald. Was bedeutete er dem Mörder? War er für ihn nur ein abgelegenes Gelände? Wohl kaum. Irgendetwas sagte ihm, dass es hier eine Verbindung geben musste. Und die Antwort war zum Greifen nah.

»Weißt du was?«, sagte Bach. »Mir fällt da gerade ein Typ ein, den ich kenne, der vielleicht mehr dazu sagen könnte. Er ist Archäologe und hat seine Examensarbeit über Konservierung geschrieben. Er weiß alles über solche Sachen. Ich suche seine Nummer heraus und schicke dir eine SMS.«

»Danke. Das wäre genial.«

Sie schwiegen und ließen sich von ihrem Cognac wärmen.

»Warst du in letzter Zeit mal in Kroatien?«, fragte Bach dann.

»Seit dem Frühjahr nicht mehr. Zu Weihnachten fahre ich runter. Zu meiner Cousine und ihrem Mann.«

Der Rechtsmediziner starrte auf einen Punkt an der Wand.

»Weißt du, dass ich mit einer Gruppe von Kollegen da unten war, um Leichen aus Massengräbern zu identifizieren?«

»Nein«, sagte Trokic überrascht.

»Waren ja auch nur ein paar Wochen. Ich hielt es für meine Pflicht«, sagte Bach. »Ich weiß eigentlich nicht, warum. Vielleicht weil es so wenige sind, die diese Art Arbeit machen können, und den Hinterbliebenen bedeutet es so viel.«

Sie plauderten noch über dies und das, bis Trokic müde wurde.

»Ich muss mal ausschlafen, ich bin völlig platt. Erst mal vielen Dank.«

Bach lächelte.

»Ach weißt du, ich freu mich, wenn ich helfen kann.«

53

Nach den vielen Stunden in der trockenen Luft und dem kalten Licht im Büro fingen ihre Augen an zu brennen. Sie musste dringend nach Hause fahren und schlafen. Flink bewegten sich ihre Finger über die silbergraue Tastatur. Sie war fast fertig mit dem Bericht für Agersund, in dem sie die Verhöre des Tages zusammengefasst hatte. Er sollte ihn gleich am nächsten Morgen lesen können. Da hörte sie hinter sich die Tür aufgehen und die Schritte, die ihr mittlerweile mehr bedeuteten als sonst irgendetwas seit langer, langer Zeit.

»Kaffee.«

Er stellte ihr einen Becher auf den Tisch.

»Hast du immer noch nicht mit Trokic gesprochen?«

Er schüttelte den Kopf.

»Das ist doch schlicht unfassbar mit seinem Handy. Warum besorgt er sich kein neues? Wir können doch nicht hier sitzen und etwas so Wichtiges anfangen, ohne dass er Bescheid weiß. Das Beste wäre noch, wenn wir hinterher einen Anschiss kassieren, weil wir ihm nichts erzählt haben. Andererseits sollten wir langsam wirklich zusehen, dass wir nach Hause kommen und unseren Schlaf kriegen.«

»I know. Aber die Sache mit dem ertrunkenen Vater ... Ich will mir den Bericht dazu noch ansehen.«

»Ich suche ihn raus, während du schreibst. Hoffentlich ist der elektronisch abgespeichert, sonst müssen wir bis morgen warten und uns eine der Sekretärinnen greifen.«

Es wurde kühler im Raum, als er ihn verließ, und sie rieb sich die schmerzenden Muskeln. Starrte ins Leere und ließ die Buchstaben auf dem Monitor vor ihren Augen verschwimmen. Um zehn vor zwölf hörte sie das Telefon in Trokics Büro. Wer rief denn so spät noch auf der Durchwahl an? Sie drückte die Acht und nahm das Gespräch selbst entgegen.

»Ja?«

»Ich weiß, es ist spät.«

Sie erkannte die gebieterische, sonore Stimme am anderen Ende der Leitung sofort wieder. Hanishka.

»Ich glaube nicht, dass Palle sich selbst das Leben genommen hat«, begann er.

Lisa spürte ein Ziehen und eine Schwere in den Muskeln, und für einen Augenblick ahnte sie beinahe, was er sagen würde. Wie auch immer das Ganze zusammenhängen mochte, Palle war unschuldig. Ebenso wie Søren Mikkelsen. Sie waren blind und auf das Sperma fixiert gewesen.

»Ich glaube, Sie sollten morgen früh vorbeikommen. Palle wusste, wer Anna Kiehl getötet hat. Und wenn Sie seine Tagebücher lesen, wissen Sie es vielleicht auch.«

Montag, 29. September

54.

Lisa lag wach und starrte auf den schlafenden Mann an ihrer Seite. Die Morgensonne warf ihre weichen Strahlen auf ihn. Es war so ungewohnt für sie, einen Mann in ihrem Bett zu haben. In den letzten Jahren war es bei beziehungslosem Gerangel in fremden Betten geblieben, und sie war immer verschwunden, ehe der Morgen angebrochen war. Meistens hinterließ sie dabei keine Auskünfte über sich. Vermutlich die sicherste Methode, Zurückweisung zu vermeiden. Doch dieses Exemplar hier gab Wärme an ihre Decken ab und hatte ihren Körper mit seinem Duft markiert, und einen Moment überlegte sie, ob sie vielleicht endlich den Richtigen gefunden hatte.

Am Vorabend hatte er zwar noch die Akte über den ertrunkenen Offizier herausgesucht, aber dann war stattdessen das Gespräch mit Hanishka in den Mittelpunkt gerückt. Sie waren zusammen nach Hause gegangen, doch keiner von ihnen hatte schlafen können. Beide waren sie nach den vielen Arbeitsstunden seltsam überdreht und konnten nicht richtig zur Ruhe kommen. Schließlich hatten sie sich mit einer Intensität geliebt, die die Zeit zum Stillstand brachte. Sie schaltete den Wecker aus, damit er nicht klingelte, und stand auf. Jacob murmelte zufrieden im Schlaf. Erst überlegte sie, ob sie Frühstück machen sollte, mit Würstchen, Rührei und ein paar dicken Speckscheiben. Aber dazu war keine Zeit. Sie mussten sich unterwegs mit etwas Schnellem behelfen. Sie ließ Jacob eine Viertelstunde länger schlafen, während sie den Bericht über Isa Nielsens verschwundenen Vater las.

Das Salatblatt in dem Sandwich, das schließlich das Frühstück ersetzte, war nicht gerade das knackigste, das ihr je untergekommen war. Die Tomaten waren mehlig und hatten das weiße Brötchen von innen aufgeweicht, eine ziemlich matschige Angelegenheit. Auf dem Weg zum Haus der Sekte steuerte Jacob das Auto nach ihren Anweisungen gewandt durch die Stadt. Sie hatten Trokic nochmals zu Hause angerufen, aber es war niemand an den Apparat gegangen, und auf dem Handy schaltete sich nach wie vor bei jedem Anruf die Mailbox an. Bei dem Gedanken, ihm von den neuesten Erkenntnissen zu berichten, konnte sie kaum stillsitzen. Gleichzeitig machte sie sich aber auch Sorgen, denn vielleicht streifte ihr Kollege allein umher, und das konnte er in seinem angeschlagenen Zustand mit Sicherheit nicht lange durchhalten. Oder war ihm gar etwas zugestoßen? Zu guter Letzt war Agersund auch noch auf die Idee verfallen, dass sie wusste, wo Trokic war, und es nicht sagen wollte, und das nervte sie furchtbar.

»Da lang.«

Sie zeigte mit dem Finger geradeaus in Richtung Dalgas Avenue, während sie sich das Handy ans Ohr hielt. Am anderen Ende wurde sofort abgenommen.

»Sie klingen so jung«, sagte der Leutnant, als sie sich vorgestellt und sich für den Zeitpunkt ihres Anrufs entschuldigt hatte. Sie konnte hören, dass im Hintergrund Geschirr klapperte. Frühstück.

»Die Stimme trügt.« Sie lächelte.

»Ich bin pensioniert.«

»Das konnte ich mir beinahe denken. Wir brauchen Auskunft über einen Ihrer Vorgesetzten, der vor siebzehn Jahren verschwunden ist. Konrad Nielsen. Ihr Name ist in seiner Akte aufgeführt.«

»An Nielsen erinnere ich mich sehr gut. Er war mehr als zehn Jahre bei uns in Vordingborg stationiert. Wir hatten viel gemeinsam. Er war Angler, wie ich.«

Sie konnte hören, dass er lächelte.

»Wir haben den größten Teil unserer Freizeit damit verbracht. Im Laufe der Jahre ist eine gute Freundschaft daraus geworden. Er hat sich sehr dafür begeistert und sich sogar eine eigene Jolle gebaut. Aus Glasfaser. Und hat sie blau lackiert. Schön war sie nicht, aber er war enorm stolz drauf. Wir haben viele Ausflüge damit gemacht, und wir sind auch noch in Verbindung geblieben, als er nach Jütland versetzt wurde.«

»Wann war das?«

»Sein Umzug? Ende der Siebziger. In dem Jahr, in dem wir einen der härtesten Winter überhaupt hatten. Einen richtigen Eiswinter. Ich erinnere mich deswegen daran, weil wir zusammen Silvester gefeiert haben, kurz bevor er abreiste. Er und seine Frau und meine mittlerweile verstorbene Frau und ich. Die beiden haben sich an diesem Abend gestritten, und da sind wir nach Hause gefahren. Ich hab nie verstanden, warum Leute ihre Meinungsverschiedenheiten vor anderen austragen müssen. Es war richtig peinlich.«

»Worum ging es denn?«, fragte Lisa.

»Das weiß ich nicht mehr.«

»Wie war er sonst?«

»Ein Mann, der viel auf Ordnung hielt. Hmm ... sehr diszipliniert. Gute Eigenschaften, wenn man im Heer Karriere machen will. Ein wortkarger Mann. Seine Frau hat er in London kennengelernt – als sie noch sehr jung war, hat sie eine Weile da drüben gearbeitet. Sie war Hausmädchen bei einem britischen Major, einem Freund von Konrad. Später haben sie ihn jeden Sommer besucht.«

»Was war mit der Tochter?«

»Was soll mit ihr gewesen sein?«

»Wie war sie?«

»Wir haben nicht viel von ihr zu sehen bekommen. Normalerweise war sie in ihrem Zimmer, wenn wir da waren.«

»Hat er über sie geredet?«

»Nein, er redete selten über seine Familie, es blieb bei Andeutungen. Aber soviel ich weiß, hat er sie vergöttert.«

Lisa legte Jacob eine Hand auf den Oberschenkel.

»Haben Sie in dem Jahr, in dem er verschwand, irgendeine Veränderung in seinem Verhalten bemerkt?«

»Nein. Aber wir haben uns ja eigentlich auch nicht mehr gesehen. Danach waren Gerüchte in Umlauf, er habe sich das Leben genommen.«

»Und, was glauben Sie?«

»Ich glaube, er ist eines Tages ordentlich beschwipst mit der Jolle rausgefahren, hat einen falschen Schritt gemacht und ist ins Wasser gefallen. Und wenn es schon so kommen musste, dann war das bestimmt nicht der schlimmste Tod für ihn. Das war sein Element.«

»Ging er allein angeln?«

»Nein, in der Regel mit einem Freund oder mit seiner Tochter. Aber an jenem Tag offenbar nicht. Mehr weiß ich nicht. Seitdem hab ich nie wieder mit jemandem von seiner Familie gesprochen. Ich glaube nicht, dass ich Ihnen sonst noch irgendwas sagen kann.«

Sie dankte ihm für seine Hilfe, und im selben Moment parkte Jacob das Auto auch schon vor der verwahrlosten Villa.

55

Seit einer Woche war sie schon nicht mehr zur Arbeit gegangen. Es war auch bald eine Woche her, dass sie die Wohnung überhaupt verlassen hatte. Irgendwie wurde es immer schwerer für sie, sich auf banale Dinge zu konzentrieren, wenn ein interessantes und wichtiges Projekt anstand, das sie richtig forderte.

Ihre Zeit an diesem Ort näherte sich dem Ende. Sie hatte sich schon so lange aus dieser besudelten, schmutzigen Stadt weggewünscht. Doch sie träumte noch immer von ihm. Von Christoffer. Sie hatten über London gesprochen. Sie kannte dort eine Gegend in einem der Vororte, wo immer etwas los war, mit breiten Straßen und hübschen Reihenhäusern. Auf einem Blatt Papier hatte sie eines der Häuser für sie eingerichtet, und er hatte zugegeben, dass das der richtige Ort für sie sein könnte. Mit einem schönen Garten. Vielleicht sogar Kindern. Und er hätte es möglich machen können, wenn er gewollt hätte, wenn er nicht die andere getroffen hätte. Ihr Herz hatte um die beiden geweint.

Aber für sie war es noch nicht zu spät. Sie würde ihr Haus selbst finden und sich dort niederlassen. Noch war es möglich. Sie lachte vor sich hin, als sie an den kleinen schwarzen Diplomatenkoffer mit dem Umschlag dachte.

Ihr fehlte der Geruch im Schlafzimmer. Im Laufe des Tages hatte sie es mehrmals ernsthaft bereut, ihre Trophäe ausgestellt zu haben. Das war unüberlegt gewesen, aber sie hatte nicht widerstehen können. In gewisser Weise hatte sie damit den Kreis geschlossen und ihre Vergangenheit endgültig hinter sich gelassen. Andererseits konnte sie ohne ihre Trophäe nur schlecht einschlafen, und sie überlegte, ob es vielleicht eine Möglichkeit gab, sie zurückzubekommen. Doch das schien undenkbar. Schließlich stand sie auf und wanderte zwischen den Kartons umher, in denen ihre Habseligkeiten verstaut waren. Die kahlen Wände wirkten kalt, und sie fror.

Im Laufe des Tages waren drei Paare da gewesen und hatten sich die Wohnung angesehen, die in den letzten fünf Jahren ihr Zuhause gewesen war. Sie war ziemlich sicher, dass das letzte Paar, eine hochschwangere rothaarige Journalistin und ihr dünner, nichtssagender Mann, die Wohnung kaufen würden. Die meisten Möbel war sie schon losgeworden, und zwar für einen ganz ordentlichen Preis. Aber das war nichts gegen das, was sie noch bekommen würde. Bald. In ein paar Stunden würde sie diesen Ort für immer verlassen. Nur eines blieb jetzt noch zu tun. Sie starrte auf das gelbe Fell, das sich in der Wohnzimmerecke langsam hob und senkte.

56

Diesmal wirkte Hanishka gar nicht angriffslustig, als er die Tür einen Spaltbreit öffnete und hinauslugte.

»Kommen Sie rein, aber ziehen Sie bitte die Schuhe aus.«

Er wirkte bedrückt und unruhig, und obwohl haufenweise Menschen im Haus waren, hatte sie den Eindruck, dass alle barfuß umherschlichen und jedes Geräusch vermieden.

»Sie haben im Fall Palle also nichts Neues herausgefunden?«, fragte der Sektenführer.

Jacob setzte ihm den Stand der Ermittlungen und Palles Rolle auseinander.

»Wir vermuten also, dass er sich am Ende eben doch das Leben genommen hat.«

»Ich glaube nicht«, sagte Hanishka. »Ich bin sogar sicher, dass er das nicht getan hat. Wie gesagt, Palle kam vor ein paar Monaten zu uns.«

»Hat er jemals etwas über sich erzählt?«

»Am Anfang hat er nicht gesagt, warum es ihm so schlecht ging. Es dauerte eine ganze Weile, bis er anfing, darüber zu sprechen, in erster Linie wohl, weil er anfangs völlig entkräftet war. Aber wir konnten heraushören, dass er schrecklichen Liebeskummer hatte und dass eine Frau ihn an den Rand des Wahnsinns getrieben hatte. Es war aber eine seltsame Geschichte, ungeachtet dessen, was man von Ihrer Welt halten mag. Bis dahin war er nämlich ein sehr guter Student gewesen. Einer der besten, wie er selbst sagte. Aber in ihm war etwas zerbrochen. Mit Gottes Hilfe kam er jedoch wieder auf die Beine.«

Ja genau, ersetz einfach die eine Psychose durch eine andere, dachte Lisa und merkte, wie sie zu einem kleinen Lächeln ansetzte, das sie sich aber schnell verbiss. Bis das Gegenteil bewiesen war, hatten diese Leute nichts Böses getan. Doch ihr war hier nicht ganz wohl in ihrer Haut.

»Aber warum haben Sie dann angerufen?«, fragte sie.

Hanishka nestelte an dem Symbol, das er um den Hals trug.

»Ich habe beim Aufräumen im Keller einen Karton von Palle gefunden. Da waren Tagebücher drin, in denen es um seine Geliebte geht. Er hatte eindeutig unheimliche Angst vor ihr.«

Hanishka sah ihr in die Augen.

»Er verdächtigte sie, irgendetwas Grauenhaftes getan zu haben. Er war der, der Sie angerufen hat. Und ich glaube, deshalb ist er jetzt tot.«

57

Sie spürte, dass man ihre Fährte aufgenommen hatte, und jetzt nagte die Angst an ihr, jemand könnte sich ihrer Zukunft in den Weg stellen. Sie schwitzte, und ihr hochanalytisches Gehirn lief auf Hochtouren. Alles war in bester Ordnung gewesen, bis dieser verrückte Palle anrief und behauptete, er wisse Bescheid. Wie konnte er es wagen! Sie hatte ihn gemocht, seine maßlose Bewunderung für sie hatte ihr gefallen, und eine Weile hatte sie es sogar genossen, wie er ihr hinterherlief. Doch wie gewöhnlich hatte es nicht lange gedauert, bis sie seine unintelligenten Kommentare leid war und all die Fragen, die sie ununterbrochen beantworten musste. Ganz zu schweigen davon, dass er brüllte wie ein brünstiger Ziegenbock, wenn sich seine Körperflüssigkeiten in sie ergossen.

Aber unterm Strich war er ganz nett gewesen, und manchmal vermisste sie ihn jetzt sogar. Dass er sich in diesem Ausmaß gegen sie wenden würde, hätte sie sich selbstverständlich bis zuletzt niemals vorstellen können. Nach seinem Gefasel über Gott und das kommende Reich hatte sie ihn nicht ohne ein gewisses Vergnügen dazu verleitet, den Schierlingssaft zu trinken.

Auf jeden Fall war sie froh, dass es jetzt vorbei war. Der Tod war so viel anders gewesen, als sie ihn sich vorgestellt hatte, und jedes Mal hatte sie sich gewundert, wie viel Wahrheit in diesem Spruch »zu Erde sollst du wieder werden« lag. Denn wenn das Leben den Körper erst einmal verlassen hatte, verwandelte er sich schnell in ein Abfallprodukt. Für solcherlei Unappetitlichkeiten hatte sie gar nichts übrig. Doch die Zukunft hielt ja auch schon etwas ganz anderes für sie bereit. Ihre Eudaimonia. Sie nahm die große Reisetasche auf und trug sie zum Auto.

58

Lisa erwiderte Hanishkas eindringlichen Blick.

»Aber er muss sie selbst hereingebeten haben.«

»Vielleicht wollte er ihr Gottes Licht schenken«, meinte Hanishka.

»Das verstehe ich nicht.«

Er legte den Kopf schräg.

»Vielleicht wünschen auch Sie sich eines Tages, dass Ihnen jemand Barmherzigkeit erweist. Vielleicht wollte er Vergebung für sie finden.«

»Wir möchten die Tagebücher sehen«, verlangte Jacob ungeduldig.

»Deshalb habe ich Sie ja auch angerufen.«

Hanishka erhob sich geräuschvoll.

»Folgen Sie mir.«

Sie gingen in den rückwärtigen Teil des Hauses, und plötzlich fröstelte Lisa. Diese Räume wurden offenbar nicht besonders oft benutzt und daher auch nicht geheizt. Sie spürte Spinnweben im Gesicht. Hanishka öffnete eine Luke und zeigte in die Tiefe.

»Sie sind dort unten. In dem Karton in der Ecke. Auf der Vorderseite steht sein Name. Ich mache Ihnen Licht an.«

Rückwärts kletterten sie die Leiter hinunter, Lisa wäre fast mit dem Kopf an die nackte Glühbirne gestoßen, die von der Decke baumelte. Eine Kiste verrotteter Äpfel zu ihrer Rechten verströmte einen intensiven Fäulnisgeruch. Sie ging auf den Karton in der Ecke zu und nahm eines der Bücher heraus. Es war abgegriffen, die Schrift war klein und deutlich.

»Alles in Ordnung?«, rief Hanishka von oben.

»Ja«, antwortete Jacob.

Lisa nickte und begann mit dem ersten Buch. Was sie las, erfüllte sie mit Grauen.

»Mein Gott. Die müssen wir so schnell wie möglich ins Büro schaffen.«

Eine gute Stunde später hatten beide die Tagebücher durchgesehen. Jacob sammelte sie zusammen.

»Wir fahren zu ihr und holen sie. Ich hinterlasse Trokic eine Nachricht auf dem AB. Der dreht völlig ab, wenn er das hört.«

59

Die Tür zum Treppenhaus stand offen, und eine Katze rannte fauchend an Lisa und Jacob vorbei, als sie eintraten. Mitten auf der Treppe blieb Lisa unvermittelt stehen. Ihr war plötzlich etwas eingefallen.

»Der Leutnant hat gesagt, die Jolle sei blau gewesen. Aber in dem Bericht stand was von einer roten Jolle.«

»Was sagst du da?«, fragte Jacob.

»Im Bericht stand, dass Konrad Nielsen mit seinem Boot zum Angeln rausgefahren war und dass man am Strand und auf dem Meer danach gesucht hat, als er nicht mehr heimkam. Dabei war aber immer von einer roten Jolle die Rede, so hat seine Tochter das Boot nämlich beschrieben. Doch der Leutnant hat mir erzählt, Nielsen habe sein Boot selbst gebaut. Und blau lackiert.«

»Was bedeutet das?«

Sie tauschten einen Blick, und Lisa spürte die Kälte im Treppenhaus. Ihr Mitgefühl für das Kind, das seinen Vater auf dem Meer verloren hatte, war auf einen Schlag verschwunden. Die Schlussfolgerungen, die sich ihr aufdrängten, überstiegen jedoch fast ihr Vorstellungsvermögen.

»Ich glaube, Isa hat damals auch schon gern Geschichten erzählt. Sie hat die Polizei nach einem falschen Boot suchen lassen. Die Jolle des Vaters sollte offenbar nicht gefunden werden. Und der Vater vermutlich auch nicht.«

»Das klingt alles ziemlich weit hergeholt, aber ich muss zugeben, es sieht ganz so aus. Vielleicht hat sie selbst eine Erklärung dafür. Können wir sie verhaften?«

»Versuchen wir erst mal, sie so mit aufs Revier zu nehmen, damit sie nicht völlig dichtmacht. Vielleicht sollten wir sagen, dass wir über Palle reden möchten.«

Aber im vierten Stock war kein Schild mehr an der Tür. Lisa klingelte. Wo das Namensschild gewesen war, saßen nur noch zwei kleine Schrauben. Sie rüttelte leicht an der Tür. Abgeschlossen.

»Die schöne Sally ist weg.«

Sie zuckte zusammen, als sie die dünne Stimme hörte. Als sie sich umdrehte, sah sie einen kleinen Jungen von etwa fünf Jahren, der sich hinter ihnen auf eine Treppenstufe gesetzt hatte.

»Wann ist sie weggegangen?«, fragte sie.

»Vor 'n paar Stunden oder so.«

»Weißt du, wo sie hinwollte?«

Er schüttelte den Kopf.

»Sie hat mir immer Bonbons gegeben. Die mit dem rotweißen Papier drumrum.«

»Und wie heißt du?«

»Milton.«

»Okay, Milton, zeigst du uns mal, wo die Mülleimer stehen?«, fragte Lisa.

»Bist du von der Müllabfuhr?«

Lisa sah, wie Jacob sich auf die Lippe biss.

»Könnte man so sagen«, bestätigte sie.

Sie folgten dem kleinen Jungen die Treppen hinunter

und hofften inständig, dass Isa Nielsen vor ihrem Auszug aufgeräumt und einen Haufen interessanter Sachen in den Müll geworfen hatte. Aber die grünen Abfallcontainer waren leer, abgesehen von zwei schwarzen Säcken mit Gartenabfällen, die nach abgeschnittenen Lärchenzweigen rochen.

»Wann werden bei euch denn die Mülltonnen geleert?«, fragte Jacob den Kleinen.

»Weiß nicht. Soll ich mal meine Mama fragen?«

»Never mind.«

»Was?«

»Egal. Danke für deine Hilfe.«

In der einen Ecke des Containers schimmerte etwas hinter einem Müllsack.

»Hol mir doch mal einen Stock, Milton.«

Einen Augenblick später hatte Jacob einen langen Zweig in der Hand. Enttäuscht betrachteten sie den Gegenstand, den er aus dem Container gefischt hatte. Es war ein brauner, weicher Lederriemen mit Stahlnieten.

»Das ist das Halsband von dem gelben Hund«, verkündete Milton. Eine tiefe Falte bildete sich auf seiner kleinen Stirn. »Aber sie hat doch gesagt, dass er ihr weggelaufen ist.«

60

Ihm war immer noch schwindelig, als er aus der Stadt hinausfuhr. Vor einer Stunde war er vom Sofa hochgeschreckt, doch die Bilder von den zähnefletschenden

Kaninchen hatte er immer noch vor Augen. Graue, abgemagerte Kaninchen aus einem Dorf in der Nähe von Goria. Kaninchen, die zu Hunderten auf einem kleinen abgelegenen Hof gezüchtet worden waren. Kaninchen, die das serbische Heer hatte verhungern lassen, weil man nach der Ermordung der Besitzer versäumt hatte, die Käfige zu öffnen. Dieses Bild konnte er einfach nicht mehr loswerden. Neun Stunden hatte er geschlafen. Fast zehn. Wie bewusstlos. Fieberheiß war er ins Bad gegangen, hatte ein paar Paracetamol genommen und sich kaltes Wasser ins Gesicht gespritzt, um sich wieder einigermaßen fit zu machen.

Er wollte das Handy einschalten, aber es reagierte nicht. Also suchte er das Ladegerät heraus, das man an den Zigarettenanzünder im Auto anschließen konnte, und steckte es in die Tasche. Mit der Beantwortung eventueller Anrufe musste er warten, bis sein Handy wieder zum Leben erwachte, und wenn jemand etwas Wichtiges von ihm wollte, musste er sich eben gedulden, bis er ins Büro kam.

»Ich gestehe, ich habe keine große Erfahrung mit so etwas, hauptsächlich habe ich mich ja mit Leichen beschäftigt, die mehrere Tausend Jahre alt sind. Aber diese Hand hier ist ganz bestimmt ohne traditionelle Mittel, wie etwa Formalin, konserviert worden. Sie ist schon was Besonderes.«

Trokic war zu dem Archäologen gefahren, den Bach ihm empfohlen hatte. Er wohnte in einem kleinen Haus mit Reetdach, unweit vom Vorgeschichtlichen Museum, wo er arbeitete.

Der Archäologe war ziemlich ausgeflippt und jung, Ende zwanzig, schätzte Trokic. Hätte Bach nicht gesagt, dass der Typ seine Examensarbeit über Konservierung von

Grabfunden geschrieben hatte, hätte er wenig Vertrauen in ihn gehabt. Sein langer Pferdeschwanz und eine silberne Halskette mit einem Cannabis-Anhänger ließen den Mann nicht gerade wie die Autorität wirken, die Trokic brauchte.

»Normalerweise wäre sie verrottet, aber sie besteht ja hauptsächlich aus magerem Gewebe, Knochen und Haut, daher ist es nicht dazu gekommen.«

Er schenkte ihnen Kaffee ein, während er interessiert die Hand musterte.

»Danke«, sagte Trokic und griff nach seinem grünen Becher. Ein ordentlicher Humpen, den konnte er auf keinen Fall austrinken. Er sah sich um. An den Wänden hingen überall Plakate. Einige waren Ausstellungsplakate des Museums, andere Filmplakate. Sein Blick blieb an einer indisch anmutenden Frau in einem farbenfrohen Sari hängen, die an einer grauen Mauer lehnte. »Best in Bombay« stand da in orangefarbenen Buchstaben. Er hatte den Eindruck, dass der Archäologe den größten Teil seiner Zeit in diesem Zimmer verbrachte. Vom Fenster blickte man auf einen umgegrabenen Garten mit einem verfallenen Schuppen, und hinter der Hecke fingen die Stoppelfelder an.

»Und wie konnte das vermieden werden?«, erkundigte sich Trokic.

»Wahrscheinlich ist sie getrocknet worden, wie man das ja auch mit Fleisch machen kann, wenn Sie den Vergleich entschuldigen. Das Wichtigste dabei ist, die Bakterien auszuschalten und die biochemischen Prozesse in Schach zu halten. Unsere Moorleiche ist genau aus diesem Grund erhalten geblieben: Die Pflanzen haben an der betreffenden Stelle so viel Säure gebildet, dass Bakterien dort nicht leben konnten.«

»Aber …«

»Auf diese Weise kommt es zu einer natürlichen Konservierung. Das reicht aber noch nicht aus. Die Leiche muss auch ins Moor geworfen werden, während es kalt ist. Sonst würde das Innere faulen, bevor die Säure eindringen kann, und das kann …«

»Aber was würden Sie schätzen, wie alt diese Hand ist?«, unterbrach ihn Trokic, der sich keinen Vortrag über Moorleichen anhören wollte. Nach zwei Sommern in einem Kriegsgebiet wusste er sehr gut, wie sich Wärme und Bakterien auf Leichen auswirken.

»Stammt sie überhaupt aus diesem Jahrtausend?«

Der Archäologe nickte und spielte auf eine Art mit seinem Pferdeschwanz, die Trokic abstoßend fand.

»Ja, auf jeden Fall.«

»Und weiter?«

»Ich kann es nicht genau sagen …«

»Kommen Sie, nur so ungefähr. Ich brauch einen Anhaltspunkt.«

»Zwischen fünfzehn und zwanzig Jahren. Aber garantieren kann ich nicht dafür.«

Trokic schüttelte den Kopf.

»Wie kann man denn eine ganze Leiche auf diese Art trocknen?«

»Na ja, die ist nicht erst vor kurzem vom Rest des Körpers abgetrennt worden. Das ist unmittelbar nach dem Tod der Person geschehen. Oder vorher. Daran kann es gar keinen Zweifel geben. Darf ich fragen, woher Sie die haben?«

»Nein, das dürfen Sie leider nicht«, sagte Trokic geradeheraus.

Als Trokic in die Stadt zurückfuhr, hatte er nicht das Gefühl, wesentlich klüger geworden zu sein. Sein Handy war mittlerweile fast ganz aufgeladen. Er schaltete es ein und sah das Symbol für neue Nachrichten blinken. Gerade wollte er die Mailbox abrufen, als es klingelte. Die Nummer auf dem Display kannte er nicht, aber die Stimme erkannte er sofort wieder.

»Ich rufe wegen der Hand an, die Sie gefunden haben. Ich hab viel darüber nachgedacht«, sagte die Soziologin.

»Ja, das ist wirklich eine interessante Sache. Ich will unserem Fall unbedingt auf den Grund gehen, und ich glaube, diese Hand spielt dabei eine große Rolle.«

»Ach! Wie das?«

»Wir wissen jetzt, wie alt sie ist. Das macht es leichter herauszufinden, woher sie stammt.«

»Wo sind Sie gewesen?«

»Bei einem Archäologen, der auf Konservierung spezialisiert ist«, antwortete Trokic.

»Verstehe. Haben Sie die Hand mitgenommen?«

»Ja.«

»Sie haben sie also bei sich?«

»Ja. Ich bringe sie jetzt zurück ins Rechtsmedizinische Institut. Ich bin gerade auf dem Weg dorthin.«

»Ich dachte, Sie wären vielleicht an einem Gespräch interessiert. Ich würde Ihnen gern was am Strand zeigen«, sagte sie.

»Und zwar?«

»Das werden Sie schon sehen. Sie müssen nach einem blauen Boot Ausschau halten, etwas südlich vom Ørneden. Innen ist es weiß. Ein altes Boot, das schon lange nicht mehr benutzt worden ist. Ich glaube, Sie werden es interessant finden.«

»Hören Sie mal, ich habe wirklich viel zu tun mit den letzten ungeklärten Fragen in dieser Ermittlung. Was Sie mir zeigen wollen, muss also wirklich relevant sein. Ich kann einfach nicht ...«

»Glauben Sie mir, es ist relevant. Wenn wir uns in einer halben Stunde dort treffen, werde ich Ihnen etwas über die Hand erzählen.«

Trokic fiel ein, dass man unter den Nägeln der Hand Sand gefunden hatte. Ob sie irgendwelche Schlüsse über die Zeit vor ihrer Konservierung gezogen hatte? Er wollte nachfragen, aber irgendetwas in ihrer Stimme hielt ihn davon ab. Ein kindlicher Ton, als hätte sie eine Überraschung, ein Geschenk für ihn und wollte die Spannung unbedingt noch eine Weile aufrechterhalten.

»Okay, dann bis gleich.«

Er stellte das Telefon aus und wendete. Allzu weit war es nicht bis zum Ørnereden, mehr als ein paar Minuten würde er also nicht brauchen. Er überlegte, ob er Lisa oder Jacob anrufen sollte, entschied sich dann aber doch dagegen. Das hatte Agersund mit »One-man-Show« gemeint. Trokic zog es nun mal vor, sich in einen Fall zu vertiefen und allein zu bleiben. Vermutlich konnten sie ihn noch eine Weile entbehren. Trokic seufzte. Wenn er sich beeilte, schaffte er es noch, unterwegs einen Hot Dog zu essen und trotzdem in einer halben Stunde am Treffpunkt zu sein. Und dann würde er schon sehen, was Isa Nielsen für ihn hatte.

61

Die Tür zum Institut war nicht verschlossen, aber das Gebäude wirkte ganz verlassen. Lisa und Jacob liefen auf eigene Faust umher, bis sie auf einen Studenten stießen, der in tiefer Konzentration über ein Buch gebeugt saß. Als sie sich näherten, klappte er es erschrocken zu.

»Wir suchen Isa Nielsen. Wissen Sie vielleicht, ob sie heute hier ist?«, fragte Jacob.

»Sie kommen zu spät. Sie ist gerade erst hier gewesen und hat ihre Sachen geholt. Ist noch keine halbe Stunde her. Sie arbeitet nicht mehr hier.«

»Warum nicht?«

»Sie hat gekündigt. Neue Herausforderungen, sagte sie. Das war ein ziemlich harter Schlag für uns. Sie hat mehrere Jahre hier gearbeitet und war sehr beliebt. Verdammt ärgerlich, dass wir sie verlieren.«

»Hat sie gesagt, wo sie hinwollte?«, fragte Lisa.

»Vorhin? Nein.«

»Und dieser neue Job? Hat sie gesagt, wo sie in Zukunft arbeiten wird?«

»Nein. Sie sagte, sie wisse noch nichts. Nur, dass es nicht in Dänemark sein würde. Auf dem Gebiet der Soziologie passiert hierzulande nicht so viel.«

»Gibt es hier irgendwo ein Bild von ihr?«

»Wissen Sie nicht, wie sie aussieht?«

»Nein.«

Der Student erhob sich seufzend.

»Warten Sie hier, ich hole Ihnen eins.«

Kurz darauf hatten sie eine Fotokopie in der Hand.

»Ich hab das Bild vom Umschlag ihres selbstverfassten Lehrbuchs kopiert. Hoffentlich nützt Ihnen das was.«

»Perfekt. Danke.«

Lisa runzelte die Stirn und betrachtete die blonde Frau auf dem Bild. Ihr Lächeln war freundlich, aber zurückhaltend. Hatten sie sich geirrt? War das wirklich der schreckliche Mensch, den Palle in seinen Büchern beschrieben hatte? Ein pervertiertes Wesen, das es genossen hatte, ihn sexuell zu erniedrigen? Sie hatte ein bisschen zu viel preisgegeben, weil sie ihn gern als Zuschauer haben wollte. Weil sie sich verkalkuliert und ihn für harmlos gehalten hatte. Aber konnte sie denn wirklich einen Menschen getötet haben? Und das Sperma auf Anna Kiehls Körper? Palles Rolle? Wie hing das alles zusammen?

Sie waren auf dem Rückweg zum Revier. Spätestens jetzt war es dringend notwendig, mit Trokic zu reden, damit sie Informationen austauschen und die Vorgehensweise besprechen konnten. Es wurde Zeit, dass sie sich endlich abstimmten. Die Dinge entwickelten sich immer schneller. Lisa machte sich Sorgen um ihren Kollegen, denn er hatte sich eine größere Verletzung am Kopf zugezogen, und sie bezweifelte, dass er dem Rat gefolgt war, sich Ruhe zu gönnen und die Wunde behandeln zu lassen. Wo zum Teufel steckte er bloß? Jacob saß neben ihr und las den Text unter Isa Nielsens Bild.

»Wir könnten sie zur Fahndung ausschreiben«, schlug Jacob vor.

»Erst wollen wir hören, was Trokic sagt.«

Zum fünften Mal an diesem Tag gab sie Trokics Handynummer ein. Es klingelte. Endlich klingelte es.

62

Der Wind hatte noch mehr aufgefrischt, als er das Auto auf einem der kleinen Rastplätze parkte, von denen aus man zum Wasser hinuntergehen konnte. Ein Geräusch wie von Millionen raschelnder Blätter füllte seinen Kopf, und er biss die Zähne zusammen, als der kalte Wind durch die dünne Bandage drang. Die entzündete Wunde schmerzte, und auf der Kopfhaut und den Wangen spürte er, dass er bereits leichtes Fieber hatte.

Die Gegend war verlassen, abgesehen von einem kleinen blauen Toyota, der rückwärts auf den Parkplatz fuhr, wendete und dann auf den Sandweg zurückrollte. War das ihr Auto? Er sah sich um. Arglos folgte er dem kleinen Weg, der sich den steilen Abhang zur Bucht hinunterschlängelte. Über ihm hatte sich der Himmel zugezogen, leichter Regen behinderte die Sicht. Weit unten konnte er bunte Boote ahnen. Etwa hundert davon lagen auf diesem Strandabschnitt, den Rumpf mit grünen Algen überzogen. Isa hatte als Kind hier geangelt, hatte sie erzählt. Er sollte nach einem blauen Glasfaserboot Ausschau halten, hatte sie gesagt.

Mittlerweile hämmerte es schrecklich in seinem Kopf, ihm war schlecht vor Schmerz, doch jetzt gab es kein Zurück mehr. Die Antwort auf so viele Fragen war zum Greifen nah.

Als er an den Strand kam, hatte das Wasser fast schon die Boote erreicht, und die Luft war durchdrungen vom Geruch nach verrottetem Tang, den der Sturm angespült hatte. Trokic zuckte zusammen, als eine Gestalt in einem dunkelgrünen Regenmantel plötzlich hinter einer Böschung auftauchte. Aber es war nur eine Frau, die ihren Hund ausführte.

»Grässliches Wetter«, sagte sie im Vorübergehen. Aber als sie ihn genauer ansah, nahm ihr Gesicht einen verschreckten Ausdruck an, und sie zog ihren Boxer näher zu sich heran. Trokic lief weiter und ließ seinen Blick über die Boote schweifen. Wo war sie?

Da merkte er, dass er vorher vielleicht noch kurz zum Pinkeln zwischen die Bäume gehen sollte. Er sprang auf die einen Meter hohe Steinmauer und schlug sich ins Gebüsch. Er blieb stehen. Hier drinnen lagen auch Boote. Versteckt zwischen Büschen und Bäumen. Vielleicht hatte sie die gemeint? Es war aussichtslos, in der hereinbrechenden Dämmerung würde er sie bald kaum noch voneinander unterscheiden können. Also erledigte er, wozu er hergekommen war, und wollte sich auf den Weg zurück zum Strand machen. Da fielen ihm die Umrisse von einem bläulichen Boot ins Auge, das halb unter einem Wildrosenbusch versteckt war.

Mit einiger Kraftanstrengung gelang es ihm schließlich, die kleine Jolle herauszuziehen, und einen Augenblick lang war ihm ganz schwindelig. Wenn jetzt jemand vorbeikam, musste er denken, dass Trokic nichts Gutes im Schilde führte. Er musste ja auch einen seltsamen Anblick bieten, wie er mit seinem dünnen Verband im Regen stand und an einem Boot zerrte. An den dornigen Zweigen des Busches hatte er sich die Hände zerschrammt, aber das Boot lag nun frei da. Er warf einen Blick in das Loch, das es hinterlassen hatte, aber in dem Gestrüpp schien nichts mehr zu sein.

Er drehte die Jolle um. Ein ganz einfaches Glasfaserboot mit zwei Sitzplätzen. Dreck hatte sich am Boden festgesetzt, es roch leicht vermodert und sah ganz so aus, als sei es viele Jahre nicht benutzt worden. Ein altes Boot. Nichts weiter. Enttäuscht zündete er sich eine Zigarette an und dachte eine Weile über seinen Fund nach. Er wunderte sich, dass sie nicht aufgetaucht war, und er hatte keine Ahnung, ob er das richtige Boot gefunden hatte und was der Clou sein sollte. Am besten schob er das Ding wieder dahin, wo er es gefunden hatte, fuhr nach Hause, schlief und ließ sich dann von seinen Kollegen briefen.

Um ihn herum war es fast dunkel, als er das Boot die zwei Meter zwischen die Zweige zurückzog. Auf halbem Wege stolperte er, weil er mit dem Fuß an irgendetwas hängengeblieben war. Er bückte sich, um die Stelle genauer zu untersuchen. Neben seinem Fuß ragte ein Stück schwarzes Plastik aus dem Boden. Vorsichtig packte er es und zog daran. Es saß ziemlich fest, und er begriff, dass er auf dem Rest eines halbvergrabenen Sackes stehen musste, also trat er einen Schritt zur Seite und zerrte noch einmal. Jetzt ließ sich der schwarze Plastiksack aus der Erde ziehen. Vor Aufregung hatte Trokic einen ganz trockenen Mund, als er sich hastig umschaute und dann den Sack öffnete.

Er sah hinein. Der Geruch war so schwer und faulig, dass er zurückfuhr. Reflexartig krampfte sich sein Magen zusammen, und beinahe hätte er sich übergeben. Vorsichtig rollte er das schwarze Plastik herunter, ließ den ekelhaften Geruch aufsteigen und von der Meeresbrise davontragen.

Einen Moment lang glaubte er, der Sack enthalte Teile eines verwesenden Menschen, der Gestank wies nämlich die unverkennbaren Charakteristika auf.

Er wühlte in seinen Taschen und fand einen Kugelschreiber und eine kleine Taschenlampe. Mit diesen

Werkzeugen konnte er seinen Fund ein bisschen genauer untersuchen. Was war das hier? Sein Hirn lief auf Hochtouren, um einen Zusammenhang herzustellen.

In diesem Moment klingelte das Telefon in seiner Tasche. Lisa. Es musste wohl doch wichtig sein, wenn sie es immer wieder versuchte. Er holte das Handy heraus.

»Ja?«

»Wo bist du?«

»Am Ørnereden.«

»Was zum Teufel machst du da?«

»Ich hab einen Hinweis gekriegt, wegen der Hand.«

Am anderen Ende wurde es ganz still, im ersten Augenblick dachte er schon, die Verbindung sei unterbrochen worden. Aber dann redete sie weiter, ihre Stimme war bestimmt und selbstbewusst. So gar nicht Lisa.

»Wer hat dir den Tipp gegeben?«

Er leuchtete seinen Fund an. Die Fleecedecke in dem Sack hatte sich mit Blut vollgesogen, das sich mittlerweile in eine stinkende Substanz verwandelt hatte. Vielleicht war es das Tuch, in das man Christoffer Holm gewickelt hatte, bevor er zum See gebracht wurde, dachte er. Ein Beil lag auch noch dabei.

»Die Frau aus der Laufgruppe. Die Soziologin. Isa Nielsen.«

Ganz langsam dämmerte es ihm. Irgendwo im Wald hörte er das Knacken eines Zweiges. Schnell hielt er den Sack zu und sah sich um. Doch er konnte keine verdächtigen Geräusche mehr ausmachen.

»Und du bist allein?«

»Ja.«

»Sieh zu, dass du da wegkommst.«

»Was?«

»Sofort!«

Jetzt mischte sich eine weitere Stimme ein. Dieses Mal hinter ihm. Er erstarrte mitten in der Bewegung.

»Man glaubt ja nicht, wie viel in denen so drinnen ist.«

Die Hand. Der Sand. Das Telefon rutschte ihm weg und rollte den Abhang hinunter. Er drehte sich zu ihr um.

63

Ein paar Sekunden lang blieb Lisa stocksteif hinter dem Lenkrad sitzen, bis ihr aufging, was sich gerade abspielte. Die Frau hatte aus irgendeinem Grund beschlossen, Trokic direkt anzugreifen. Ganz ohne Zweifel. Wozu hätte sie ihn sonst dort hinauslocken sollen? Lisa starrte aus dem Fenster in den Regen.

»Fuck, fuck! Die ist total durchgedreht«, brüllte sie Jacob zu. »Was, wenn sie ihm was antut?«

Sie wechselte die Spur und setzte das Blaulicht aufs Dach.

»Haben Sie die Schrift auf der Hand gesehen?«, fragte sie. Ihre Stimme war gedämpft, sie hatte etwas von einem Kind, das um Aufmerksamkeit heischt. Seine Gedanken gingen blitzschnell zurück zur Rekonstruktion der Ereignisse. Sie hatte Christoffer Holm in diese Decke gewickelt und die Leiche in den Teich geschafft.

Isa Nielsen trug dunkles Regenzeug, das blonde Haar war unter der Kapuze kaum zu sehen. Dunkel wegen der

Tarnung? Oder Regenzeug, weil es leicht abwaschbar war? Sie stand so dicht vor ihm, dass er den Wahnsinn in ihren Augen funkeln sah. Warum war ihm das nicht früher aufgefallen?

Trokic nickte. Er hatte den Eindruck, dass Isa Nielsen aus irgendeinem Grund hinter der Hand her war. Sie lag noch im Auto.

»Sehr gut.« Isa lächelte. Sie ging auf ihn zu, machte seine Jacke auf und nahm seine Dienstwaffe an sich. Das Herz rutschte ihm in die Hosen. Nach einem kurzen Blick auf die Pistole steckte sie sie in die Jackentasche.

Jetzt wusste er, woher die Hand kam.

»Wo ist Ihr Vater, Isa?«

»Direkt unter uns. Ein halbes Jahr bevor er sterben sollte, habe ich angefangen, das Loch unter dem Busch zu graben.«

Eiskalte Pause.

»Er war der Erste«, fügte sie unnötigerweise hinzu.

»Warum?«

»Ach, die alte Geschichte von dem Mann, der von seiner versoffenen Frau im Bett nicht mehr kriegt, was er braucht. Da hat er es sich bei mir geholt.«

In ihrer Stimme lag keinerlei Selbstmitleid. Sie traf nur eine nüchterne Feststellung.

»Das mit der Hand war gut, oder?«

Er ahnte, wie sicher sie sich gefühlt hatte, nachdem sie die Polizei so gründlich an der Nase herumgeführt hatte. Viel zu sicher. Das Fehlen technischer Spuren, die Suche nach dem Motiv und die ergebnislosen Ermittlungen hatten sie gelangweilt. Die geheimnisvolle Spur mit der mumifizierten Hand hatte sie nur zu ihrem Vergnügen gelegt. Doch sogar mit dieser zusätzlichen Spur hatten sie sich in ihren Augen als unfähig erwiesen. Er spürte, dass sie mit der Entwicklung der Dinge vollauf zufrieden war. Sie sah es als ihr Verdienst an, dass sie so weit gekommen waren. Das endgültige Zeichen ihrer Überlegenheit.

Er antwortete ihr nicht. Stattdessen fragte er: »Was ist mit Christoffer passiert, Isa?«

»Selbstverständlich hatte ich Gefühle für ihn. Ich hab nicht gewollt, dass es so endet. Er war so ein guter Mensch ... Es war ein Unglück. Er sollte mich hier rausholen. Durch seine Forschungsarbeit und das, was sie uns einbringen würde.« Sie seufzte. »Sie glauben doch nicht, dass ich jahrzehntelang in diesem ... Kaff hängenbleiben will. Wir hatten Träume, gemeinsame Träume. Wir wollten ein Leben weit weg von dieser kleingeistigen Mentalität und all den kleinen Dänen ... Jetzt muss ich es allein machen.«

»Und dann hat er Anna kennengelernt?«

Ihr Gesicht verzerrte sich auf unvorteilhafte Weise, und ein Lächeln ging über ihre schmalen Lippen.

»Zuerst wollte er es mir nicht erzählen. Er hat gesagt, es habe nichts mit mir zu tun, er wolle nur ein bisschen Raum für sich. Ich hab ihren Slip unter dem Bett gefunden. Männer sind so unheimlich primitiv.«

Dann fuhr sie nachdenklich fort:

»Ich habe ihn angerufen, als er in Montreal war, und darauf bestanden, ihn in Kopenhagen abzuholen, wo ich selbst eine Besprechung hatte. Ich hab ihm gesagt, dass es sehr wichtig ist. Zuerst wollte er nicht mitkommen. Er wollte tatsächlich lieber ins Flugzeug steigen, als mit mir zu fahren, verstehen Sie das? Nachdem wir mehrere Monate ein Paar gewesen waren?«

Sie schüttelte den Kopf.

»Aber als ich ihm eröffnete, dass ich mit dem Gedanken spielte, seine Forschungsergebnisse mal mit Søren Mikkelsen zu besprechen, änderte er seine Meinung. Dann machten wir uns auf den Heimweg. Ich musste ihm erklären, dass er im Begriff stand, einen Fehler zu machen. Wir stritten uns. Er war sehr wütend, und wir wurden handgreiflich. Ich konnte mich nicht mehr auf die Straße konzentrieren. Wir ... Wir hatten einen Unfall. Er war nicht angeschnallt.«

»Die Glassplitter ...«

»Ja. Sein Gesicht war richtig zerfetzt. Er hätte mir die Schuld gegeben. Und da wusste ich, dass ich verloren hatte.«

»Ah, verstehe, da war es doch viel besser, ihn gleich mit dem Beil zu erschlagen«, sagte Trokic angewidert.

»Halten Sie die Klappe.«

Ihre Stimme hatte einen schrillen Klang bekommen. Sie zog die Pistole und richtete sie auf ihn. Dann nahm sie plötzlich die Kapuze ab, so dass ihr langes blondes Haar zum Vorschein kam.

»Ich wusste, wo er normalerweise seine Berichte aufbewahrte. Als er tot war, ging ich in seine Wohnung, um sie zu holen. Wozu sollte ich das ganze Geld so rumliegen lassen? Aber der Bericht mit den neuen Forschungsergebnissen war weg.«

Er dachte an das, was Lisa erzählt hatte.

»Und den haben Sie dann bei seiner Schwester gefunden?«

»Das lag nahe. Seine Schwester war seine engste Vertraute.«

Sie lachte. Legte den Kopf ein wenig zurück und ließ ein perlendes Lachen hören.

»Procticon hat mir 1,2 Millionen für den Bericht geboten.«

»Das ist aber nicht besonders viel«, begann Trokic, »wenn man überlegt, was …«

»Pfund, mein lieber Herr Kommissar«, fiel sie ihm ins Wort. »All die edlen Gefühle, die Christoffer hatte, und seine Kritik an der Medizin – völlig bescheuert. Und wenn die gesellschaftlichen Bedingungen die Schwachen von solchen Tabletten abhängig machen – was soll's? Sie treffen ihre Wahl doch selbst. Wenn ich nicht daran verdiene, werden es andere tun. Ist nur eine Frage der Zeit.«

»Aber was war mit Anna? Es gab doch keinen Grund, sie auch noch zu opfern. Sie war schwanger, Isa. Haben Sie das gewusst? Und sie hatte einen kleinen Sohn zu Hause.«

Einen Moment lang wirkte sie nachdenklich, dann betont schuldbewusst.

»Ja, das war hässlich von mir, nicht? Aber verstehen Sie, sie hatte Verdacht geschöpft. Eines Tages rief sie mich völlig überraschend im Büro an. Sie erwähnte, sie habe Kopien all seiner Forschungsberichte. Nur zur Sicherheit, sagte sie. Sie behauptete, sie wisse von meinem Kontakt zu Procticon. Natürlich überlegte ich, ob sie vielleicht nur bluffte, aber ich konnte mir einfach keine Pannen leisten. Deshalb habe ich sie aus einer Telefonzelle angerufen und sie gebeten, sich mit mir zu treffen. Ich hab vorgeschlagen, sie abzuholen. Zu diesem Zeitpunkt hatte ich bereits alles geplant. Sie sagte, sie wolle gerade zum Laufen aufbrechen. Da habe ich vorgeschlagen, im Wald auf sie zu warten. Der Rest ist Ihnen ja bekannt. Sie weinte, als sie begriff, was geschehen würde. Sie ging auf die Knie und bettelte inbrünstig um ihr Leben. – Danach hab ich mir ihre Wohnungsschlüssel geschnappt, bin hingefahren und hab nach der angeblichen Kopie des Berichts gesucht. Ich war sehr gründlich, aber da war nichts. Es war alles nur eine leere Drohung gewesen. Wie dumm von ihr.«

Trokic erinnerte sich, wie Anna Kiehl auf dem Waldboden gelegen hatte. So nah bei ihrem Liebsten. Isa musste diese Ironie gefallen haben, dass sie beide dort gelandet waren, die zwei Verräter. Das Büschel Schierling auf Annas Brust unterstrich die Wirkung noch. Dass diese Pflanze im alten Griechenland für Hinrichtungen benutzt worden war und auf den Stängeln rote Flecken hatte, die aussahen wie Blut, hatte in ihren Augen den symbolischen Wert noch gesteigert.

»Und Palle?«, fragte er. »Ist er Ihnen auch in die Quere gekommen?«

»Der war doch nur ein kleines Rädchen. Eine Zeitlang war er mein Student. War immer total verknallt in mich. Manche Menschen«, seufzte sie, »haben einfach nur eine Funktion. Komplizierter muss es nicht sein. Und er hat seine erfüllt. Er war leicht aufzuhetzen. Nicht mal, nachdem er der Sekte beigetreten war, hat er mich vergessen. Und ich bekam die DNA, die ich brauchte. Aber das mit dem Schierling war doch witzig, oder?«

Dann veränderte sich ihre Miene plötzlich, und sie verlor sich einen Moment lang völlig in ihren Gedanken.

»Es wird wieder gut«, flüsterte sie.

»Sie können Hilfe bekommen«, bot er an.

Innerhalb von Sekunden verschwanden die milden Züge, und der hasserfüllte Gesichtsausdruck war wieder da.

»Hilfe wobei? Dass ich ein Teil dieser Kohlsuppe, dieser blubbernden Grütze werde, die unsere Gesellschaft ausmacht? Es gibt keine Gesellschaft, wussten Sie das nicht?«

Plötzlich begriff er, dass dies zu ihrer Vorgehensweise gehörte: Sie sprach ihrem Umfeld alle menschlichen Züge ab, eine militärische Technik, die die Auslöschung des Feindes rechtfertigen sollte. Eine Technik, die Palle zu einer leeren psychotischen Hülle gemacht hatte, die eine religiöse Sekte mit neuen Wahrheiten füllen konnte. Trokic war so unsäglich müde. Er befürchtete, dass ihm gleich schwindelig werden würde, und zwischendurch hörte er Geräusche, die wahrscheinlich gar nicht da waren. Der Schlafmangel und das Fieber gewannen langsam die Oberhand. Er musste sich unbedingt hinlegen oder ein wenig setzen und die Beine ausruhen. Aber Isas Worte waren nur die erste Vorwarnung gewesen. Sie würde ihn nicht lebend von hier weglassen.

64

»Mist!«

Lisa fuhr fast aus der Haut. Als die Ortskundigere hatte sie das Steuer übernommen, doch der dichte Verkehr bewegte sich schleppend. Ihr Umgang mit Jacob war wieder professionell und strukturiert, aber auch jetzt noch nahm sie den Duft seiner weichen, zarten Haut wahr, und das machte ihr ein wenig Angst. Doch am stärksten war die Sorge um Trokic. Was, wenn die Situation sich zuspitzte und Isa Nielsen sich nicht kampflos ergab? Warum sollte die Frau überhaupt freiwillig mitkommen? Hatte Lisa das, was man brauchte, wenn man Auge in Auge einem Menschen gegenüberstand, der so krank war, dass er nicht vor einem Mord zurückschreckte? Konnte sie ihren Kollegen Deckung geben? Sie hatte gebeten, in die Mordkommission versetzt zu werden, und ihre Bitte war ihr gewährt worden, aber sie hätte nie erwartet, es plötzlich mit einer mehrfachen Mörderin aufnehmen zu müssen, über deren Absichten sie nur Mutmaßungen anstellen konnten. Das Herz hämmerte heftig in ihrer Brust, und das Steuer war ganz glitschig von ihren verschwitzten Händen. Neben ihr saß Jacob und wand sich auf dem Sitz.

»Fahr auf den Bürgersteig.«

Er zeigte nach draußen, in den Regen, der immer heftiger gegen die Fenster trommelte. Die Scheibenwischer fuhren quietschend über die Windschutzscheibe. Mit einer raschen Bewegung schaltete sie einen Gang runter, warf einen Blick in den Rückspiegel und riss dann das Steuer nach rechts. Ihr Wagen schoss auf den Gehweg, und sie fuhren rechts an der Autoschlange vorbei. Endlich kamen sie voran.

»Mannomann, du kannst ja mit Autos umgehen. Wie lange brauchen wir noch bis zum Strand?«

»Wenn wir jetzt nicht mehr im Stau steckenbleiben, sind wir in fünf Minuten da.«

Sie hatte sich auf dem Kystvejen wieder in den Verkehr eingefädelt und gab Gas.

»Fünf Minuten sind eine lange Zeit, wenn man in Gefahr ist. Ich rufe Verstärkung.«

Er klang gestresst.

»Genau, lass sie noch einen Wagen da rausschicken. Ohne Blaulicht, aber schnell. Gib ihnen die Personenbeschreibung der Frau durch. Wir wissen ja nicht, was sie vorhat. Aber dann sind wir auf der sicheren Seite, falls etwas schiefgeht.«

65

Das schwindende Licht, das vom Strand reflektiert wurde, erhellte ihr Gesicht nur ein wenig. Er versuchte nachzurechnen, wie lange es her war, seit er mit Lisa gesprochen hatte. Ihm war klar, dass Isa Nielsen glaubte, alle Karten in der Hand zu haben, und bei diesem Spiel konnte ihm weder Goffman noch irgendein anderer Spieltheoretiker eine Hilfe sein. In diesem Spiel würde das geringste Anzeichen von Charakterlosigkeit oder Betrug seinerseits sofort Konsequenzen haben.

»Sie haben recht«, sagte er in einem Tonfall, der einerseits fest und bestimmt klang, gleichzeitig aber ein gewisses Maß an Resignation durchklingen ließ, mit dem er sie hinhalten wollte. »Aber, Isa, ich muss wissen – denn das ist der springende Punkt für mich –: Wie haben Sie ihn denn überhaupt den langen Weg vom Rastplatz bis zum See schaffen können?«

Sie lächelte kurz und wirkte so angeregt, als ob er ein Student wäre, der eine intelligente Frage gestellt hatte.

»Aber, Daniel, das müssten Sie sich doch längst zusammengereimt haben. Sie haben doch die Decke gefunden. Wir haben ihn draufgelegt und bis zum See geschleift.«

»Wir? Wer ist wir?«

»Europa und ich. Das war im Grunde der schwierigste

Teil, denn sie winselte so viel. Sie mochte den Blutgeruch nicht.«

»Wo ist Europa jetzt, Isa?«

»Sie ist auf einer langen Reise, genau wie ich. Auf meine konnte sie nicht mitkommen. Alle, die ich liebe, sterben …«

Trokic merkte, dass der Wald um ihn herum verschwand. Er stand kurz davor, das Bewusstsein zu verlieren. Er wusste nicht mehr, ob das Brausen vom Wind kam oder ob es das fiebrige Rasen des Blutes in seinen Adern war. Unwillkürlich suchte er Halt an dem Baum neben sich. Er musste ihre Aufmerksamkeit ablenken, sie entwaffnen.

»Sie sind ja krank«, sagte sie ein wenig verwundert, wie ein Kind, das ein verletztes Tier entdeckt hat. »Ich hab wohl zu fest zugeschlagen.«

Letzteres hörte sich an, als spräche sie zu sich selbst. »Aber Sie sehen doch sicher ein«, fügte sie hinzu, »dass es notwendig war.«

Sie brach ab und schwieg. Einen Augenblick lang glaubte er, sie habe sich völlig in ihrem inneren Universum verloren, aber dann bemerkte er den konzentrierten Ausdruck in ihren Augen. Sie lauschte. Er bemühte sich, durch das Brausen hindurch etwas zu hören, und endlich drang ein schwacher Laut zu ihm durch. Von oben hörte man das wunderbare Schnurren eines sich nähernden Automotors.

»Sieht so aus«, sagte sie, »als müssten wir uns langsam verabschieden.«

66

»Das ist sein Auto.« Lisa schrie fast, so aufgeregt war sie. Tatsächlich stand dort Trokics Wagen. Daneben ein blauer Toyota. Isa Nielsens Auto?

»Wir kommen zu spät.«

»Wo geht's lang?«, fragte Jacob. Sein sonst so schüchterner, sanfter Blick war nun konzentriert und hart.

Sie zeigte nach links auf eine Treppe, auf der sie zwar überhaupt keine Deckung hatten, doch es gab keinen anderen Weg die Böschung hinunter. Lisa hatte das Gefühl, in ihrer knallvioletten Lederjacke meilenweit sichtbar zu sein, daher zog sie sie aus, obwohl ein rauer Wind wehte und der Regen zugenommen hatte. Sie warf sie auf die Plattform vor den Stufen und schaute nach unten. Bis zu dem schmalen Waldstreifen, der sie vom windgepeitschten Strand trennte, waren es etwa hundert Stufen. Zu beiden Seiten der Treppe wogten hohe Sträucher im Rhythmus der Windstöße.

»Pass auf mit den Stufen, die sind glatt«, warnte Jacob und ging langsam über die alten Holzplanken voran.

Da rutschte er plötzlich ohne jede Vorwarnung weg und stürzte die Stufen hinunter. Sie hörte nur ein kaum vernehmliches Stöhnen von ihm, schrie auf und rannte zum Fuß der Treppe, wo er auf dem Boden lag und sich vor Schmerz zusammenkrümmte. Erst als sie sich über ihn beugte, sah sie, was seinen Sturz verursacht hatte. Auf seiner Brust breitete sich langsam ein Blutfleck aus.

»Runter«, keuchte er gequält.

Sein Atem ging schneller, und er versuchte krampfhaft

den Kopf zu heben, um auszumachen, aus welcher Richtung die Gefahr kam. Isa Nielsen musste sich in unmittelbarer Nähe befinden. Lisa war schwindelig vor Angst, um ihn, um sie beide.

»Wo?«, fragte sie.

Er zeigte in südöstliche Richtung, nicht auf den Strandstreifen, sondern auf die Bäume davor. Im selben Moment vernahm sie das Pfeifen, mit dem ein weiteres Projektil im Gebüsch gleich hinter ihr einschlug. Diesmal hörte sie den Schuss und duckte sich blitzschnell. Hastig zog sie ihre Dienstwaffe. Sie musste Jacob jetzt allein lassen.

»Sei vorsichtig, Lisa«, bat er.

Er hatte seine Hand auf die Stelle gedrückt, an der die erste Kugel eingedrungen war, aber das Blut sickerte unablässig weiter heraus. Lisa stieß einen schmerzerfüllten kleinen Schrei aus, warf sich zu Boden und wühlte ihr Handy aus der Tasche. Sie rief einen Krankenwagen, war aber nicht sicher, ob er hier sein konnte, ehe es zu spät war. Einen Augenblick war sie hin und her gerissen. Sicherheit hatte oberste Priorität, als Erstes musste man immer seinem Kollegen helfen. Im Grunde hätte sie ja auch nichts lieber getan, aber sie waren völlig ungeschützt. Isa musste auf dem Weg nach oben zu ihrem Auto sein, und Lisa musste ihr den Weg abschneiden. Leicht geduckt lief sie auf einen alten Baum zu, hinter dem sie in Deckung gehen wollte. Intuitiv hatte sie Schusswinkel und Entfernung berechnet. Sie hatte keine Ahnung, ob Trokic noch irgendwo in der Nähe war, und wenn ja, ob er noch lebte. Der Regen war stärker geworden. Das Haar klebte ihr am Gesicht, ihre Kleider waren durchweicht. Sie lehnte die Stirn an die raue Borke der Buche und berechnete die

Flugbahn einer Kugel bis zum nächsten Baum vier Meter schräg vor ihr.

Ein scharfer Knall ertönte, als eine Kugel sich wenige Zentimeter neben ihr in den Baumstamm bohrte. Doch dieses Mal konnte sie Isas scharf umrissene Silhouette vor den Bäumen erkennen. Die Frau bewegte sich auf den einzigen Weg zu, der vom Strand nach oben führte: die Treppe. Lisa kroch weiter und zielte auf sie, um sie zu stoppen. Wenn Isa Nielsen auf Jacob stieß, und das war unvermeidlich, würde sie zweifellos kurzen Prozess mit ihm machen. Schmerzlich durchzuckte Lisa der Gedanke, dass er möglicherweise bereits tödlich verletzt war.

67

Es donnerte. Aber irgendwie kam ihm das Geräusch so seltsam dumpf vor. Er zuckte zusammen, als er wieder zu Bewusstsein kam, und begriff, dass er keinen richtigen Donner gehört haben konnte. Trokic rieb sich das regennasse Gesicht und die Augen. Eine Sekunde lang dachte er, sie wäre weg. Dann entdeckte er Isa Nielsen zwischen den Bäumen, nicht allzu weit von ihm entfernt. Er versuchte, sich in eine sitzende Stellung hochzuhieven und sich an einem Baum aufzurichten. Die Zeit war knapp. Er musste hinter ihrem Rücken unbemerkt auf die andere Seite gelangen, um ihr dann den Weg zum Parkplatz abschneiden zu können. Aber sie hatte die Bewegung hinter sich schon registriert und wich in nordöstliche Richtung aus.

Sie hatte ihn nicht getötet. Als er bewusstlos vor ihr lag, hätte sie schon zum zweiten Mal Gelegenheit gehabt, ihn umzubringen. Warum hatte sie es nicht getan? Brauchte sie einen Zuschauer? Seine Bewunderung?

Diese Erkenntnis brachte ihn auf die Beine, und er versuchte Isas nächsten Schachzug vorauszuahnen. Wenn man weiter am Strand entlangging, kamen noch mehrere Aufgänge, die die steile Böschung hinaufführten, aber von dort hätte sie keinen Zugang zu ihrem Auto und wäre als Fußgänger in einer viel schlechteren Position. Ein weiterer Schuss dröhnte durch die feuchte Luft. Diesmal kam er tief aus dem Wald. Lisa!

Inzwischen hatte Isa es sich anders überlegt und war zum Strand hinuntergelaufen. Er konnte ihre Gestalt gerade noch erkennen, als sie über die steinige Fläche lief. Als er die letzten Bäume erreichte, sah er seine Kollegin aus dem Dunkel auftauchen.

»Bist du okay?«, fragte Lisa.

»Ja.«

Beide blickten sie der fliehenden Frau nach. Entkräftet, wie er war, hätte Trokic die durchtrainierte junge Frau beim besten Willen nicht mehr über den Strand verfolgen können.

»Kümmer dich um Jacob«, bat Lisa. »Er ist von einer Kugel getroffen worden und liegt da oben an der Treppe. Ich hab vorhin schon einen Krankenwagen gerufen.«

Ihre Stimme klang verzweifelt.

Er nickte.

»Habt ihr auch Verstärkung angefordert?«

»Ja. Sie müssten bald hier sein.«

Sie verschwand in dieselbe Richtung wie Isa Nielsen, und schon nach wenigen Sekunden hatte er sie aus den

Augen verloren. Ihm wurde kalt bei dem Gedanken, dass er nur um Haaresbreite dem Tod entronnen war. Doch nun drängte er sich durchs Gestrüpp und bahnte sich einen Weg zu der Stelle, an der sein verletzter Kollege lag. Die letzten paar Meter rannte Trokic. Noch ehe er ganz bei ihm war, sah er, dass Jacob das Bewusstsein verloren hatte und sehr schwer verletzt war. Selbst in dem heftigen Regen war nicht zu übersehen, dass er große Mengen Blut verloren hatte. Trokic beugte sich über die leblose Gestalt.

68

Lisa konnte nichts mehr sehen außer den Umrissen der niedrigen Steinmauern, die den Strand im Abstand von hundert Metern unterteilten. Sie hielt sich immer dicht an dem Steinwall, der den Strand vom Wald trennte, weil sie für ihre Widersacherin vor diesem dunklen Hintergrund schlechter zu sehen war.

In der kurzen Zeit, in der Trokic Lisas Aufmerksamkeit beansprucht hatte, hatte die flüchtende Frau sich einen guten Vorsprung verschafft. Auf dem breiten Strand war sie nirgends mehr zu sehen. Lisa war überzeugt, dass die Frau versuchte, zu ihrem Auto auf dem Parkplatz beim Ørnereden zurückzugelangen. Zu Fuß würde sie auf ihrer Flucht nämlich nicht weit kommen.

Lisa erreichte eine Stelle mit einer Lücke im Wall, von der ein kurzer Pfad zurück in den Wald führte, und folgte ihm beinahe automatisch.

Da – eine Bewegung! Obwohl er vor Sorge und Schmerz halb betäubt war, registrierte er sie so deutlich, dass er sich sofort duckte und Jacobs Körper mit seinem deckte. Aber es war nur eine Elster, die unter einem nahen Busch Schutz gesucht hatte. Er schaute sich um. Am liebsten hätte er Jacob von hier weggebracht, denn höchstwahrscheinlich würde Isa Nielsen wieder hier vorbeikommen, doch in Jacobs Zustand war es vermutlich gefährlich, ihn überhaupt zu bewegen. Seine Haut hatte eine fahlgraue Färbung angenommen, sein Atem ging schwach und unregelmäßig. Trokic hörte die Elster wieder rascheln und presste die Hand fest auf die Wunde in Jacobs Brust, in dem vergeblichen Bemühen, die Blutung zum Stillstand zu bringen.

Noch bevor er sich umdrehte, wusste er, was der leichte Druck gegen seinen Rücken zu bedeuten hatte.

»Sie kommen mir immer wieder in die Quere, Daniel.«

Er spürte, dass ihre Hand etwas zitterte. »Sie werden sicher Verständnis für mein Problem haben.«

Ihr Ton war bekümmert und zugleich entschuldigend.

»Ich muss diese Treppe hinauf und habe es etwas eilig. Und ich kann Ihnen unmöglich den Rücken zuwenden. Es tut mir leid, aber es lässt sich nicht vermeiden.«

Damit drückte sie ab. Er fiel zu Boden.

69

Lisa rannte das letzte Stück auf die am Boden liegenden Männer zu. In der Ferne hörte sie die Sirenen. Verstärkung. Vielleicht sogar schon der Krankenwagen? Sie brauchte nur einen einzigen Blick auf Jacob zu werfen, um zu wissen, dass die nächsten Minuten über Leben und Tod entscheiden würden. Mit einem unterdrückten Aufschluchzen kümmerte sie sich um Trokic. Er stöhnte leise, als sie seinen Arm berührte. Dann setzte er sich auf.

»Es ist nichts Lebenswichtiges getroffen worden. Es geht schon«, stieß er zwischen zusammengebissenen Zähnen hervor.

»Sie darf nicht entkommen. Hilft alles nichts, ich muss aufstehen. Bleib du hier bei Jacob.«

Da hörte Lisa das Geräusch eines startenden Automotors. Und während sie selbst beim Gedanken an Jacob ganz schwach wurde, konnte sie sehen, dass Trokic von kalter Wut getrieben wurde. Er schnappte nach Luft und tastete suchend auf der Erde umher.

»Verdammt, wo ist mein Autoschlüssel?«

»Hier.«

Sie reichte ihm den Schlüssel.

»Ich glaube, sie fährt einen blauen Toyota.«

»Ruf die anderen an – wenn möglich, lass die Verstärkung den Weg absperren.«

Sie nickte. Dann lief er, wie von einem unerklärlichen Energieschub getrieben, die Treppe hoch.

Er warf sich in seinen Peugeot, rammte den ersten Gang rein und gab Gas. Hinter ihm spritzte ein Schwall aus bräunlichem Regenwasser und Kies hoch. Das kleine Auto schoss davon. Bis zur Stadt waren es sieben Minuten Fahrt. Mit etwas Glück schaffte es ein Streifenwagen vorher noch, der Frau den Weg zu versperren.

Trokic trat fester aufs Gaspedal und folgte der kurvenreichen Straße. Der Regen bildete Bäche auf der Windschutzscheibe, obwohl die Scheibenwischer schon auf Hochtouren arbeiteten. Er hatte bereits ein Drittel des Weges zurückgelegt, als er plötzlich vom Gas ging und am Straßenrand hielt. Seine erste Wut war verflogen, und sein Verstand gewann langsam wieder die Oberhand. Isa würde es nicht wagen, in die Stadt zu fahren. Vielmehr würde sie die Stadt und eventuelle Straßensperren meiden. Er warf einen Blick in den Rückspiegel. An wie vielen Abzweigungen und Rastplätzen war er unterwegs vorbeigekommen? Höchstens drei. Ohne zu überlegen, wendete er den Peugeot und fuhr den Ørneredevej zurück, diesmal langsamer. Dabei hielt er durch die heruntergelassenen Fenster im dunklen Wald nach dem Fluchtauto Ausschau. Mit jeder Sekunde Vorsprung, die Isa gewann, schwand für ihn ein Stück Hoffnung. Er kam an einer kleineren Zufahrt zum Wald vorbei, aber sie war mit einem Schlagbaum abgesperrt, und von dem blauen Auto war weit und breit nichts zu sehen. Ihm war schwindelig, und seine Schusswunde schmerzte furchtbar, aber wenigstens blutete sie kaum.

Zweifel begannen an ihm zu nagen. Wenn Isa trotzdem Richtung Stadt gefahren war, hätte sie den ersten Weg nach Südwesten nehmen können, um im Feierabendverkehr unterzutauchen. Mit ein wenig Glück war sie sogar schon auf dem Weg zum Flughafen. Sobald sie ihr Auto los war, konnte sie unbemerkt in der Menge verschwinden. Wieder sah er Jacobs bleiches Gesicht vor seinem inneren Auge, und ein heftiger Schmerz zuckte durch seinen Bauch. Er passierte den nächsten Weg auf der rechten Seite. Auch der war mit einem Schlagbaum gesperrt. Wie weit war er mittlerweile zurückgefahren? Die halbe Strecke? Er bremste scharf. Ganz kurz kam es ihm so vor, als hätte er etwas Blaues aufblitzen sehen. Oder war es nur ein Straßenschild gewesen? Er legte den Rückwärtsgang ein und fuhr langsam zurück zur Zufahrt. Er spähte ins Dunkel. Da entdeckte er, dass sich der Weg weiter hinten im Wald gabelte. Er folgte der Abzweigung nach links, kam jedoch nur ein paar Meter weit.

»Scheiße«, fluchte er.

Das Auto hatte sich in einem Morast aus aufgeweichter Erde und verrotteten Blättern festgefahren. Zwei lautstarke Anläufe und eine Wolke Benzingestank später war er ganz sicher: Hier würde er so schnell nicht wieder wegkommen. Trokic drehte den Schlüssel im Zündschloss, Motor und Lichter gingen aus. Im selben Augenblick kreischten zwei Streifenwagen draußen auf der Straße an ihm vorbei, dicht gefolgt von einem Rettungswagen.

Rundum war es stockfinster. Er machte die Tür auf, und der Wind blies ins Auto. Als er ausgestiegen war, konnte er den Weg genau erkennen. Und etwa fünfzig Meter weiter entdeckte er den blauen Toyota. Automatisch duckte er sich und schlich sich lautlos an, aber schon bevor er ihr Auto erreicht hatte, konnte er sehen, dass es verlassen war. Er fröstelte und starrte ins Dunkel. Er kannte sich in diesen Wäldern nicht aus und hatte nur eine vage Ahnung, wohin der Weg führte. Isa hingegen kannte hier wahrscheinlich jede Biegung und jeden Zweig. Vermutlich hatte sie längst den Weg in die Stadt gefunden und war über alle Berge. Schon als er den Türgriff des verlassenen Wagens berührte, spürte er etwas Klebriges, und als er die Tür aufmachte und das Licht anging, sah er einen rotbraunen Fleck auf dem Fahrersitz.

»Hat Lisa also doch getroffen«, murmelte er zufrieden.

70

Sie hatte das Auto draußen auf der Straße vorbeirasen hören, und sie hatte auch gehört, dass es zurückkam. Der gutaussehende Kommissar, der sie seit ihrer ersten Begegnung mit Fragen löcherte, hatte erstaunlich viel über ihre Motive und die Hand gewusst. Und jetzt war er ihr furchtbar dicht auf den Fersen. Der Schmerz im Oberschenkel machte ihr nichts aus, das war bloß ein Hämmern irgendwo da unten, das kaum zu ihr zu gehören schien. Doch sie merkte, dass sie Blut verloren hatte. Und dass der Peugeot ihr den Fluchtweg versperrte, machte sie unheimlich wütend. Bald würde das gesamte Gelände ausgeleuchtet werden, und bellende, sabbernde Köter würden ihre Fährte aufnehmen. Sie war am Ende ihrer Kräfte. Und überall diese Geräusche. Die Geräusche des Waldes, die sie eigentlich kannte, die ihr jedoch mit einem Mal drohend und verräterisch vorkamen. Stimmen.

»Wie hübsch du angezogen bist. Schlag ihn tot, Isa. Schlag den Fisch tot. Warum heulst du denn?«

Isa verließ den schmalen Pfad, legte hinter einem Stapel großer Baumstämme die Waffe weg und presste beide Hände gegen die Wunde an ihrem Schenkel.

Sie fühlte sich schwach und müde. Der alte Mann setzte sich neben sie und nahm einen Schluck aus dem Flachmann. Sie konnte seinen Schnapsatem riechen. Ein Armstumpf zeigte auf sie.

»Warum hast du das getan, Isa? Warum? Mein kleines Mädchen.«

»Du hast mich darum gebeten.«

»Wie meinst du das?«

»Du hast gesagt, wenn du lügst, würde dich der Blitz treffen. Und das hat er getan, Papa. An dem Tag da draußen im Wald hat dich der Blitz getroffen, stimmt's? Du hast nämlich gelogen. Du hast gesagt, dass du mir nichts antun würdest. Du Schwein!«

Sie zuckte zusammen. Den letzten Satz hatte sie laut gerufen. Sie war wieder klar im Kopf und spähte über den Holzstoß. Auf dem Pfad war niemand zu sehen. Wohin war der Beamte verschwunden? Isa lachte in sich hinein. Über ihr rauschten die Bäume, lieblich und einladend raschelten die Blätter. Es war Samstag, und sie hatte ein Fünfkronenstück von ihrer Großmutter bekommen, damit sie sich an der Eisbude an der Ecke eine Waffel kaufen konnte. Die Waffel war kalt, und das Eis glitt ihre Kehle hinunter und kühlte sie. Plötzlich begann sie zu frieren und wollte die Waffel wegwerfen, doch die Kälte wanderte durch den Bauch weiter in den ganzen Körper, bis sämtliche Muskeln steif und hart waren. Mit einem Ruck setzte sie sich auf und schaute den Pfad hinunter. Rechts von ihr, in etwa dreißig Metern Entfernung, nahm sie kurz eine Bewegung wahr. Isa lächelte. Sie konnte es immer noch schaffen.

71

Trokic hatte Turnschuhe und Socken ausgezogen. Der Waldboden unter seinen Füßen war nass, eiskalt. Er trat in Matsch und irgendwelche anderen Sachen, über die er gar nicht genauer Bescheid wissen wollte. Barfuß hatte er einfach ein besseres Gefühl dafür, wo er hintrat, und er machte weniger Lärm. Trotzdem spürte er, dass er jetzt wieder der Gejagte war. Die wahnsinnige Frau konnte in ihrem Zustand nicht mehr weit kommen, das würde ihr irgendwann auch klarwerden, und dann würde sie sich ein letztes Mal gegen ihn wenden. Seine Augen gewöhnten sich an die Dunkelheit, er konnte ringsherum die Umrisse größerer Objekte erkennen. Aufs Neue loderte die Wut in ihm auf. Da entdeckte er den Holzstoß ein Stück weiter vorn und hielt inne. Im Wald brauste es, die kleineren Bäume schwankten im Wind, und trockenes Laub wurde aufgewirbelt. Langsam ging er den Weg entlang und wartete auf die Kugel, die ihn jeden Moment treffen musste. Als er bis auf fünf Meter an den Holzstoß herangekommen war, sah er die Hand dahinter hervorlugen. Mit ein paar schnellen Sprüngen legte er die letzten Meter zurück und schaute hinter den Stoß. Die Frau lag zusammengekrümmt am Boden, drückte beide Hände auf einen ihrer Oberschenkel und rührte sich nicht. Einen Moment lang glaubte Trokic, sie liege im Sterben. Aber dann begriff er auf einmal, dass sie ihn mit verzerrten Gesichtszügen anstarrte. Mit einem schnellen Ausfallschritt sicherte er sich die Pistole, die sie beiseitegelegt hatte, um ihre Hände auf die Wunde zu pressen. Trokic zitterte. Wellen von Hass und Ekel schlugen über ihm zusammen, als er daran dachte, wie kühl sich Jacobs Haut unter seinen Fingern angefühlt hatte. Er packte die Waffe mit beiden Händen und richtete sie auf die Frau. In seinen Füßen hatte er kaum noch Gefühl.

»Stehen Sie auf«, sagte er.

Seine Stimme hatte eine neue Festigkeit gewonnen, sowie er den Entschluss gefasst hatte. Es würde ohne weiteres als Notwehr durchgehen. Zwei schmerzhafte Schüsse in die Leber – und mit all dem Blut, das sie bereits verloren hatte, wäre sie tot, ehe der Rettungswagen eintraf. Isa Nielsen stand auf. Sie war nur wenig kleiner als er, und trotz ihres mitgenommenen Zustands wirkte sie immer noch katzenhaft wendig. Trokic zielte auf die Frau, aber dann zögerte er doch wieder. Das war nicht seine Sache. Darum sollten sich andere kümmern. Er atmete tief aus, fühlte, wie ihn neue Kräfte durchströmten, und steckte eine Hand in die Tasche.

»Sie sind verhaftet.«

Er wollte ihr gerade Handschellen anlegen, da stieß Isa ein gurgelndes Geräusch aus und warf sich auf Trokic. Als ihr Körper mit einem dumpfen Laut auf ihn prallte, fiel er hintenüber, und die Frau blieb auf ihm liegen. Ohne zu zögern, drückte er ab, und im nächsten Moment rann ihr Blut warm und schwer über seine Hose und durchweichte sie. Grob stieß er Isa zur Seite und stand auf. Sie lebte immer noch, eine Hand bewegte sich. Doch Trokic hatte keine Angst mehr. Sie konnte nichts mehr ausrichten. Er trat zwei Schritte zurück und hob die Handschellen auf. Dann richtete er sich auf und betrachtete die Frau, während sie langsam ihr Leben aushauchte. In der Ferne hinter den Bäumen heulten immer noch die Sirenen.

72

Es war sowohl ein Abschluss als auch ein Anfang. Sie hatten beschlossen, im Buddy Holly ein Bier trinken zu gehen. Obwohl es erst kurz nach Mittag war, herrschte ein unablässiges Kommen und Gehen – man merkte eben, dass Freitag war, das Wochenende stand vor der Tür. Im Grunde gab das volle Lokal ja eine ganz gemütliche Geräuschkulisse ab.

Es ging ihr immer noch nahe, das sah er. Ihm ja auch. Alles war noch so nah. Aber das Wichtigste war, dass Jacob es geschafft hatte. Noch ehe sie ihn einweihte, hatte er erraten, dass sie ein Verhältnis mit ihrem Kollegen hatte. Er hob sein Glas. Das tat weh, denn bei dieser Bewegung zogen sich die Muskeln rund um die Schusswunde zusammen. Aber wenigstens war er noch am Leben und schon nach ein paar Tagen wieder auf den Beinen gewesen. Sie prosteten sich zu.

»Willkommen in der Abteilung A. Wie ich gehört habe, bekommst du das Büro neben mir.«

»Wirklich? Dann bin ich also nicht mehr obdachlos?«

Er lachte und schüttelte den Kopf.

»Hast du die Dokumente in der Psychiatrie abgegeben?«, fragte er.

Sie nickte. Sie hatten Christoffer Holms Beitrag zur neurochemischen Forschung in einem Kuvert in Isa Nielsens Auto gefunden.

»Ich hoffe, sie werden richtig verwendet«, sagte er.

»Ich hab mit dem dortigen Oberarzt gesprochen. Er schien mir durchaus ein Arzt mit ethischen Grundsätzen zu sein. Ich glaube nicht, dass er Christoffers Ergebnisse so ohne weiteres veröffentlichen wird.«

»Warum nicht?«

»Ich hab das Material ja selbst durchgelesen«, sagte Lisa. »Der Oberarzt natürlich auch. Christoffer wollte nicht, dass seine Forschung von der Pharmaindustrie missbraucht wird. Er muss recht gemischte Gefühle gehabt haben: Erst forschte er intensiv an der Optimierung von stimmungsaufhellenden Medikamenten, doch als er dann endlich die perfekte Lösung in der Hand hatte, kam er ins Grübeln. Sein Kollege hat Jacob und mir erklärt, dass eine Glückspille ohne Nebenwirkungen Probleme mit sich bringen würde. Es wäre einfach zu leicht.«

»Inwiefern?«

»Na ja, Christoffer hatte eben Bedenken wegen der gesellschaftlichen Konsequenzen. Es ist viel komplizierter, als man denkt. Ich kann seinen Gedankengang eigentlich auch ganz gut nachvollziehen. Was würde denn passieren, wenn es eine endgültige Lösung für depressive Erkrankungen gäbe? Eine problemlose Lösung ganz ohne Nebenwirkungen? Dann würde niemand mehr den Stress anprangern, der überhaupt erst zu Depressionen führt! Aber es ist doch wichtig, dass jemand aufschreit und gegen die Entwicklung dieser Gesellschaft protestiert, in der alles immer schneller und schneller gehen soll.«

»Hm. Tja, da kann man wirklich ins Nachdenken kommen«, stimmte Trokic zu.

»Ja, es ist vorher nicht abzusehen, was das noch so alles nach sich ziehen könnte.«

Trokic leerte sein Glas und hob die Hand, um den Kellner auf sich aufmerksam zu machen.

»Möchtest du noch ein Bier?«

»Und wie.« Lisa lächelte.

»Aber was nun? Wird das Ganze eingemottet?«

»Er hat gesagt, er würde sich um eine andere Lösung bemühen, die man besser unter Kontrolle halten kann«, erklärte Lisa. »Er wollte sich mit der Gesundheitsbehörde treffen.«

»Man muss also abwarten«, sagte Trokic.

»So in der Richtung.«

Ein Kellner stellte zwei Bier auf den Tisch. Dann klingelte Trokics Handy. Da er in dem Lärm nichts hören konnte, ging er hinaus auf die Straße. Durchs Fenster konnte er Lisa sehen. Sie sah traurig aus, natürlich dachte sie an Jacob, aber sie würde schon klarkommen. Sie war zäh, das wusste er inzwischen. Agersund war am Apparat.

»Störe ich?«, fragte er.

»Störst du nicht immer?«

Agersund grunzte widerwillig.

»Eine Streife ist rausgefahren und hat sich einen Acker angeguckt. Nicht weit von Smedegården. Ein Reiter hat auf dem Feld einen Haufen seltsamer Spiegelscherben gefunden. Eine ziemliche Schweinerei.«

Trokic trat von einem Fuß auf den anderen.

»Na und?«

Er hatte frei. Es war Freitag, und er hatte schon Pläne für sein allwöchentliches kulinarisches Ritual.

»Könntest du da nicht gleich mal rausfahren?«

»Montag.«

Es wurde still in der Leitung. Trokic beobachtete einen Trupp verkleideter Leute. Ein Polterabend. Der Bräutigam trug Hahnenkamm und Vampirzähne. Er hörte Agersund schwer schnaufen.

»Okay. Montag«, sagte sein Chef resigniert.

Gisa Klönne

Unter dem Eis

Kriminalroman

ISBN 978-3-548-26765-4
www.ullstein-buchverlage.de

Leben und Tod, Vertrauen und Verrat: Gisa Klönne spinnt auch in ihrem zweiten Kriminalroman ein raffiniertes Netz der Widersprüche.
Köln im Hochsommer. Die Hitze steht in den Straßen. Ein Junge und sein Hund verschwinden spurlos. Und Hauptkommissarin Judith Krieger ermittelt außerdem in einem sehr persönlichen Fall am anderen Ende der Welt.

»Eine grandios inszenierte Geschichte, deren dichte Sprache von der ersten bis zur letzten Seite fesselt. Klasse, die ›Klönne‹.« *Bücher*

»Klönnes zweites Buch hindert einen am Tagwerk. Und am Schlafen sowieso. Mehr kann man von einem Krimi nicht erwarten.« *Für Sie*

Jo Nesbø

Der Fledermausmann

Kriminalroman

ISBN 978-3-548-25364-0
www.ullstein-buchverlage.de

Harry Hole, der unkonventionelle Kommissar aus Oslo, wird nach Sydney geschickt, wo er den Mord an einer jungen Norwegerin aufklären soll. Gemeinsam mit seinem australischen Kollegen, dem Aborigine Andrew, nimmt er die Ermittlungen auf. Schon bald müssen sie feststellen, dass es sich nicht um einen Einzelfall handelt: Ein Serienmörder tötet scheinbar willkürlich junge weiße Frauen.

»Harry Hole verstrickt sich immer mehr in den eigenen Abgründen und muss opfern, was er liebt, um den Täter zu stellen.« *Ostthüringer Zeitung*

UB404

ullstein